U0007485

蔡智恆

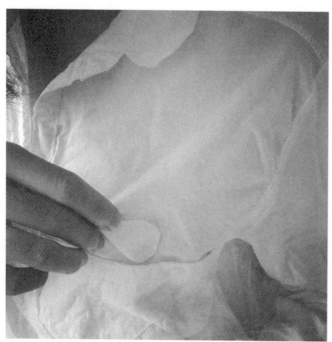

阿尼瑪

anima

1 栀子花女孩

眯著雙眼望向窗外，破曉的藍天在我眼裡卻是一片迷濛。
左肩掛著書包，垂下的左手提著袋子，右手舉高緊緊拉住吊環。
隨著公車加速、煞車、左彎、右轉，
右手奮力抵抗牛頓第一運動定律——慣性定律所帶來的影響，
以確保我在這擁擠的公車內仍能一派悠閒直挺挺地站立著。

我每天清晨搭公車上學，45分鐘的車程我總處於半夢半醒狀態。
全身上下大概只有一條神經完全清醒，那條神經直接控制我右手。
我讓右手保持清醒，身上其他部分則繼續早上未完成的睡眠。
這城市的街道比剛睡醒的頭髮還亂，路況比孟嘗君的食客還雜，
因此公車的行進像多數人的人生一樣，通常很坎坷。

也許是直行途中才想起應該要右轉一樣，公車突然向右過了個髮夾彎。
睡眼惺忪的我猝不及防，被慣性定律打敗，原地向左逆時針轉了一圈。
那是個完美的360度轉圈，說不定比國標舞冠軍舞者的轉圈還要完美。
我嚇了一跳，瞬間清醒，不由自主張大眼睛。
坐在我面前的女校學生抬起頭看著我，眼神中似乎帶點笑意。
我趕緊躲開她的視線，定了定神，假裝若無其事看著窗外。
眼角瞥了瞥，有幾個坐著的女高中生嘴角還殘留著笑意。
好糗。

更糗的是吊環被逆時針扭了一圈後，便有股力道想往右順時針轉回。
物理學上說這叫恢復力矩，我的右手得費很大的勁去鎮壓這股力道。
萬一公車又突然轉彎而且是左轉，在慣性定律和恢復力矩的合擊下，
搞不好我會一口氣向右順時針轉兩圈。
如果這樣的話，那些女生恐怕會失控狂笑，笑聲撼動整輛公車。

而我以後大概也沒臉坐公車，只能去跳國標舞了。

那麼先把手放開等吊環轉回，再伸手拉住吊環呢？
依據莫非定律，當我右手放開吊環的瞬間，公車就會緊急煞車，
然後我會撲倒站在我前方看似營養不良的女高中生。
我17歲的人生像白開水一樣，雖然平淡，但很健康。
我可不想因為在公車上撲倒一個女生而被視為癡漢。

右手開始有些痠麻而微微顫抖著，提著袋子的左手也很難去救援。
我想應該不會剛好那麼倒楣，乾脆放開右手吧。
但如果你沒有正視最不想面對的事，事情就會往你最不希望的方向走。
這也是種莫非定律。
搞什麼啊，一向在公車上腦袋放空的我，竟然會在此刻想太多。
我彷彿陷進一場無路可逃的悲劇中，只能胡思亂想。

「同學。」
我隱約聽到混雜在公車低沉引擎聲和乘客交談聲中的細微呼喚。
那聲音雖然近在耳邊，卻是遙遠而模糊，感覺不太真實。
我反射似的尋找聲音來源。

「同學。」坐在我面前的女生抬起頭，伸出右手說：「書包給我吧。」
『嗯？』我楞了楞，雙眼盯著她。
「書包。」她指了指垂掛在我左肩的書包。
『喔。』我應了一聲後，竟然毫不猶豫便想用左手拿書包給她。
還好左手提著袋子，袋子的重量阻止了我這種近乎下意識的動作。
我身子晃了晃，但書包還掛在左肩。

「袋子先給我吧。」

她伸出的右手轉而朝下，接觸到袋子的瞬間，我便像觸電般鬆開左手。

她把袋子直放地上用雙膝夾住，再伸出右手說：「書包。」

我左手舉高至左肩拿下書包，再伸長左手遞給她。

她雙手接過書包，端正平放在雙腿上。

「謝謝。」她說。

我心頭一震，右手突然鬆開吊環，吊環刷的一聲迅速轉回。

公車不僅沒有緊急煞車，而且還異常平穩地前進，像是靜止不動。

我從悲劇中逃脫，右手也重獲自由。

但我右手居然忘了要再拉住吊環，反而是緩緩垂下。

我感覺所有的負重都不見了，身心都是，整個人輕飄飄的。

有那麼一段時間，或許只是十幾秒，我忘記正身處擁擠的公車。

淡藍的天、橙色的陽光、溫和的風、眼前散發青春氣息的女孩，

我彷彿是要出發到遠處旅行，而不是要到學校上課。

直到公車按了聲喇叭我才回到現實，右手趕緊再舉高拉住吊環。

我暗叫好險，然後思考剛剛發生了什麼事？

為什麼這女孩只說「書包給我」，我想也沒想便雙手奉上？

萬一以後我碰到搶劫犯時，是否也會如此乾脆爽快？

她當然不是搶劫犯而是好心的女孩，也許她擁有赤道烈陽般的熱心，

才會在這擁擠的公車上主動幫助我，我應該要感激她。

但竟然是她說聲謝謝，而我沒說半句話、沒點頭示意、也沒報以微笑。

我突然感到慚愧，臉頰似乎被赤道烈陽曬到發燙。

我想開口向她道謝，但始終抓不到好時機。

公車左右各一長排座位，坐著的人通常略低下頭，視線30度向下；
站著的人視線習慣朝著窗外，即使視線朝下也不會超過15度。
雙方避免視線接觸，一旦視線不經意相對，也會像同性相斥的磁鐵，
一靠近即彈開。
我的視線已從窗外逐漸下移至她的頭髮，但她的視線還是30度向下。
我不想直接叫她，只能等待她抬起頭接觸她的目光。

在等待的時間裡，我偷偷打量著垂下頭的她。
我只能看見她的側臉、黑髮，還有染上陽光而呈現淡黃的髮梢。
她的膚色有些蒼白，臉頰泛著一抹紅，好像有那麼一點混血兒的味道。
或許只是因為她沒睡好導致臉色蒼白，而臉頰的紅是由於陽光照射，
但對此刻的我而言，只覺得她一定和別的女高中生不同。
即使再平凡不過的黑髮，我也覺得她的髮色格外烏黑柔順，
而髮絲在她白皙臉龐畫下的線條也特別迷人，像工筆國畫。

公車突然輕踩煞車，腦袋正在欣賞國畫來不及下指令給右手拉緊吊環，
於是我失去平衡重心前傾，右臂稍微碰觸到那個營養不良的女生左臂。
她竟然往前彈開一步同時大叫一聲，然後轉頭看著我，我很錯愕。
莫非我早上吃的是天山雪蓮，導致內力突飛猛進一甲子？
而坐著的混血高中生也剛好在此時抬起頭來。

『抱歉。』我先對著營養不良的女生說。
『謝謝。』我再對著混血的女生說。
營養不良的女生應該只是嚇了一跳，把頭轉回維持原先的站姿。
反而是混血女生的眼神有些疑惑。

『謝謝妳幫我拿書包。』我指了指擱在她雙腿上的書包。

「不客氣。」她說，「舉手之勞而已。」

舉手之勞可能很勞啊，像我此刻的右手。

我再點個頭，她微微一笑，然後我們各自回到習慣的視線。

這是我第二次看到她的正面，印象更深了些。

她戴著銀色金屬框眼鏡，玻璃內的雙眼明亮，眼神有些深邃。

小而尖挺的鼻子，薄薄的嘴唇，異常白皙的臉龐雙頰泛著紅。

除了眉毛被眼鏡遮住看不清楚外，整體而言她的長相很清秀。

其實我應該常遇見她，畢竟我和她都是搭同一路公車上學。

只是我一上車右手拉住吊環後，眼睛就閉上、腦袋就放空。

即使每天都有衣衫不整的絕世大美女跟我同班車，我也不會有印象。

真可惜，若是早點認識她，或許我的日子會過得不太一樣。

雖說不期待浪漫的發展、也不該在巨大升學壓力下節外生枝認識女孩，

但如果在清晨的公車上遇見她，起碼一整天的心情都會很好吧。

學校快到了，停車後我該如何優雅而不失瀟灑的開口向她要回書包？

雖然只是初識，但我很想讓她留下美好的印象，這是我的生物本能。

腦中快速模擬了幾種姿態和語氣，但都不甚滿意，心裡有些慌。

公車終於停了。我突然緊張了起來，腦袋一片空白。

「你到了。」她反而先開口，雙手捧著書包遞給我。

『謝謝。』我雙手接過書包背帶，左手熟練地把書包掛上左肩，問：

『妳怎麼知道我到了？』

她正低頭彎腰想拿袋子給我，聽到我的問句後，微微一楞，動作暫停。

我猛然醒悟，暗罵自己白痴，我的書包和袋子早已說明了一切。
就像她身上穿的制服也讓我不必發問就立刻知道她就讀的學校。
我想她應該會以為我在裝傻，也許還會認為我很無聊。

我趕緊伸出右手想拿回袋子，逃離這個窘境。
右手伸到一半才驚覺我的目標靠躺在一片深藍色的海，我瞬間僵住。
那是女孩的裙子啊，就這麼伸過去太失禮了。
而且萬一右手伸得長了、準頭偏了碰到她的大腿，那事情就大條了。
「喏。」她恢復動作，抬起頭右手提著袋子，嘴角帶著淺淺的笑，
「印著你學校名字的袋子給你。」
我臉頰發燙，右手接過袋子，忘了再說聲謝謝，匆匆下了車。

下車後我站在原地目送公車的背影，直到公車在遠處右轉為止。
公車右轉後再過四個紅綠燈，就會到她的學校。
我有些恍惚，像剛從一場深沉的夢中醒來一樣，還分不清夢境和真實。
也許方才發生在公車上的一切只是昨晚的夢的續集，
而現在踩在地上的我，才算回到真實的世界。
「發什麼呆？」路過的班上同學敲了一下我的頭，「還不快走！」
而且是悲慘的真實世界。

今天上課時一直為了那個鳥問句而耿耿於懷，而且愈想愈氣。
這跟打電話到別人家裡問他家裡電話號碼的人一樣，同樣都很白痴。
體育課上跳箱，雙手要撐住跳箱的瞬間，心頭竟浮上那個鳥問句，
害我跳箱變撞箱，五層疊高的箱子被我撞成五塊分散的箱子。
「你一定覺得自己是白痴吧？」坐我旁邊的同學問。
『你怎麼知道？』

Shit！被這個問句封印了。

放學等公車時，原本期待能再跟她同班車，
但這種期待跟剛出生時的臍帶一樣，很快就被剪斷了。
畢竟每間學校放學時間不一樣，而且很多人會去補習而不是直接回家，
因此跟她同班車的機率很低。
更何況公車比上學時還擠，乘客也混雜了一些下班的人，
即使我們上了同一班車，大概也很難發現彼此。
算了，上車後還是閉上眼睛養養神比較實在。

隔天上學時決定從此要睜開眼睛，可惜並沒有在車上看見她。
雖然有點小失落，但我相信只要我睜開眼睛，要遇見她並不難。
為了避免上學遲到，我可以選擇的班次很少，我想她也是如此。
既然每天清晨都得搭同一路公車，那麼常碰面是理所當然的事。
果然再隔了一天後，我又在上學的公車上遇見她。

我上車時座位通常已坐滿，但站著的人只有五、六個。
從公車後門上車後，我會轉身往車尾走四步，再右轉身面對車窗，
然後舉起右手拉住吊環，穩住重心，視線水平朝著窗外。
當我視線緩緩四處遊移時，我看見她就坐在我面前，視線30度向下。
我發誓，我是先走四步再看見她，絕不是先看見她再走四步。

公車內的空間似乎變寬闊了，我的心情也因而舒展開來。
早晨的空氣是如此清新，每呼吸一次，胸口的肌肉便鬆弛一分，
而陽光掠過皮膚時是如此溫柔，感覺皮膚上的汗毛都被梳得服貼。
我打從心底覺得，可以通車上學是一件幸福的事。

營養不良的女生在下兩站上車，從這站開始，公車便顯得擁擠。

但不管公車是否擠到爆，我站著的空間依然非常寧靜。

硬要形容的話，我站著的地方就是公車內的桃花源。

「書包。」

我又聽見她的聲音，這次聽得非常清楚。

我略低下頭，視線俯角30度，與她30度仰角的視線共線。

「還是袋子先吧。」她微微一笑，伸出右手。

『嗯。』我竟回答得理所當然，然後把提在左手的袋子遞給她。

綠色的袋子直放地上，被深藍色溫柔的海洋包圍住。

「接著是書包。」

『嗯。』我左手從左肩卸下書包，她伸長雙手接住。

綠色的書包平躺在同一片深藍色的海上。

『謝謝。』我說。

「不客氣。」她說。

我嘴唇微張，想再多說點什麼，她則禮貌性的等候我開口。

我始終想不出適當的話語，只好閉上嘴，對她微微一笑、再點個頭。

她也報以微笑。然後我們的視線緩緩分開。

這次視線相對的時間比上次久一點，她的相貌我可以看的更清楚。

白皙的膚色和雙頰的粉紅依舊，嘴唇在臉上畫出的線條很俐落。

鼻尖在雪地裡微微聳立，海拔雖然不高，卻很筆挺。

瞳孔的顏色很淡，像加了太多牛奶的咖啡一樣，呈現淡淡的褐色。

也許是眼鏡的關係，透過玻璃再加上陽光的反射，瞳孔的顏色便失真。

13

但我直覺地認為，搞不好她真的是混血兒。

剩下的30分鐘車程，我望著窗外看看這城市，偶爾讓視線四下亂飄。
上學時間比上班時間早了約一個鐘頭，因此清晨公車上幾乎都是學生。
行李架上也滿滿擺放著學生的書包和袋子。
以現在而言，我的視線範圍內都是學生，最大的差別是書包的顏色。
營養不良的女生站在我前方，但我們之間還隔了一個跟我同校的男生。
這女孩太瘦了，以致她的書包和袋子看起來特別沉重。
如果緊急煞車，那麼她可能會飛出去，而書包和袋子則會留在原地。

公車開始減速，我的學校快到了，這次我一定不能再搞笑了。
我低下頭想拿回書包，發現她雙手捧著我書包，似乎已經準備好了。
『謝謝。』我趕緊說，同時伸出左手握住書包背帶。
綠色書包先離開深藍色的海，我將它掛回左肩。
然後她提著袋子遞給我，為了避免碰觸她握住袋子提手的手指，
我緊抓住袋子的右上角，讓綠色袋子離開深藍色的海，回到我的左手。

我發現她手臂的膚色似乎更白皙，於是手掌背的青筋顯得格外翠綠。
她也許是混血兒的想法又再次浮現。
『請問……』轉身下車前，我終於忍不住問：『妳是混血嗎？』
「不。」她說，「我只是貧血。」
我楞了楞，回神後匆忙下了車，有點狼狽。

下車後我又呆在原地，目送公車的背影愈來愈遠、愈遠愈淡。
How is now？現在是怎樣？
我一定要在下車前問鳥問題嗎？不搞笑會死嗎？

14

「又發呆！」路過的班上同學敲了一下我的頭，「走啦！」
好痛啊，我又回到悲慘的真實世界。

只說聲謝謝就下車很難嗎？為什麼我非得發問呢？
上課時壓抑不住滿腔悲憤，握筆的手因太過用力而顫抖著。
「啪」的一聲，我竟然把鉛筆弄斷。
「你是白痴嗎？」坐我旁邊的同學問。
『是的。』我很用力點了點頭。

決定了。
下次碰面時，除了說謝謝外，什麼話都別說。
不過只說謝謝太單調，應該混搭著用感謝、多謝、感恩、Thank you。
嗯，就這樣。

下次遇見她時隔了四天，中間有例假日。
但我的意志非常堅強，絕不會忘記我的決定。
我一上車就定位右手拉住吊環後，發現她又坐在我面前。
心裡才剛閃過「真好」的念頭時，她便抬起頭。
「書包。」她說。
我嚇了一跳，不知作何反應。下意識看了看四周，車內還很空啊。
我一直以為她幫我拿書包的先決條件是公車基本上處於擁擠的狀況。

「我又忘了。」她笑了笑，「還是袋子先吧。」
『謝謝。』我回過神，左手把袋子交給她。
「然後是書包。」
『感謝。』我再把書包交給她。

她又笑了笑，然後低下頭，我注視她三秒後，才趕緊將視線投向窗外。

一直到快下車前，我心裡始終納悶著。
「書包。」車停的同時，她雙手將書包遞給我。
『多謝。』我左手接過書包背帶，俐落地甩上左肩。
「袋子。」
『感恩。』我小心翼翼抓住袋子右上角，避免碰觸她的纖纖素手。
轉身下車瞬間，想到還有一個詞沒用，便回頭說：『Thank you。』

「其實我是中美混血哦。」她突然說。
『是嗎？』我的決定破功了，又用了問句。
「因為我父親是台中人、母親是美濃人，所以我是中美混血。」
她說完後，我整個人呆住、無法動彈。
楞了幾秒後才猛然想起要趕快下車，於是跌跌撞撞地奔下車。

她是開玩笑的嗎？她是在開玩笑吧？是嗎？是吧？
目送公車的背影時，心裡還在琢磨著。
啊，沒錯，雖然難以想像，但她剛剛確實開了個玩笑。
她竟然跟我開玩笑？這是否意味著我跟她已經不只是初識了？
沒錯，雖然還是難以想像，但起碼在她心裡我應該不再完全陌生。
身後隱約傳來殺氣，我立刻低下頭，這次終於沒被敲頭了。

從那次開始，只要我一上車遇見她，她便會幫我拿書包。
不論公車內是否已擁擠。
除了剛上車時她說「袋子」、「書包」；我說『謝謝』外，
45分鐘的車程中，我們不作任何交談，視線也很少接觸。

倒是我要下車時，偶爾會聊兩句，不多不少，就是兩句。

「我是道道地地的台灣人哦。」她說。

『喔。』

「上次是開玩笑的。」

『嗯。』我笑了笑，『我知道。』

我轉身下車，覺得這種Ending很完美。

「下車小心。」她的聲音從背後傳來。

我不禁回過頭看著她，有點難以置信。

她沒再說話，只淡淡笑了笑，左手指了指公車前方。

我立刻醒悟，轉身加快速度，鑽出一條路下車。

不知道是她的叮嚀還是早晨的陽光，下車後我覺得整個人暖洋洋的。

從此在遇見她的日子裡，「下車小心」總是伴隨著我下車。

以前由擁擠的公車內下車時，難免會跌跌撞撞，有時甚至是狼狽不堪。

而下車後踩在地面時，肩上和手上的負重會提醒我升學壓力的存在。

但她這句叮嚀即使只是單純的客套，也會讓我下車時的心情從容篤定。

我甚至會有身上的負重減輕了的錯覺。

「你是高二嗎？」她問。

『是的。』

「我也是高二哦。」

『很好。』

「下車小心。」

一般成年人之間的互相介紹會從問人貴姓開始，可能為了方便稱呼，
也可能只是應酬似的客套。
但高中生之間應該會先問就讀的高中，再問唸幾年級。
這種問法既不是為了稱呼，也不是應酬話，只是單純想知道而已。
對於想進一步認識對方而言，是一個重要且必經的階段。

曾經很納悶為何我一上車就會剛好站在她面前方圓半公尺內？
推敲了幾天後，發覺這很合理、也合邏輯。
對通車上學的學生而言，每天在幾乎同樣的時間搭同樣路線的車，
如果可以選擇，一般人會坐在幾乎同樣的位置、站在幾乎同樣的地方。
這也許是因為安全感作祟或者只是單純的習慣。
我和她應該都屬於一般人，於是她總是坐在公車左後方的座位；
我則站在公車後門往車尾四步的地方，面對左側窗戶。

後來我上車後轉身往車尾跨步的瞬間，眼角就啟動搜尋功能。
一旦瞄到她，我會不自覺修正步幅大小，以便能夠完美地抵達她面前。
我甚至懷疑我是否還保有剛好走四步的習慣。
於是在自主意識的幫助下，我總是能剛好站在她面前。
合不合理、合不合邏輯、是否命中註定、是否特別有緣都不是重點，
重點是我會站在她面前、我想站在她面前、我要站在她面前。

「對了。」她說，「我說我貧血也是開玩笑的，我只是皮膚白而已。」
『喔。』
「皮膚白不犯法吧？」
『不犯法。』我說，『但是犯規。』
「下車小心。」她笑了笑。

有幾次我還聞到她身上有股花香，香味細緻且濃郁。

「你是不是聞到花香？」

『嗯。』我點點頭。

「是梔子花哦。」她從上衣口袋拿出一片白色花瓣。

『原來如此。』我笑了笑。

「下車小心。」

我貪戀那股香氣，進教室後把鼻子貼近書包，閉上眼睛仔細聞了一圈。
真是幸福的書包啊，可以躺在滿是梔子花香味的深藍色海洋上。

「你是狗嗎？」坐我旁邊的同學問。

『我寧願是。』我再把鼻子貼近袋子。

那時正是梔子花盛開的時節，在學校的工藝教室與美術教室之間，
沿路綻放梔子花。花朵約掌心大小，花形非常優雅。
以前經過時總是無視，自從認識她後偶爾會特地繞路去聞香。
梔子花的花瓣像她的膚色一樣，都是純淨的白。
後來每當我看見梔子花或聞到梔子花香時，都會聯想起她。

「你喜歡梔子花嗎？」她問。

『喜歡。』我看了看她，點點頭。

「梔子花的香氣很濃烈，聞久了好像會醉呢。」

『沒錯。』我又點點頭。

「下車小心。」

雖然不是每天上學都會遇見她，但只要遇見她，我的書包就會很幸福。

我曾統計過，在50個上課的日子裡，有19天遇見她，機率是0.38。
這種數字如果是打擊率的話，在棒球場上幾乎篤定拿打擊王了。
還有個有趣但並不嚴謹的統計，那就是在遇見她的日子裡，
我考試的平均分數比較高。
這或許意味著讓我成績進步的最佳解，便是提高上學時遇見她的機率。

「今天天氣很好。」
『嗯。』
「是個適合認真唸書的天氣呢。」
『沒錯。』
「下車小心。」

有次在颱風下雨的天氣裡遇見她，那天雨下得很大，即使打了傘，
書包和袋子還是不免被雨水弄溼。
尤其是收傘上車的過程中，會有兩秒左右是處於任風雨欺凌的狀況。
上車後發現地板因眾人溼鞋踩踏而有點泥濘，我躡手躡腳走到她面前。
「袋子。」她說。
『會弄溼妳的裙子。』我看了被雨水淋溼三分之一的袋子一眼。

可能是車子引擎聲和雨聲掩蓋了我說話時壓低的音量，她應該沒聽到。
「還是不要好了，會弄髒袋子。」她看了看地板上的溼泥，「雨傘。」
我將同時拿著袋子和雨傘的左手伸向她，她緩緩抽出我的雨傘。
連同她的雨傘，她把兩支雨傘斜斜地靠在雙膝，小心翼翼取得平衡。
「書包。」她說。
『會弄溼妳的裙子。』我又說。
「我的裙子溼了，你的書包應該不介意吧？」她應該又沒聽到。

我不知道該回答是或不，而且拿著袋子的左手也不方便拿書包給她。

「唉呀。」她恍然大悟，「還是應該要拿袋子才對。」

『會弄溼……』

她沒等我說完便伸出右手，我猜即使我說完她大概也不會聽見。

我欲言又止，遲疑了一下，還是將袋子遞給她。

她將袋子平放在雙腿上，然後左右手分別拿起靠在雙膝的兩支雨傘。

『謝謝。』我說。

「不客氣。」她終於聽到了。

也許是因為從未在公車行駛途中與她對話過，再加上本身有些狼狽，

我不知如何掌握說話的節奏，而且說話的音量始終壓低。

大概除了那句『謝謝』維持正常外，其餘的話語好像含在口中一樣。

我發現她的髮梢有些溼潤，上衣也有幾處被雨水濺溼的痕跡。

同樣因風雨而有些狼狽，但她的神情依然一派輕鬆。

「你看。」她抬起頭，左右手各拿著一支傘，手心握住傘柄。

把傘立直，傘尖抵住地板，身子向前傾，說：「這樣像不像在滑雪？」

我忍不住笑出聲音，笑聲恐怕比剛剛說話時的音量還要高。

看來她除了皮膚白之外，個性也有點白，白目的白。

「今天雨下得真大。」

『嗯。』

「是個適合認真唸書的天氣呢。」

『沒錯。』我又忍不住笑了。

「下車小心。」

快升上高三了，即將進入傳說中地獄般的日子。

在聯考是大學入學唯一管道的年代，對她和我這種普通高中生而言，
不管冷熱、無論晴雨，都是適合認真唸書的天氣，也都該認真唸書。
我和她都有這種覺悟，而且為了避免升學壓力太大而導致精神失常，
我們也同時有了要常說冷笑話解壓的覺悟。

「一個大雄要配一個靜香，那很多個大雄要配什麼呢？」她問。

『嗯⋯⋯』我想了三秒，說：『進香團。』

「這答案不錯。」她笑了。

『或許吧。』我也笑了。

「下車小心。」

「鄭成功給兒子一千塊，為什麼兒子只花兩百塊？」她問。

『所以才會叫正經八百啊。』我回答。

「這問題其實很無聊。」她笑了。

『確實是無聊。』我也笑了。

「下車小心。」

「什麼是眾矢之的？」她問。

『馬桶。』我說，『更嚴謹的答案是：公共廁所的馬桶。』

「你反應好快。」她笑了。

『剛好猜到而已。』我也笑了。

「下車小心。」

升上地獄般的高三後，袋子愈來愈沉、書包愈來愈重。

我不想讓她雙腿上的負擔過重，總是先把袋子塞滿以減輕書包重量。

鼓鼓的袋子像懷孕八個月的肚子，我擔心總有一天袋子會被撐破。
在車上將袋子交給她時，我會先將袋子直放地上，然後緩緩推向她；
下車拿袋子時，我會請她先推出袋子，我再緊抓住袋子右上角拉向我。
總之我不讓她有提袋子的機會，事實上她單手應該也提不動。

「你的書包變輕了。」
『嗯。』
「但袋子什麼時候要生小孩？」
『聯考過後吧。』
「下車小心。」

以前我從不洗書包，認識她之後我每星期至少洗一次書包和袋子。
書包和袋子早已褪色，青草般的翠綠變成比黯淡再淡一點的綠。
跟學校其他同學的書包比起來，我好像背著一個外校的書包。
原本綠底白字的書包和袋子，由於綠色部分太淡，校名便模糊不清。
如果第一次遇見她時背著現在的書包，她應該很難看出我就讀的學校。
那麼我當時的問句便不再是鳥問句，而是有意義的。

書包顏色變淡的過程是緩變的，跟她認識的程度也是漸進的。
隨著書包顏色愈來愈模糊，她的影像在我腦海裡愈來愈清晰。
無論是緩變或漸進，速度同樣慢到難以察覺變化。
驀然回首才驚覺書包早已不再翠綠，而我和她也認識了快十個月。
書包和袋子不僅記錄著我跟她認識的時間，也成了我和她之間的見證。

「你的書包和袋子都變老了。」
『嗯？』

「因為白了頭。」

『說的好。』

「下車小心。」

高三下學期在二月上旬開學，也是西洋情人節前夕。

我坐的那路公車為了應景，辦了個「愛情留言」活動。

乘客可自由拿取置放在司機座位旁的粉紅色卡片，寫完後投入收件箱。

司機會將愛情留言卡打洞穿上線，綁在吊環上的帶子。

剛開始時車上只有幾張零星的卡片，三天後所有的吊環上都有粉紅色。

有的吊環上甚至繫了三、四張卡片，看起來很壯觀。

「你有看到有趣的留言嗎？」

『沒有。』我搖搖頭，『寫的都滿無聊的。』

「字句也許無聊，但這樣做很浪漫呀。」

『是嗎？』

「下車小心。」她點點頭。

我18歲的人生像白開水一樣，雖然平淡，但很健康。

原以為在卡片上留言然後公開展示是件無聊的事，不管寫的好不好。

不過既然她說這樣做很浪漫，那就⋯⋯

就寫寫看吧。我想應該不會有害健康。

放學回家的公車上，我在下車時悄悄的摸走一張粉紅色卡片。

司機有意無意地看了我一眼，我竟然感到無比心虛。

回家後想了整晚，一個字也擠不出來。

隔天上車找靈感，發現我右手抓住的吊環上面掛著三張女孩寫的卡片：

「我是那樣的深深的愛著你。深深的、深深的，像大海一樣深。」
「為什麼？只是在卡片上寫『我愛你』而已，竟然流下了眼淚。」
「邂逅真愛生死不渝，今生只為與你相遇，下輩子還要在一起。」
如果以後我女兒寫出這種留言，我大概會跟她斷絕父女關係。

上課時無法專心，總在思考該寫些什麼？
這樣不是辦法，得趕快寫點什麼，什麼都好，不然根本無法上課。
我閉上眼睛，試著在腦海裡浮現她的影像，卻是一片朦朧的白。
慢慢調整焦距，影像逐漸清晰，那是梔子花的花瓣。
鼻子也彷彿聞到一股濃郁的芬芳。
嗯，就這麼寫吧。

　　給看似混血其實貧血的女孩

　　總是在擁擠的公車內遇見坐著的妳
　　在只屬於我的40公分見方的桃花源裡
　　從未見過妳站起
　　如果能在開滿梔子花的山坡上
　　再次與妳相遇
　　即使妳只是迎面走來　說花好美哦之類的話語
　　然後與我別離
　　我依然相信　那一定是我今生
　　最美麗的記憶

　　　　　　　　　　　　國標舞舞者

反覆讀了幾次，總覺得不太滿意，寫不出詩該有的感覺或意境。

人們常說戀愛會讓人變成詩人，也許是因為我不是處於戀愛的狀態，

甚至連單戀也不算，所以才無法寫出一首完整的詩。

不過對我這樣的普通高中生而言，這已經是絞盡腦汁的最佳解了。

反正我的目的不是寫詩、也不是寫下愛情留言，而是許願。

我希望將來離開通車的日子後，我還能遇見她，不管何時與何地。

放學的公車上，可能是因為緊張，精神有點亢奮。

下車時經過司機旁，雖然知道司機會習慣性看著乘客下車，

但當他瞄了我一眼時，我又莫名其妙感到心虛。

迅速將卡片投入收件箱後，我飛也似的衝下車。

之後坐車時，總會特別留意右手抓著的吊環上面的卡片。

愛情留言活動從二月初到三月中，這段期間我從未發現我寫的卡片。

這其實很正常，畢竟我不可能找遍車上每一個吊環上的每一張卡片，

而且這路公車也不只一輛。

雖然知道剛好看到自己所寫的卡片的機率極低，

但我還是很想看看那張卡片繫在吊環上的樣子。

當公車終於回復正常而不再一片粉紅時，心裡湧現一股莫名的失落感。

無論如何，這件事要讓它早點過去，我不該放在心上。

在聯考腳步已經逼近的階段，我應該更專心、更心無旁騖。

如果我有任何敏感或細膩的心思，應該要全放在數學上頭，

或許還可以幫助我解題。

「只剩100天了。」她說。

『是啊。』
「第二句。」
『啊?』
「下車小心。」

教室黑板的右上角,總是用黃色粉筆寫下距離聯考的天數。
黑板每天擦來擦去數十遍,那小塊黃色角落始終被慎重地避開。
當你問高三生今天是幾月幾號?他會想三秒才回答,而且未必答對。
但如果你問的是距離聯考還有幾天?他會毫不遲疑說出正確的答案。
而且是用驚恐的語氣。
一旦我腦海裡浮現出那個黃色數字,腦袋會瞬間凝固,無法思考。
我猜她也是如此,所以根本無法說出有意義的第二句話。

「吃過早餐了嗎?」她問。
『吃過了。』
「身體要顧好。」
『謝謝關心。』
「下車小心。」

當黃色數字只剩下兩位數時,我常沒來由的感到緊張,然後心跳加速。
這種緊張感突襲的頻率隨著黃色數字的減少而增加。
似乎只有在上學途中遇見她時,心跳的速率才會平緩。
而她的簡單問候對我來說是種良藥,可以讓我在很長的一段時間內,
不被緊張感突襲。

距離聯考剛好只剩兩個月的那天,我又聞到她身上的梔子花香。

「梔子花又開了。」她從上衣口袋拿出一片白色花瓣。

『是啊。』

「時間過得真快。」

『是啊。』

「下車小心。」

對於時間飛逝這件事，我真的無話可說。

從初識她那天算起，已過了一年又一個月。

當今年的梔子花凋謝後，我還可以再聞到她身上的梔子花香嗎？

即使僥倖可以，又是在何處呢？

為了怕分心，也不想在上課期間莫名其妙想起她，我刻意不去賞花。

但我終究按捺不住想聞香的衝動，還是在某天中午衝去賞花。

可惜梔子花半數已凋謝，剩下的半數又大多轉為乳黃色的花，

純白的梔子花所剩無幾。

花兒謝了，才決定去賞花。花落了，變成土肥，等待下一個春末夏初。

還會綻放出一大片潔白嗎？

我竟莫名感傷，莫非這就是所謂的聯考症候群？

「幫你加個o。」

『嗯？』

「Hell是地獄。」她笑了笑，「但加個o就變成Hello了。」

『沒錯。』我也笑了，『謝謝。』

「下車小心。」

「如果你的面前有陰影，請別害怕。」

『嗯？』

「那是因為你的背後有陽光。」

『謝謝。』我說，『不過陽光就在我面前，所以陰影早已拋到背後。』

「下車小心。」她笑了，笑容如朝陽般溫暖。

6月的第二個禮拜四，就是我學校的畢業典禮。

離聯考還有將近三個禮拜，為了確保我們這種準考生會努力不懈，

校方希望我們畢業後還是要來學校，老師也可以來幫我們複習功課。

差別的只是可以比之前晚一個鐘頭到校。

而夜間也開放一間閱覽室到晚上九點半，讓準考生自由利用。

因此畢業後我還是每天到學校，待到晚上九點半才回家。

不知道她學校的狀況如何，但晚一個鐘頭出門的我，從此不再遇見她。

乘客換成上班族和一些買菜的婦人，不再幾乎全是學生。

這路公車已坐了三年，如今我竟然覺得好陌生。

而且好孤獨、好寂寞，有時甚至覺得傷感。

我想我再也看不到她了。

夜間的閱覽室開放到考前三天，我一直待到最後一晚最後一刻。

離開學校（這次真的是徹底離開）後，獨自在站牌下等公車。

突然又想起她，不知道她準備得如何？會緊張嗎？考得上吧？

我想她應該和我一樣，在最後的衝刺階段，壓抑所有唸書以外的念頭，

一心一意專注在聯考這件事吧。

車來了，我仍然從後門上車。簡單瞥了一眼，座位只坐了三成。

我依照習慣轉身往車尾方向走，打算隨便找個位子坐下。

走到第四步，發現她就坐在身旁，略低下頭，或許休息或許沉思。

再往後走也不是、站著也不是、坐下也不是，我所有動作完全暫停。

車子重新啟動，我嚇一大跳，嘴裡不禁發出一聲「啊」。

在失去平衡的瞬間，右手反射似的向上抓，剛好抓住一個吊環。

這擾動應該喚醒了她，她抬起頭看著我，眼神充滿驚訝。

互望了一會後，我覺得在略顯空曠的公車中當唯一站著的人實在很怪，

便繼續往車尾跨出一步，然後把書包和袋子放上行李架，

在她右側50公分處坐下。

這距離差不多是一個成年胖子的屁股寬度。

我感覺坐著有些不舒服，大概是座椅有些硬或是坐姿不自然吧。

或許不是座椅或坐姿的問題，而是我根本不習慣在她身旁坐著。

眼角餘光偷瞄了她幾次，她似乎仍然維持著休息或沉思的狀態。

一想到應該開口跟她說些什麼，頓時覺得緊張萬分，心跳狂飆。

我猜聯考當天聽到鐘聲要進入考場時的緊張感約莫也是如此吧。

從未以坐著的角度跟坐著的她交談，我得先克服這股陌生感才能開口。

暗自深呼吸試著冷靜，腦海裡也迅速搜尋合適的字句當開場白。

想了許久才想出『這麼巧，妳也這時候才回家』之類的話。

我打算等心跳恢復正常後便轉頭開口。

沒想到心跳恢復正常時，我也快下車了。

公車正在等紅燈，綠燈亮後右轉100公尺就到站了。

我無暇細想，按了下車鈴，站起身拿下行李架上的書包和袋子，

書包掛上左肩、左手提著袋子，然後往前走了一步，停下。

綠燈剛好在此時亮起。

回到我站著她坐著的習慣位置，我想我可以開口了。
「你也在學校待到這麼晚才回家嗎？」她反而先開口。
『是啊。』我說，『家裡比較吵、誘惑也多，便想在學校多唸點書。』
「我也是這麼想。」她點點頭，呼出一口氣，「不過還真累。」
『這也是沒辦法的事。』
「聯考加油哦。」
『第三句了。』

她楞了一下，隨即笑了起來。
「那麼再說第四句吧。」她說，「祝你金榜題名。」
『謝謝。』我說，『妳也是。』
公車開始減速靠站，我也該往前走了，但腳步始終無法邁開。
我驚覺我似乎被「下車小心」這句話制約了。
換言之，當她沒說「下車小心」時，我根本無法下車。

「下車小心。」她終於說，在公車靜止的瞬間。
我很努力地看了她一眼，因為我知道，這一眼很可能是最後一眼。
車門嘩啦一聲開啟，我轉身快步向前，在司機回頭時剛好經過他身旁。
低頭躍下車門階梯，車門在身後迅速關閉，然後公車繼續向前。
我轉頭看著公車漸漸沒入遠處的黑暗，突然有股想哭的衝動。

腦海裡冒出許多凌亂的字句，但排列組合後似乎別具意義。
這些文字如泉水般湧出，止也止不住，而且源源不絕。
如果是這時候，那張愛情留言卡只需五分鐘就可以填滿。

看來現在的我已經可以寫詩了。

剎那間我恍然大悟，原來我真的很喜歡她。
第一次遇見她是去年四月初，離別是今年六月底，總共約一年三個月。
扣除假日，再乘上遇見她的機率值0.38，我遇見她超過100次。
我到底是從何時或是從哪次開始，喜歡上她呢？
也許每一次的相遇都像是往駱駝背上添加的一根稻草，
我並不知道哪一次才是壓垮駱駝的最後一根稻草。
我只知道駱駝已經倒了，而且這次應該是我最後一次見到她。

公車的離去帶走我身上所有重量，我彷彿置身於無重力狀態的太空。
在太空中，眼淚也沒有重量，因此淚水不會沿著臉頰流下來，
只會不斷累積在眼球周圍。
所以我沒有流下一滴淚，但眼窩裡滿滿都是淚水。

這一年是1992年，也是尾崎豐猝逝的那一年。

2　珊珊學姐

承她吉言，我僥倖考上南部一所大學。
雖然榜不算太金，但終究是題了名。

我在南部求學和成長，原本期待能考上北部的大學，可惜無法如願。
也許是因為遇見她的機率只有0.38，如果超過0.4，
應該就能考上北部的大學了。
差可告慰的是，雖然仍在南部，但起碼換了座城市。

放榜前一天我透過電話查詢榜單，電話撥通後輸入准考證號碼，
三秒鐘後便聽見答錄機中傳來甜美的女聲：
「蔡修齊同學您好。恭喜您錄取國立ＯＯ大學ＸＸ工程學系。」
我沒有特別的興奮感，只覺得鬆了一口氣，黑暗的日子終於結束了。
不過我隨即想到，如果輸入的准考證號碼不在榜單中呢？
「ＸＸＸ同學您好，請節哀。請相信生命依舊美好，一定要堅強哦。」
會是這樣嗎？

隔天報紙出來後，攤開一看，密密麻麻的都是人名。
找到錄取的校系，確定自己名字真的在上頭後，突然覺得很失落。
我不知道她的名字，根本無法知道她是否錄取？或是錄取哪間大學？
直到此刻我才死心，我之後的生命歷程不會再有她的蹤跡。
但即使沒有蹤跡，她的身影應該會在我腦海裡逗留很長很長的時間。
因為你怎能經過一片海，卻忘了它的藍？

算了。上了大學後，下一個春天便會來臨。
仔細察看未來同學的名字，發現女生只有5位，而男生有50位。
果然如傳說般，這個學校工程學系的男女比例懸殊。

不過聊勝於無，起碼比高中時代好多了，因為我高中唸的是男校。

開學後才發現班上女生只有4位，原來有個叫李君慧的同學是男生。
這世界很殘酷，取女生名字的可能是男生，但取男生名字的就是男生。
一下子班上的女生少了兩成，對我的打擊還滿大的。
而這個叫李君慧的同學也剛好成為我宿舍的室友之一。
他的身材算魁梧，個性有點軟，但人很正直，是當朋友的好人選。

學校宿舍是四人房，我得學習和適應跟別人共同擁有私密的生活空間。
還好我的個性雖然沒有大的優點，但也沒明顯的缺點，
室友們看來也是如此，所以相處還算融洽，幾天後就能打成一片。
另兩位室友分別是阿忠與小偉，依姓名的最後一個字叫。
至於李君慧，我只能連名帶姓叫他，因為如果我叫他「小慧」，
旁人搞不好會以為我和他之間有曖昧。

高中時代6點不到就得起床，出門得花45分鐘車程才能到校。
現在只要5分鐘就能到上課地點，對我而言簡直是天堂。
大學是個培養獨立思考的地方，這點我有很深刻的感受。
例如我會因為第一堂課的上課時間而自動調整起床的時間，
8點上課7點40起床；9點上課8點40起床。
而且我腦袋真的會獨立思考喔，它會根據該堂課是否會點名、
老師是否機車、是否很想繼續睡等因素，判斷該不該起床。

11月初系上學長辦了兩天一夜的迎新露營，地點在墾丁。
對大一新生而言，這是很重要的活動，也很令人期待。
玩趣味遊戲時，因為女生實在太少了，只好由男生扮演女生的角色。

比方咬著小吸管傳橡皮筋的遊戲，原本應該貼近青春女孩的臉龐，
聞到她身上陣陣幽香，感受她吹氣如蘭，光幻想一下就覺得亢奮。
然而現在卻是跟臭男生耳鬢廝磨，我猜我和對方都很想死。
晚上躺在滿是汗臭味的帳棚裡，在鼾聲雷動中我開始思考人生。
如果持續這種狀況，我四年大學生活或許很充實，但可能會太陽剛。

回到學校後左思右想，決定要參加社團，拓展女孩人脈。
但我仔細想了幾天，竟然想不出除了唸書以外的專長或興趣。
經過高中三年的摧殘，所有非唸書的興趣在萌芽前就被連根拔掉了。
剩下可以稱之為興趣的部分，可能是基於人性，而非興趣本身。
比方如果我對游泳社有興趣，不會是因為喜歡游泳，
而是因為喜歡看女孩穿泳裝。
但我不會也不該因為泳裝女孩而加入游泳社，即使她們穿上比基尼。

阿忠與小偉加入國術社，書桌旁各自擺了把木製苗刀，看起來很酷。
李君慧加入合唱團，書架上放了幾本樂譜，偶爾還有女孩來教室找他。
週三晚上很難熬，因為國術社和合唱團當晚都有社團活動時間，
我只能獨自待在寢室裡思考人生。
乾脆去學生活動中心走走吧，所有社團辦公室都在那裡的三樓和四樓，
或許我可以找到合適的社團。

爬上學生活動中心的三樓，眼前是一塊自由空間，約有兩間教室大小。
左右各一條長長的走廊，社團辦公室就分布在走廊兩側。
辦公室門口掛著社團名牌，牆上也貼滿活動訊息或招募新社員的海報。
我兩條走廊各走了一遍，沒發現感興趣的社團。
嘆了口氣，繼續爬上四樓。

四樓的格局跟三樓一模一樣，自由空間裡擺了一些桌椅，分布很凌亂。
牆上釘了幾塊白板和布告欄，剩餘的牆面幾乎被海報佔滿。
學生分成幾群，坐在椅子上聊天或討論，談笑聲非常響亮。
剛剛在三樓沒仔細觀察這種空間，我想在這裡看看或許會有新發現。
我在一張海報前駐足，因為上面寫著：公車吊環握法測性格。
那是心理社的海報。

這個測驗有六個選項，我選了第五個答案：用五根手指緊握住吊環。
如果以我高中時的通車經驗來說，我覺得其他答案的意義不大。
例如一手同時抓住兩個吊環、兩手各抓一個吊環這兩種答案。
在那種擁擠的狀況，一個人要抓住兩個吊環根本不太可能，
即使可能也不應該，如果有人因此而沒有吊環可抓，就太沒公德心了。
至於用三、四根手指鉤住吊環這個答案，最好你指力夠強，
不然你要有在公車上跳國標舞的心理準備。
國標舞？我整個人瞬間凍結。

我經常想起她，但從未突然莫名其妙想起她。
四個多月了，她的影像在腦海裡只蒙上一層細細的灰塵。
我用嘴巴輕輕一吹，影像立刻清晰無比。
梔子花女孩啊，此刻妳在哪裡？正在做什麼呢？

「呆板的髮型、青澀的神情，他應該是大一生。」
「從他的視線看來，像是對這個地方很好奇，可見他很少來或是根本
　沒來過這裡。所以他應該沒有加入社團。」
「上衣沒紮好，露出一小截衣角，頭髮沒有梳理而且雙腳踩著拖鞋，
　我推測他的個性很散漫。」

「不。他走路時腳步沉穩,視線移動時有一定規則,個性應該不散漫。
　我推測他應該沒有女朋友,所以還不習慣打理自己的外表。」

我轉過頭,發現離我七步遠坐著兩個女孩,似乎正對著我說話。
她們的長相都不錯,也同時屬於甜美型,最大的差別是短髮和長髮。
不能以貌取人的道理你知道、我知道、拿石頭打小鳥的死小孩也知道,
所以我喜歡的女生不一定要長得漂亮,只要讓我有感覺就好。
只不過讓我有感覺的女生總是長得很漂亮。

當我一看到令我有所感覺的女生,心裡立刻會選擇特定的形容詞,
比方可愛、甜美、漂亮、清秀、標緻等來形容她們。
如果難以選擇,也會用長得不錯、還滿好看、氣質很好等來形容。
這兩個女孩會讓我心裡立刻選擇形容詞,我選的都是甜美。
以外貌而言,她們是屬於讓我45%心儀的女生。

「沒來過這裡現在卻來了,而且又不是走進社辦找人,所以他應該是
　想加入社團。」短髮女生說。
「沒錯。」長髮女生說,「而且每張海報他都看得很仔細,可見他很想
　參加社團,但還沒有決定加入哪個社團。」
我愈聽愈奇,從她們的視線看來,我可以確定她們就是對著我說話。
但她們竟然用第三人稱,而且不在乎我也正注視著她們。

「至於在海報上吹氣嘛……」短髮女生想了一下,「應該是海報上剛好
　停了隻蚊子或是其他昆蟲,所以吹氣趕走牠。」
「不。」長髮女生搖搖頭,「我推測他是處女座,有潔癖,見不得海報
　有灰塵,所以才會吹氣。」

『都不對。』我終於插上嘴,『海報上面沒有蟲,而且我是金牛座。』
她們楞了一下,互望了一眼後又同時轉頭看著我。

「學弟。」短髮女生向我招招手,「過來坐一下。」
我沒遲疑,直接走向她們,然後坐在她們面前。
「既然沒參加社團又想加入社團,要不要加入心理社?」長髮女生說。
我想了一下,不是因為要考慮是否加入心理社,
而是因為原本想問她們怎麼知道我是學弟、沒參加社團、想加入社團,
但隨即想起她們的答案早在剛剛對話時就出現了。

『請問妳們剛剛在做什麼?』我問。
「反客為主,這招厲害哦。」短髮女生笑了笑,「光看這一招,就知道
　　你很有成為心理社社員的潛質。」
「我回答你吧。」長髮女生說,「我們在做人物側寫,對象是你。」
『人物側寫?』
「那是心理社社員常玩的遊戲。」短髮女生說,「仔細觀察一個人的
　　外表、談吐、行為舉止等等,判斷他性格上的特徵和心理狀態。」
「我們回答完了,輪到你了。」長髮女生問:「想加入心理社嗎?」

『這……』我開始猶豫,畢竟這很突然,而且我對心理社還很陌生。
「你是工學院的學生嗎?」短髮女生問。
『是的。』我點點頭。
「那麼你班上的女生很少,而且你沒女朋友。想認識更多女孩應該是
　　你想加入社團的理由之一,搞不好是最大的理由。」長髮女生說。
「既然如此,就別再猶豫了。心理社也有一些女社員。」短髮女生說,
「而且你不覺得我們長得很漂亮嗎?」

短髮女生說完後，跟長髮女生相視而笑，兩人的笑容同樣甜美。

這種笑容太犯規了，我心中的防線瞬間被擊潰。

「這是入社申請表，你填一下基本資料。」長髮女生遞給我一張紙。

「筆在這裡。」短髮女生遞給我一枝筆。

我立刻提筆在紙上寫下姓名、系級、寢室號碼等基本資料。

「歡迎加入心理社。」她們異口同聲，「我們是珊珊學姐。」

『珊珊學姐？』我很納悶，『可是妳們是兩個人啊。』

「我是秀珊。」長髮女生指了指短髮女生，「她是怡珊。我們是會計系
　二年級的同班同學，又同寢室、同社團，總是同時出現、同時消失，
　我們幾乎形影不離，所以你只要叫我們珊珊學姐就行了。」

『所以兩位學姐都沒有男朋友。』我說，『因為妳們之中只要一個有了
　男朋友，就不可能維持形影不離的狀態。』

「唷！」怡珊學姐笑了笑，「輪到你側寫我們了。」

「心理社固定活動時間是每週五晚上七點，如果臨時有活動會通知。」
秀珊學姐指著四樓左邊的走廊，「社辦就在那裡。」

「後天晚上要提早半個鐘頭來，社長會對你做些測驗。」怡珊學姐說。

『測驗？』

「別緊張。」秀珊學姐說，「不是考試，只是玩一些心理測驗而已。」
珊珊學姐繼續說明心理社的活動內容，然後向我收取200元社費。

「對了。」怡珊學姐問：「你為什麼在海報上吹氣？」

『因為腦海裡有灰塵，要吹氣才能看清楚梔子花。』我回答。

珊珊學姐互望了一眼，再轉頭看著我。

「學弟。」秀珊學姐說，「心理社真的很需要你。」

「因為我們很缺具有異常人格的觀察對象。」怡珊學姐說。
然後珊珊學姐笑了起來，我也跟著笑。

雖然覺得加入心理社的過程有些詭異，但心裡卻很踏實。
大學生活過了快兩個月，原本只認識四個女孩，現在多認識了兩個，
一下子增加五成，真是進步神速。
而且不僅量有所增加，珊珊學姐的加入讓質的提升更是可觀。
將來以珊珊學姐為圓心向外拓展，一定可以認識更多漂亮的女孩。

星期五晚上我依照珊珊學姐的吩咐，六點半準時進了社辦。
「學弟，先等一下。」社長說，「我準備一下資料馬上就好。」
社長是機械系大三，戴著一副黑色大鏡框眼鏡，是十年前的流行款。
他的聲音很低沉，五官看起來有些老氣，這是我的第一印象。

我簡單打量一下社辦，四坪大小的狹長空間，右側角落堆了些雜物，
左側角落有張書桌和幾張塑膠椅，社長正低頭坐在書桌內側。
貼著右牆擺了兩個書櫃，櫃子裡放的大概都是心理學相關書籍。
左側牆上掛了一塊白板，上面寫了一些人名和電話，還有行事曆。
「好了。」社長抬起頭，「學弟，拿張椅子坐吧。」
我說了聲謝謝，拿張塑膠椅坐在書桌外側，面對著社長。

「在樓梯間遇見一個女孩迎面而來，你希望是你上樓、她下樓，還是
　你下樓、她上樓？」
社長右手拿筆，桌上放了張紙，雙眼直視著我。
雖說只是玩個心理測驗，但感覺好像調查員在審問嫌犯，而我是嫌犯。
『嗯……』我想了一下，『我下樓、她上樓。』

「喜―歡―偷―看―女―性―胸―部。」他低頭寫字,邊寫邊說。

『啊?』我大驚失色,不禁站起身,指著他面前的紙,『這……』
「這是心理測驗,代表你喜歡偷看女生胸部。」社長抬起頭說。
『為什麼我下樓就代表喜歡偷看女生胸部?』
「因為如果你要下樓而她要上樓,那麼你可以很輕易偷瞄她的乳溝。」
『我幹嘛要偷瞄她的乳溝!』
「這就要問你了。」社長說,「因為你選擇下樓。」
『如果我選上樓呢?』
「那就代表你喜歡偷看女生大腿。」

『這根本是捉弄人嘛!』我大叫,『那社長你怎麼選?』
「我當然是搭電梯。」
『選項沒有搭電梯啊。』
「人永遠會有選擇,而選擇是掌握在自己手裡,不是別人給的。」
『你……』這話很有道理,我一時想不出反駁的話。
「坐下吧。學弟。」社長說,「你要記住。我是社長,我很專業。」
雖然我很不服氣,但還是坐了下來。

「接下來我不問選擇題,問一個可以讓你自由發揮的題目。」社長說,
「如果看到一個眼睛周圍浮現藍色的婦女,你認為她發生了什麼事?」
『家暴吧。』我說,『也許是被她先生打的。』
「有―憎―恨―異―性―的―傾―向。」他低頭寫字,邊寫邊說。
『喂!』我又站起身。
「這次我可沒坑你喔,答案是你自己想的。」
『為什麼我認為她眼睛瘀青就代表我有憎恨異性的傾向?』

42

「我說的是眼睛周圍浮現藍色。」社長說,「你把藍色直接聯想成因為
　暴力而產生的瘀青,可見你潛意識裡憎恨女性,很想痛打她們。」
『那社長你怎麼回答這個問題?』
「眼睛周圍的藍色當然是因為塗藍色眼影而已啊。」社長說,「這題的
　答案只分正常和不正常兩種,塗藍色眼影之外的答案都是不正常。」
『你……』我指著他,說不出話。
「我是社長,我很專業。」社長說,「你請坐。」
我只好悻悻然坐下。

「差不多了,我大致了解你的心理狀態。」社長說,「你千萬不要因為
　被我看穿心理而反應激烈,要學會冷靜。知道嗎?」
『嗯。』我應了一聲,不置可否。
「咦?」社長似乎很驚訝,「你說謊了。」
『說謊?』

「在心理學上,眼珠往右上代表正在說謊,往左下表示正在回憶。
　很多刑警都是這麼判斷嫌犯是否說實話。」社長指著我的眼睛,
「你剛剛眼珠往右上方移動了。」
『右上表示說謊、左下表示回憶。』我問:『如果在回憶時說謊呢?』
「那就……」
社長轉動眼球,一會右上、一會左下,最後眼珠在眼眶裡拼命繞圈。

「好了。」社長摘下眼鏡揉了揉眼睛,用衣袖擦了擦眼鏡後重新戴上,
「團體活動時間到了。」
『社長。』我問:『你眼睛還好嗎?』
「我眼睛很好。不要忘了,我是社長,我很專業。」社長說,「走吧,

我帶你去活動地點。」

所謂團體活動時間就是在校園裡找個僻靜的角落，社員圍成圈。
四周一片漆黑，圓心只放了把手電筒，社員都坐在草地上。
在社長引導下，社員說出一些深埋在內心深處的祕密、挫折或陰影，
也有人藉此機會說出自己的暗戀情事或是情傷。
這種活動有點像是西方電影裡常見的團體心理治療。

社長要我先發誓在這個活動中所聽到的一切，絕不洩漏半句。
如違此誓，天誅地滅等等。
怎麼一個社團活動搞得像密謀造反的江湖幫眾聚會呢？
不過我聽了一會後，還頗贊同得先發誓這件事。
由於心理醫師會死守患者的祕密，所以患者便會向心理醫師坦白一切。
要讓社員坦白，確實得先做些預防措施，何況我們都只是學生而已。

剛開始聽時我還津津有味，但聽了一會後開始覺得無聊。
多數社員訴說的是自己的單戀、苦戀、暗戀，有的則是埋怨另一半。
只可惜說故事的技巧不佳，有時甚至像是單純的吐苦水或是抱怨。
我眼皮愈來愈重、盤坐的身子愈來愈彎，臉都快貼到草皮上了。
然後我隱約聽到兩個女孩在我身後低聲交談。
「視線朝下不朝圓心，他應該是不怎麼想聽，甚至覺得無聊。」
「身體前傾背彎如弓，而且有規律的擺動，他應該在打瞌睡。」

『珊珊學姐。』我轉過頭看見她們，『妳們怎麼這時候才來？』
「你沒聽過有句成語叫姍姍來遲嗎？」怡珊學姐說。
「所以我們兩個人總是會遲到呀。」秀珊學姐笑了。

珊珊學姐擠進圓圈，一左一右坐在我身旁。

幸好有她們的加入，枯燥的故事頓時變得有趣，我也愈坐愈直。

活動結束後，我跟珊珊學姐提起在社辦與社長的對話。

「你知道這屆的社長是怎麼產生的嗎？」怡珊學姐問。

『不是用選的嗎？』我說。

「不。」秀珊學姐說，「是猜拳決定的，而且是猜輸的當社長。」

『真的嗎？』我很好奇。

原來這屆的社長要改選時，一共有七位大三的學長符合選舉資格，

但沒有一位想當社長，最後只好用猜拳決定，猜輸的當社長。

七個人圍成一圈剪刀石頭布猜了十幾次，始終沒有結果。

有人提議乾脆只出剪刀和石頭，不要出布，這樣比較快。

「他們還真的繼續猜拳，而且只出剪刀和石頭。」怡珊學姐說。

『有這麼蠢嗎？』我很驚訝。

「這還不是最蠢的。」秀珊學姐說，「最蠢的是竟然還有人出剪刀。」

『啊？』我驚訝得說不出話來。

「結果有五個出石頭、兩個出剪刀。」怡珊學姐說。

「兩個出剪刀的人當中，有一個立刻意識到自己幹了件超級大蠢事，

　當下便說他沒臉再待在心理社了，於是退社。」秀珊學姐說。

「剩下那個出剪刀的人……」怡珊學姐還沒說完，秀珊學姐便接著說：

「就是現在的心理社社長。」

『所以我們的社長基本上是個白痴？』

「可以這麼說。」珊珊學姐笑了。

原本還有點擔心社長對我的心理分析可能會有一點點正確的成分，
因此我得仔細回想成長過程中到底是哪裡出了差錯？
不過現在不必擔心我的心理狀態了，該擔心的是在專業社長的領導下，
我會不會從正常人變成不正常？

三天後心理社辦了個水餃會，算是臨時增加的活動。
在學生活動中心四樓的自由空間，社員們自己包水餃、煮水餃。
打量了一下四周，社員三五成群談笑著，氣氛很融洽。
上次團體活動時間在黑漆漆的草地，我根本看不清旁人更別說認識了。
珊珊學姐按照慣例會遲到，在場的社員中我只認識社長。
雖然想找人聊天，但我可不想靠近社長，寧可獨自躲在角落包水餃。

「餡放太多、捏出皺摺的手法也太粗糙，他應該是第一次包水餃。」
「視線四處遊移，包水餃時既慢又不專注，他應該是想找人說話。」
「想找人說話卻獨自躲在角落，他應該是找不到人可以說話。」
「明明四周都是同社團的人，他卻找不到人可以說話，可見他應該是
　剛加入社團，所以還找不到可以算是認識的人說話。」
『珊珊學姐。』我轉頭笑了笑，『妳們終於來了。』

珊珊學姐分站我左右，挽起衣袖互望一眼後便開始包水餃。
她們各拿起一片圓形麵皮攤在左手掌上，右手舀一匙內餡擱在麵皮上，
食指沾水沿麵皮圓周滑了一圈，左手一握，雙手手指俐落捏出皺摺。
「第一顆水餃包好了。」珊珊學姐說。
『好快。』我驚嘆。
一轉眼工夫，她們已各包了15顆水餃，速度幾乎一樣。

「看到了吧。」怡珊學姐說，「我們不只是長得漂亮而已。」

「而且還很有才華呢。」秀珊學姐說。

『所謂的才華是指包水餃嗎？』

「當然囉。」珊珊學姐笑了。

『確實很有才華。』我也笑了。

珊珊學姐把我包的大約20顆水餃放進現場三個鍋子其中一個煮。

「仔細記住這個鍋子。」怡珊學姐問：「記住了嗎？」

『嗯。』我點點頭，『為什麼要記住？』

「待會千萬不要吃從這個鍋子中撈出的水餃。」秀珊學姐說。

『我知道。』我笑了，『但是我會請社長吃。』

「乖。」珊珊學姐也笑了。

「水餃會目的不是比賽包水餃，而是聯絡社員感情。」怡珊學姐說。

「我們帶你去認識別的社員吧。」秀珊學姐說。

珊珊學姐拉著我四處串門子，幫我和其他社員互相介紹。

「這學弟有憎恨異性的傾向。」社長指著我，「妳們要好好感化他。」

「我們一定盡力。」珊珊學姐回答。

『社長請吃。』我端了一盤可能是我包的水餃。

「嗯。」社長點點頭，「謝謝。」

心理社社員總共約50個，每次聚會大概會來8成，比例算高。

像我一樣的大一新社員有12位，其中3位是女生。

這三位女生跟我班上四位女生一樣，一看到她們就知道是女生，

而我是男生，所以她們是異性，然後就沒有其他特殊的感覺了。

水餃會持續兩個鐘頭才結束，我吃了20顆應該是珊珊學姐包的水餃。
由於珊珊學姐的緣故，我對其他社員有了初步的認識，不再感到陌生。
「學弟！」我要下樓離開學生活動中心時，社長叫住我，說：
「下樓時不要偷看女生胸部啊。」
我猜其他社員對我大概也有了初步的認識。

之後在團體活動時間我不再感到枯燥，逐漸融入心理社這個團體中。
我期中考的成績都及格，社團生活也還可以，雖然專業社長很白目，
但珊珊學姐人很好，我跟其他社員的相處也算融洽。
大學有三大學分：學業、社團和愛情，前兩大學分我算修得不錯，
只剩愛情學分還沒修過，也不知道有沒有機會修。
不過目前我才大一，不必太急，我想很快就有機會修修看。

而這個機會果然很快就來臨。

3　楊玉萱

學校會在每年的耶誕夜舉辦一場盛大的耶誕舞會，地點在體育館內。
這舞會雖然憑票入場，但拿到票絕不是問題，問題是入場規則。
規則是一張票讓兩個人入場，一個人不行、三個人以上也不行。
而且這兩個人一定得是一男一女，兩男或兩女都不行。
制訂這種規則的目的，就是希望男生邀請舞伴參加舞會。

12月初學生會就廣發舞會的票給各個系學會和社團，通常是給男生。
對男生而言，舞伴通常只有兩種：女朋友或是喜歡的人。
畢竟這舞會別具意義，你不會白目到邀請普通的異性朋友當舞伴。
所以如果沒有女朋友也沒有喜歡的人，那麼舞會的票便是廢紙一張。
即使有喜歡的人，但不敢開口邀請或害怕被拒絕也是同樣沒轍。

對一般大一男生而言，具備邀請舞伴的條件或勇氣的人很少，
原本是不該對這種舞會有所期待。
不過學長們總是會照顧學弟，他們會組成所謂的「曠男團」，
讓沒有舞伴的大一男生參加，然後根據團員數目邀請數目相同的女孩。
這點很重要，如果男生數目不等於女生數目，舞會當晚就會發生悲劇。

邀請女孩對學長們而言比較容易，他們只要找個認識的女生，
請她幫忙也組一個「怨女團」就行。
畢竟也有很多女孩想參加舞會，但她們只能被動等待男生邀約，
所以她們也會很高興能因此被邀約而參加舞會。

我很有自知之明，一拿到票後便參加了曠男團。
阿忠、小偉和李君慧也參加了，我們都對這個舞會既期待又興奮。
參加舞會可不是去看熱鬧的，基本上當然要會跳舞。

但我們這種純情大一男生怎麼可能會跳舞？所以學長只好進行特訓。
每天晚上在宿舍的交誼廳，學長會訓練曠男團成員跳舞。
三、四個學長帶領30幾個學弟練舞，整個交誼廳亂烘烘的。

「舞步依音樂節奏只分快舞和慢舞兩種。」學長說，「快舞跳 Soul，
　慢舞很簡單，只要摟著女孩的腰搖來搖去就好。」
學長說的很篤定好像很厲害，但依我這個半吊子心理社社員的觀察，
我猜學長是一知半解，這大概是因為學長的學長也是這麼教的緣故。

慢舞確實沒什麼技術性，男生左手托住女生右手，右手輕摟女生的腰，
女生左手搭在男生右肩，然後隨著音樂節奏緩緩舞動，大概就這樣。
不過莫非定律說了，凡是可能出錯的事必定會出錯；
而且只要事情錯了，就會錯到極限。
有的男生竟然左右腳踩著的位置都不變，腳跟甚至沒離開地面，
於是維持在原地擺動，看起來像是在原地左右搖擺的不倒翁。
但如果要他自然移動腳步，他又會刻意跨步，像螃蟹橫著走。

快舞就難多了，除了腳下的舞步外，男生還得採取主動引領女生轉圈。
男生右手牽著女生右手，在10拍的舞步中：1（右點）、2（左點）、
3（中點）、4（往內拉）、5（往外推）、6（女生順時針轉半圈）、
7（在女生耳際畫圈）、8（左點）、9（往外推）、
10（女生逆時針轉半圈，回到原來位置）。
這是基本舞姿，但可以隨時變換各種花式以免太單調。

據說南部跳 Soul 是10拍，北部是8拍，北部應該比較正統。
但如果一首舞曲北部女孩要轉25圈，南部女孩只要轉20圈。

可見南部男孩很厚道，為減輕女孩負擔，刻意改變為 10 拍。
這點值得記錄在小說裡，以供北部女孩日後擇偶時參考。

不管 10 拍或 8 拍，都是要男女一起跳，男生帶的好，跳起來就很順。
學長要我們兩兩一組練習，我和李君慧一組。
跳慢舞時，男女舞姿雖有小差異，但舞步基本上相同；
可是跳 Soul 時，男女的舞姿和舞步都不同。
現場沒有半個女生，學長對女生的舞步也不熟，於是問題來了，
誰要跳女生的舞步？

我和李君慧練了半天，幾乎沒有進展，因為誰要扮演女生？
李君慧雖然擁有女孩的名字，卻是不折不扣的粗壯漢子，
他當女生時我根本轉不動他，我只好當女生讓他先練習。
沒想到我轉圈時順得很，我猜是因為高中通車時跳過國標舞。

「那個學弟！」學長指著我，「你跳女生跳得很好，你練過？」
『沒有。』我搖搖頭，『我只是……』
「你不要太謙虛。」學長打斷我，「你來當女生，幫同學練舞吧。」
我沒有謙虛啊，學長。
這下好了，所有人都等著跟我跳，我連喘口氣的時間也沒有。
跳到後來，我完全忘了男生的舞步，但女生的舞步卻愈跳愈熟練。

舞會前三天剛好是冬至，那天晚上心理社舉辦湯圓會。
原本那晚還是要練舞，但我練到一半就溜出來。
我已經練了四天的女生舞步，再練下去的話，我怕上廁所時會走錯。
學生活動中心三樓和四樓的自由空間大概各有十幾個社團在煮湯圓，

有些社團則在社辦內煮湯圓。學生活動中心像辦喜事，氣氛好熱鬧。
我爬上四樓，加入心理社的湯圓會，連日來緊繃的心情便稍微抒解。

當我吃第一口湯圓時，才猛然想起：我怎麼忘了珊珊學姐？
我其實不用那麼早參加曠男團，可以先拜託珊珊學姐幫我找舞伴啊。
長相甜美的珊珊學姐應該會認識一些漂亮的女孩子，畢竟物以類聚。
如今只能等舞會當晚舞伴才會揭曉，萬一籤運差，豈不是得與龍共舞？

「盛湯圓時露出微笑，碗也幾乎全滿，他應該很喜歡吃湯圓。」
「但口中含著湯圓，既不咀嚼也不吞下，他應該正在想事情。」
『珊珊……』我轉過頭看見珊珊學姐，但一開口便差點吐出湯圓，
趕緊咬了幾口再囫圇吞下，接著說：『學姐。』

「我還以為你膽子變大了，竟然只叫我們珊珊。」怡珊學姐說。
「吃湯圓要小心噎著呀。」秀珊學姐說，「在想什麼？」
『沒什麼。』我說，『原先想請妳們幫忙，但……』
「請我們幫忙？」怡珊學姐打斷我，「以目前這時機，有兩個可能。」
「一是邀請我們當舞伴，二是拜託我們幫忙找舞伴。」秀珊學姐說。
「但你膽子不大，也不會不切實際，所以應該是二。」怡珊學姐說。
「說吧。」秀珊學姐笑了笑，「你希望找什麼樣的舞伴？」
我張大眼睛看著珊珊學姐，沒想到不用開口她們就知道我在想什麼。

「欲言又止，神情似乎有些扭腕。你已經有舞伴了？」怡珊學姐問。
『嗯。』我點點頭，『系上學長會幫忙找。』
「原來如此。」秀珊學姐說，「應該是俗稱的曠男團吧。」
「也就是說，你在舞會當晚才會知道舞伴的高矮胖瘦。」怡珊學姐說。

「我想你扼腕的是，為什麼沒想到先拜託我們幫忙呢？」秀珊學姐說。
『沒錯。』我真的很扼腕。

我幫珊珊學姐各盛了一碗湯圓，然後找地方坐下來一起吃。
吃過了湯圓，就多長了一歲，應該可以更成熟、更有勇氣了。
現場有社團放起音樂，由於耶誕舞會快到了，有些人開始翩翩起舞。
他們跳起來很自然，而且男女一起跳，邊跳邊笑，感覺很快樂。
比較起來，在宿舍交誼廳好像只是一群男生拼命練舞，像在集訓。
我突然想起，嚴格說起來我根本還不會跳舞啊，那舞會怎麼辦？

「視線朝著跳舞的人，愈看愈出神，他應該很羨慕。」
「不過嘴角下沉、眉頭一皺，他應該想到為難的事。」
『珊珊學姐。』我回過神，有些難以啟齒，『可不可以請妳們……』
「想要我們教你跳舞是吧。」怡珊學姐說。
「來吧。」秀珊學姐站起身，「學姐教你。」
我大喜過望，說了聲謝謝後，也立刻站起身。

珊珊學姐先示範，有時怡珊學姐當男生，有時秀珊學姐當男生。
不管誰當男生，舞姿和舞步都一樣流暢而自然，跳起來很好看。
不像系上學長們為了刻意強調節拍，動作太僵硬且呆板。
在珊珊學姐的引導下，我很快就對男生的舞步有了心得。
湯圓會結束後，我不僅多了一歲，也終於學會跳Soul。

耶誕舞會在晚上七點開始，我們六點半就在體育館前集合完畢。
曠男團一共有31位成員，所以怨女團成員也一定得剛好是31位。
扣掉班上四位女生（她們是保障名額），學長還得再找27位女生。

學長們動用各種關係，在校內拼命尋找還沒舞伴的大一女生，
結果只搜刮，不，只募集到16個大一女生，還缺11個女生。
只好再透過朋友，或是朋友的朋友，找校外的女孩充數。
可惜到目前為止，只找到9位校外女生，還差2位。

據說舞會當晚，有些女孩會在體育館外徘徊，好像在欣賞月色。
但實際上這些女孩都經過盛裝打扮，有的甚至上了妝。
你相信穿著洋裝甚是是禮服的女孩，在夜晚走到體育館外頭散步，
只為了欣賞月亮嗎？而且這天剛好是農曆初一。
所以沒錯，那些都是因為種種因素未被邀約但卻很想參加舞會的女孩。
而這些在體育館外頭看月亮的女孩，就是學長們的最後希望。

體育館內傳來暖場的舞曲節奏，舞會快開始了。
在外頭等待的我們既緊張又興奮，有的甚至充滿恐懼。
我抽到18號還好，但抽到30和31號的男生，
很可能無法進去體育館，他們能不恐懼嗎？
「終於湊齊了！」有個學長奔向我們興奮地大叫。
學長們激動地握住彼此雙手，我猜他們的眼眶應該有含著淚。
30和31號男生應該也含著淚，而且淚水會比較多。

我們開始排隊進場，男生一排、女生一排，按照號碼順序。
學長說了，排在你旁邊的人就是你的舞伴，待會要牽著手進場。
進場後大家盡量待在同一塊區域，就當作是一場聯誼活動。
要是累了，隨時可以離場，但一定要帶著舞伴離場，而且要送她回家。
「學弟們。」學長揮揮手算是告別，「男生要大方，要好好照顧舞伴。
　祝你們玩得盡興。」

看了看排隊的人龍，估計大概還要五分鐘才進得了場。

隨著隊伍緩緩前進，心跳逐漸加快，我像是正排隊準備上戰場的新兵。

偷偷瞄了身旁的女孩一眼，她穿著淡紫色上衣、深藍色長裙。

身高約一米六，頭髮應該有特別梳理過，並散發出淡淡的洗髮精香味。

由於我們的視線都朝向前方，我只能藉著眼角餘光看到她的側面。

該不該趁排隊的空檔跟她說說話？

待會再說吧，現在太緊張了。

左前方17號女孩是班上同學，我想17號男孩或許會很失望，

畢竟彼此早已認識，少了新鮮刺激感。

李君慧是19號，我轉過頭跟他聊幾句，但其實是想看看19號女孩。

19號女孩看起來幾乎跟李君慧一樣粗壯，我很想笑但只能拼命忍住。

如果17號和19號的籤都不好，或許夾在中間的18號籤會不錯。

一想到這，我不由自主低聲笑了起來，但隨即掩住口。

這笑聲吸引18號女孩轉頭看著我，我也下意識轉頭看著她。

視線相對時，我有些尷尬，不知如何應對。

「你好。」她先開口，「我叫楊玉萱，工管系大一。」

『妳好。』我也說，『我是蔡修齊，水利系大一。』

她笑了笑，我也報以微笑。

這女孩會讓我心裡立刻選擇形容詞，我選的是標緻。

以外貌而言，她是屬於讓我35％心儀的女生。18號籤果然不錯。

「我不太會跳。」她說，「待會請你多包涵。」

『不敢當。』我說，『我也不太會。』

「那麼我們說好，待會我們都不要緊張。」

『好啊。』

這女孩應該來當心裡社社員，因為她說的話讓我的緊張感消失大半。

快輪到我們進場了，左手從口袋拿出舞會的票，右手要牽……

不對，她在我左手邊，我應該要左手牽著她才對。

悄悄把票交給右手，然後緩緩向她伸出左手。

『不好意思。』我說，『可以牽妳的手嗎？』

「嗯。」她點點頭，伸出右手，我輕輕抓著她的手指。

天可憐見，長這麼大，這還是我第一次牽女孩子的手。

終於進場了。眼前幾乎是一片漆黑。

我們這群人像是空降諾曼地的101師，得先在黑暗中試著集結。

但這有點難度，感覺四周都是人群，我只能確定李君慧在我旁邊。

由於黑暗產生的不安，我沒放開18號女孩的手，她也沒抽回她的手。

等眼睛慢慢習慣黑暗後，才藉由微弱的光線判斷出同學的位置。

我懷疑這個可以容納三千人的體育館大概只剩中心一塊區域是空的。

突然砲聲大作，不，是音樂聲大作，澎湃的節奏震得胸口快喘不過氣。

綠色的雷射光束四散飛舞，莫非敵人是擁有雷射武器的外星人？

開始打仗了，不，舞會正式開始了。

在歡呼聲中很多對男女走進場中央跳舞，七彩旋轉燈打在他們身上，

忽明忽滅，色彩快速變換，感覺他們像是幻影，也像是鬼魅。

我下意識往後退了一步，左手也因而鬆開她的手指。

她轉頭看見我退了一步，也跟著後退一步。

我們互望了一眼，彼此交換了苦笑，算是諒解彼此的膽怯。

第一首舞曲剛結束，我和她竟然同時拍手，都忘了自己並不是觀眾。

20秒後第二首舞曲響起，可能因為已經適應了舞曲中的強烈節奏，
我的胸口不再覺得喘不過氣。
而且幾乎所有人都下場跳舞了，呆站在場邊反而比較怪。
『楊同學。』我鼓起勇氣，『可以請妳跳舞嗎？』
「嗯。」她點點頭。

感謝珊珊學姐，她們不僅教會我男生的舞步，也教我如何引領女生，
如何注意女生的反應，畢竟這是雙人舞，不是各跳各的。
18號女孩確實如她所說的不太會跳，但更精確的說，是幾乎不會跳。
這點也早就在珊珊學姐的估計中，她們要我在讓女孩轉圈時，
除了右手動作要流暢外，左手可以扶著女孩的手臂輔助轉圈。
剛開始跟18號女孩共舞時，她的動作卡卡的，甚至會完全停頓，
但後來就愈跳愈順，舞步也跟得上節拍。

「你騙人。」舞跳完後，她說。
『嗯？』
「你剛說你不太會跳。」她說，「可是你跳得很好呀。」
『我只會基本舞步而已。』我說，『還有很多花式我不會。』
「你一定是謙虛。」
『我沒有謙虛啊。我真的……』
話沒說完，音樂聲又響起，是那種旋律很柔和的情歌。

綠色的雷射光束不見了，只剩放慢腳步旋轉的七彩旋轉燈。
『楊同學。』我伸出左手。
「好。」她伸出右手。
牽著她的手走進場中央就定位後，我的左手掌輕托住她的右手掌。

右手輕靠在她的腰際，力道大概只穿透淡紫色上衣。
我猜淡紫色上衣裡面不管是哪件衣服，應該都感受不到我的碰觸。
而她的左手也是如此，輕攔在我的右肩上。
但我只穿一件上衣，皮膚觸感較敏銳，還是可以感受到她手心的溫度。

練舞時學長曾說，跳慢舞時一定要直視舞伴的眼睛，
那麼再堅硬的冰山也會融化，再怎麼絕緣的物體也會導電。
珊珊學姐說這話基本上沒錯，不過要有先決條件。
如果長得不夠帥，最好還是積點陰德，不要讓女孩子晚上作惡夢。
我自覺長得不帥，而且對我這種從未跟女孩如此親密的男生來說，
要我直視女孩眼睛，簡直就跟死刑犯要看著砍他頭的那把刀一樣艱難。
我猜她也是如此，所以我們雖然貼近到可以感受到彼此呼吸的程度，
但我們的臉都微微偏右，避免視線相對。

這種音樂平時聽起來會讓人放鬆，但此時此地卻有催情的作用。
我看到有些男生雙手環抱著女生的腰，而女生雙手也勾住男生脖子；
女生把臉趴在男生胸前，男生則把臉貼著女生的頭髮。
看起來不像是在跳舞，倒像是各自摟著棉被睡覺。
我嘖嘖幾聲，表示不以為然。

「怎麼了嗎？」她應該是聽到了，視線從右方轉向中間。
『妳看他們。』我努了努嘴角，『想睡覺應該回家去睡啊。』
「你還滿無聊的。」她轉頭看著我嘴角指示的方向，然後笑了起來。
我也笑了笑。笑容停止後，才發現我們的視線正好相對。
這狀態大概只維持五秒左右吧，然後我們似乎都覺得尷尬，
彼此交換了靦腆的笑容後，又各自將臉右轉10度。

在這短暫視線相對的時間，我發覺她的眼睛很漂亮。

隔著20公分看女孩子的臉，跟隔著一公尺看是不一樣的。
有些女孩愈近愈好看，有些女孩則不能近看。她是屬於前者。
我想我得修正一下，以外貌而言，她是屬於讓我40%心儀的女生。
而且在那短短的五秒鐘內，我感受到一股微弱的電流緩緩流過全身。

這首慢舞曲子一結束，想睡覺的男女紛紛醒過來了。
但我和她還呆站在場中，似乎正在消化剛剛近距離接觸所帶來的感覺。
當我想提醒她走回場邊時，另一首快節奏的舞曲又響起。
我們互望了一眼，笑了笑，便決定跳完這首曲子。
與第一次跟她跳快舞時相比，我幾乎不再需要用左手輔助她轉圈。

也許是跳得渾然忘我，我不知不覺跳出女生的舞步。
在引領她順時針轉圈時，我也跟著順時針轉圈，而且我的轉速比較快。
在旋轉動能的加持下，我煞車不及，竟把她撲倒在地。
『對不起。』我急忙站起身，然後扶起她，『妳沒事吧？』
她沒回話，只是楞楞地看著我，眼神帶點驚慌和委屈。
『對不起。』我再次道歉，『妳受傷了嗎？』
她還是沒回話，只是搖搖頭，然後用雙手拍拍衣服和裙子上的灰塵。

『我……』我既驚慌又自責，不知道該說什麼。
「你記下車號了嗎？」她突然說。
『車號？』
「剛剛我好像被一輛車從後面撞倒，你記下車號我們才能逮到他呀。」
原本我很納悶，但看了她的神情後才知道她在開玩笑，便笑了起來。

「我沒事。」她笑說，「只是嚇一跳而已。」

我跟她解釋，因為之前跳了一個禮拜的女生舞步，
可能是習慣成自然，才會不經意跳出女生的舞步。
「只可惜我不會跳男生的舞步，不然我們就可以交換著跳。」她說。
『如果妳想學，我教妳。』我說。
「好呀。」她點點頭。

我們互換身份跳了一首快舞，坦白說，跳得還滿順的。
只不過因為我比較高，必須稍微蹲下身才可以順利轉圈。
旁邊的男女看我們這麼跳，都露出詫異的表情，有的甚至還停下舞步。
但她似乎很開心的樣子。

我們一共跳了六首快舞（其中兩首她扮演男生）、三首慢舞。
差不多有些累了，而且我也擔心她的膝蓋不知是否受傷，便決定離場。
本想知會其他同學，但同學們早已四散。
畢竟在這種熱鬧擁擠又黑暗的環境中，要聚在一起根本不太可能。
於是我們便直接離開體育館。
剛走出體育館，只覺得空氣很清新，耳根也清靜不少。

我的籤運真的很好，她是校內的學生，又住宿舍，
要送她回家只要陪她走回女生宿舍就可以了。
如果她住校外而且很遠，對我這種只有腳踏車的學生而言，
恐怕會很傷腦筋，大概只能搭計程車了。

陪她走回宿舍的路上，我們簡單閒聊幾句。

她說她是台北人，中山女中畢業，然後說起高中生活的趣事。

我突然也陷入高中通車時，梔子花女孩在公車上幫我拿書包的往事。

如果她也在本校或是在附近的學校，我想我應該會找她當舞伴吧。

或許沒有勇氣邀約，但最終我一定會鼓起勇氣，我是這麼相信著。

梔子花女孩啊，不再穿高中制服的妳，會是什麼模樣？

「到了。」她說。

『嗯？』

「我宿舍到了。」

『喔。』我回過神。

「謝謝你。」她笑了笑，「我今晚很開心。」

她說謝謝的時候，眼睛直視著我，害我很不好意思，臉頰微微發燙。

我略低下頭躲開這種視線，發現她裙子上有一小塊磨破的痕跡。

『啊？』我驚呼，『妳裙子破了。』

「是嗎？」她低頭看了一眼，「破了就破了，你不用介意。」

『抱歉。我應該要賠的。』

「沒關係。只是一件裙子而已。」

『不不不。』我拼命搖手，『這是一定要賠的。』

「真的不用賠。」她說，「你只要記住一件事就可以了。」

『什麼事？』

「我叫楊玉萱。」

『我知道啊。』我很納悶，『妳說過了。』

「那麼，你記得嗎？」

『嗯？』

「我的意思是，你會記得我嗎？」

我一時答不出話，只是注視著她說話時的眼神。

「你會記得我嗎？」她又問。

『嗯。』我決定點頭，『我當然會記得妳。』

「那麼你不用賠了。」

『這是兩件事吧。』

「雖然是兩件事，但你會記得我遠比賠我裙子重要呀。」

『我還是可以既賠妳裙子又記得妳，這並不衝突。』

「你真是個老實人。」她笑了。

『可是……』我盯著她裙子上那塊磨破的痕跡，愈看愈不安。

「蔡修齊。」

『嗯？』

「我也會記得你哦。」

她揮揮手，說了聲Bye-bye後，直接轉身離開。

我楞在原地，只能注視著她走進宿舍的背影。

4　林依琦

我回到寢室才八點半，是四個人當中最早回來的。

阿忠在九點半回來，他的舞伴是班上女同學，叫林依琦。

他們跳完舞後一起去吃點東西，他再送她回女生宿舍。

「之前對她沒什麼印象。」他說，「但今晚覺得她實在很可愛。」

『她哪裡可愛？』

「跳舞的姿態、講話的口吻、微笑的表情等等，全部都很可愛。」

他邊說邊傻笑，神情很陶醉。

小偉十點半回來，他是30號男生，他的舞伴原本在體育館外看月亮。

他們九點離開體育館後，也是一起去吃點東西。

「吃完東西後，她邀我去Pub，我不想去，就回來了。」小偉說。

『你為什麼不想去？』

「我對她沒興趣。」小偉搖搖頭。

『既然沒興趣，為什麼你還跟她去吃東西？』我問。

「舞跳完後應該會有點餓或是有點渴，身為男生請舞伴吃點東西應該
　算是基本禮貌。」小偉問：「難道你沒請舞伴吃東西？」

『沒有。』我搖搖頭，『我直接送她回宿舍。』

「人家好歹也是你的舞伴耶！」小偉說，「你這樣做太不上道了吧。」

「唉。」阿忠嘆口氣，「你的舞伴真可憐。」

我楞在當地，久久說不出話來。

他們說的沒錯，請舞伴吃點東西算是基本禮貌，但我當時完全沒想到。

而且我還弄破了她的裙子，看她裙子磨破的部位大概在膝蓋附近，

說不定她的膝蓋受傷了，可是我竟然忘了確定她的膝蓋真的沒事。

阿忠說的沒錯，18號女孩確實很可憐。

啊？我答應過要記得她，她叫楊玉萱，不能再叫她18號女孩了。

阿忠和小偉不斷數落我，我愈聽愈羞愧，頭也愈來愈低。

在我羞愧到幾乎想打開窗戶一躍而下時，阿忠突然說：

「11點半了，李君慧怎麼還沒回來？他跟我同時離開體育館耶。」

「我吃東西時也碰到他。」小偉附和，「照理說他早就該回來了。」

『那可未必。』我說，『他的舞伴看起來應該會吃很多。』

阿忠和小偉都笑了，因為他們和我一樣，都看過李君慧的舞伴。

李君慧的女人緣一向很好，女生甚至會主動接近他。

在我還沒跟班上任何一位女同學說過話時，他已能跟她們有說有笑。

事實上他也是最早跟班上四位女同學熟識的男生。

雖然他體型壯碩，卻有一張老實臉，或許因此讓女生覺得有安全感吧。

擁有這種天賦著實令人羨慕，只可惜他並不懂得善加利用。

李君慧終於在午夜12點左右回到寢室，滿身大汗、氣喘吁吁。

「現在是冬天耶！」阿忠很驚訝，「你是去跑操場十圈嗎？」

「我只是載舞伴回家而已。」李君慧垮著臉。

「可是你只有腳踏車啊。」小偉問：「她住在附近嗎？」

「她不是我們學校的學生。」李君慧搖搖頭，「她家還滿遠的。」

李君慧說他原本想叫計程車陪她回家，但她堅持要讓他載。

「我告訴她我只有腳踏車，沒有機車。」李君慧說，「但她說不介意，
她只想讓我載回家。」

『好可怕的意念啊。』我笑了。

「我只好用腳踏車載她。一路上我速度非常緩慢，竭力保持車身穩定，
　不讓她有抱我的機會，載我奶奶時都沒這麼小心翼翼。」李君慧說，
「好不容易抵達她家，根據愛因斯坦的相對論，應該已經過了1年。」
「但實際上只有1小時吧。」阿忠說。
「嗯。」李君慧點點頭，「她說她一個人住，問我要不要進去坐坐？
　我搖搖頭，說聲再見，腳踏車瞬間變成法拉利，以光速離開現場。」
「回程你騎了多久？」小偉問。
「最多30分鐘。」李君慧呼出一口長長的氣。

我們四個聊到凌晨三點才睡，畢竟是舞會初體驗，情緒都有點亢奮。
尤其當我講到撲倒楊玉萱的時候，他們三個都笑到不支倒地。
阿忠在言談之間，絲毫不掩飾對林依琦的好感，
或許是在跳慢舞時四目交接，看對眼了吧。
林依琦是個活潑樂觀的女孩，若他們真成為班對，我是樂見其成。

這年的最後一天，學生會請了些明星在校園裡辦戶外演唱會。
阿忠邀了林依琦，但又怕太明顯，便也拉了我、小偉和李君慧，
營造出班上同學自然而然一起去欣賞演唱會的氛圍。
林依琦也找了室友作伴，沒想到她的室友竟然是……
『楊玉萱！』我幾乎是叫了出來。
「謝謝你還記得我。」楊玉萱微微一笑。
「才過一個禮拜而已。」林依琦說，「如果他忘了，就太無情了。」

我原本以為這實在太巧了，好像是三流小說裡才會出現的情節。
後來才知道這幾乎是必然的結果，因為學長當初幫我們找舞伴時，
最先想到的方法，就是拜託系上的女生去找她們的室友和朋友等。

於是楊玉萱自然就成為怨女團的一員。

『對了。』我問楊玉萱：『我那時忘了問，妳的膝蓋有受傷嗎？』
「流血應該算受傷吧。」林依琦搶著回答。
『真的嗎？』我很不好意思，只能連聲道歉。
「擦破皮而已。」楊玉萱說，「你不要放在心上。」
「不。」林依琦說，「你一定要放在心上。因為還有紅腫和瘀青。」
「你別聽她胡說。」楊玉萱拍了一下林依琦的肩。
『真的是很抱歉。』我應該因慚愧而臉紅了。

「還有裙子呢……」林依琦話沒說完，楊玉萱便急忙搗住她的嘴。
『請讓我賠那件裙子吧。』我說。
「這不是賠不賠的問題。」林依琦掙脫楊玉萱的手，「你以為女孩子
　　第一次參加舞會時會隨便穿件裙子嗎？我可是和玉萱在百貨公司裡
　　挑了很久才決定買那件裙子呢。」
『這……』我臉更紅了，『那我該怎麼做？』
「你該做的就是忘了那件裙子。」楊玉萱說，「晚會要開始了。」

可能是因為心情已被攪動的關係，台上表演什麼我有些心不在焉。
我只覺得風有點大、人有點擠、音樂有點吵、林依琦有點多嘴。
隱約覺得有人拉了拉我衣袖，我轉頭一看，是楊玉萱。
「在想什麼？」她問。
『沒什麼。』我說，『只是專心聽歌而已。』
「哦。」她看了我一眼，意味深長地笑了笑。

『怎麼了嗎？』

「你都沒拍手。」

『抱歉、抱歉。』

「幹嘛對我說抱歉。」她笑了。

『說的也是。』我也笑了。

「還在為我的裙子煩惱嗎？」

『嗯。』我點點頭，『我真的覺得很過意不去。』

「你真的⋯⋯」她瞥見林依琦正看著她，便用手指著台上，改口說：「這首歌唱的真好聽。」

『是嗎？』我轉頭看著台上，『嗯，這個歌星確實很會唱歌。』

「她是演員。」

『喔，沒錯。』我立刻改口，『沒想到她戲演的好，歌也唱的不錯。』

「騙你的。」她說，「她是歌星。」

『這⋯⋯』

「專心聽歌吧。」她微微一笑。

晚會還沒結束，但我們得趕在11點半之前送她們回宿舍。

原本是六個人一團，走著走著漸漸分成三個小組。

阿忠和林依琦走在最前面，小偉和李君慧在中間，我和楊玉萱最後。

一路上林依琦喋喋不休抱怨宿舍的門禁沒有因為今晚要跨年而取消，阿忠連聲附和，語氣和神情都很憤慨。

小偉和李君慧談論剛剛某位女明星在這種天氣穿短裙真是很夠意思。

我和楊玉萱則只是走著，幾乎不交談。

「你真的不必介意那件裙子。」快到宿舍時，楊玉萱終於先開口，「那件裙子還在呀。你幹嘛要賠？」

『可是破了洞就不能穿了。即使可以補，也會不好看吧。』

「換個角度想。如果裙子沒破，就只是一件可以繼續穿的裙子而已。
　　但現在卻可以代表我第一次參加舞會時的美好回憶呀。」

『美好……嗎？』

「嗯。」她點頭，「畢竟不是每個女孩都有榮幸在舞會上被車撞倒。」

雖然她用的是開玩笑的口吻，但我的臉頰還是微微發燙。

『妳膝蓋的傷好了嗎？』我問。

「早就好了。」她說，「可惜沒留下疤痕。」

『可惜？』

「是呀。如果留下疤痕，疤痕便可以代表美好的回憶，我就不必留下
　　裙子，那麼你就得賠我一件裙子。既然沒留下疤痕，我就只能留下
　　裙子，於是你就不用賠我裙子了呀。」

我愈聽愈奇，不禁停下腳步。

她見我沒跟上，也停下腳步，回頭說：「走吧。」

終於到了女生宿舍門口，離11點半還剩十分鐘。

阿忠把握這最後十分鐘跟林依琦說話，楊玉萱只好站在原地等著。

小偉和李君慧已先離開，而我則用腦子消化剛剛她所說的那一串話。

「你在想什麼？」楊玉萱走近我。

『嗯……』我遲疑一會，『那個明星到底是歌星還是演員？』

她笑了起來，笑聲停止後，她向我招招手，說：「耳朵借一下。」

我走到她身旁，微低下身，將右耳靠近她臉龐。

「嘿，蔡修齊。接下來我所講的話都是真心話，請你一定要仔細聽。
　　咳、咳，開始了哦。請你不要介意那件裙子，也不要再為了撞倒我

而愧疚。我從沒有生氣、討厭、難過、不捨等負面情緒，相反的，我很開心。真的。我真的很開心。所以我很高興認識你，很謝謝你帶給我一個難忘的耶誕夜。請你要記得我，就像我會記得你一樣。謝謝。先祝你新年快樂。晚安。OVER。」

她說完後立刻轉身，拉著林依琦走進宿舍。
林依琦似乎措手不及，急忙邊走邊跟阿忠揮手告別。
在這麼冷的天，她口中呼出的熱氣，透過我的耳朵流經全身。
我心跳加速，耳根和臉頰同時發燙，然後感到遍體酥麻。
在那瞬間，我又莫名其妙想起梔子花女孩。

這是我第二次因為楊玉萱而想起她。
原本我很納悶，後來看到阿忠的神情，我便恍然大悟。
阿忠和林依琦應該正處於戀愛初期的曖昧狀態，在這階段中，
對方任何細微的言語和動作，都容易讓人有微妙或異樣的感覺。
其實在高中時候的公車上，我便常有這種感覺，只是那時的我不懂。
也就是說，我並不是因為楊玉萱而想起她，
而是因為跟楊玉萱在一起時的感覺而想起她。

跨年的瞬間，我待在寢室裡，窗外的煙火聲此起彼落，非常熱鬧。
梔子花女孩啊，我一定不會忘了妳，我也很渴望再見到妳；
但我應該把妳的一切收藏起，鎖進記憶倉庫中的某個櫃子裡。
就像舊的一年再怎麼不捨，終究得離去，才能迎接新的一年。

期末考前一週的禮拜五晚上，是心理社本學期最後一次團體活動時間。
「學弟。」社長指著我，「今晚由你先講吧。」

『我沒什麼好講的。』我吃了一驚,『我19歲的人生像白開水一樣,
雖然平淡,但很健康。』
「即使是白開水,也有沸騰的時候。你就講一些不尋常的經歷吧。」

『有次我在福利社買了兩個饅頭,但店員不小心只算一個饅頭的錢。
後來我到教室時發現了,又跑回福利社補了一個饅頭的錢。』
「我說的是不尋常的經歷。」社長說。
『這很不尋常啊。我竟然沒裝死,還很老實的去給錢。』
「誰要聽這個!我要知道的是你跟女孩子的關係。」
『我跟女孩子的關係——尚未發生。』
「你到底要不要講你以前跟女孩子之間所發生的事。」
『也沒發生過什麼事。』我搖搖頭。

「喂,學弟。你不講我們怎麼知道為什麼你有憎恨異性的傾向?」
『我沒有憎恨異性的傾向!』
「那為什麼你在耶誕舞會中無緣無故撲倒你的舞伴?」
『社長怎麼知道?』我嚇了一跳。
「你以為在舞會上撲倒女孩子是很常見的事嗎?」
『應該很罕見吧。』

「所以這件事已經傳開了。」社長說,「總之,就是因為你的潛意識裡
憎恨異性,才會撲倒她。」
『那只是意外而已。』我抗議,『跟潛意識無關。』
「人走在路上被車撞了,對人而言叫意外,但對車而言不是意外。」
社長指著我,「而你就是那輛撞人的車。」
這話竟然有點道理,我一時詞窮,無法辯駁。

「我是社長，我很專業。」社長說，「你還是乖乖講吧。」

「說說看嘛。」怡珊學姐說。
「對呀。」秀珊學姐附和，「我們都很想聽。」
珊珊學姐剛到，沒想到來的時機恰好趕上湊熱鬧。
『珊珊學姐，我……』我開始結巴，『我真的……』
「支支吾吾、吞吞吐吐，他應該有話可講只是不想講。」怡珊學姐說。
「欲言又止、含混其詞，他這不想講的話應該很精彩。」秀珊學姐說。
「結論就是……」珊珊學姐異口同聲：「我們一定要聽！」

我想我能講的，也是唯一可講的，就是梔子花女孩。
我深吸一口氣，再緩緩吐出，等胸口平靜後，將腦海的時鐘向前快轉，
回到1991年四月初，我第一次見到她的日子。
故事從我在公車上跳國標舞開始，從此她便幫我拿書包和袋子。
總是剛好站在她面前、問她是否混血兒時很糗、下車時簡短兩句交談、
被她說的下車小心制約、她上衣口袋的梔子花瓣、由梔子花聯想到她、
跟她講冷笑話抒壓、情人節的那張留言卡、升學壓力下的簡單問候……
直到最後一次在公車上遇見她。

沒想到過了半年多，腦海裡關於她的記憶依然如此鮮明。
屬於我和她的一切整理得井井有條，我不需努力回想或是拼湊記憶，
記憶自然會按照時間先後順序規則排列。
我猜是因為跨年夜那晚，我將所有關於她的記憶裝箱並鎖進倉庫中時，
就已經按照時間順序整理完畢。

藉由講述的過程，我正好可以品嚐跟她在一起時的點點滴滴，

而她的細微動作依舊歷歷在目，她的簡單問候仍然使我覺得溫暖。

「是梔子花哦。」她說。

我彷彿看見她總是放在上衣口袋的梔子花瓣，也彷彿聞到梔子花香。

甚至當我講到她最後的離去時，我又有置身於太空中的錯覺，

坐直的身體像是快要失去重量，飄到無窮無盡的宇宙深處。

「為什麼你沒問她的名字？」企管二學姐問。

『沒想過要問。』

「既然知道她唸的高中，我幫你去找那所高中的畢業紀念冊，你比對
　照片就可以知道她的名字了。」材料二學長很熱心。

『即使知道了名字，好像也不能改變什麼。』

「可以改變啊！」土木三學長很激動，「你只要再想辦法知道她目前
　在哪裡唸書，也許就可以再續前緣了。」

『離開當初的時空背景，我和她的緣分，大概就已經告一段落了。』

「你有沒有想過，或許她也在本校呢。」建築一的男同學說。

「啊？」我心頭一驚，「我倒沒想過會這麼巧。」

「這很難說喔。」化工二學長說，「雖然她可能遠在天邊，但也可能
　近在眼前啊。」

『即使她湊巧也在本校，但上了大學後的我和她，應該各自會有新的
　美麗與哀愁。』我嘆口氣。

「可是……」

「夠了，離題了。」社長打斷企管二學姐的話，「我們現在是要分析
　學弟憎恨異性的原因，而不是幫他找到那個女孩。」

「學弟不會憎恨異性。」企管二學姐說，「他憎恨的是命運的捉弄。」

「不。他憎恨的應該是聯考制度吧。」統計三學姐說。

「公車座位太少也應該憎恨一下。」電機一的男同學說。

「要憎恨司機。如果他等學弟告白後再開車就好了。」中文二學姐說。

「我是社長，我很專業。」社長清了清喉嚨，「讓我開始分析吧。」

全場安靜了下來。

「總之，學弟你……」社長說，「缺乏勇氣。」

『喔。』我簡單應了一聲，不置可否。

「你似乎覺得缺乏勇氣沒什麼大不了？」

『大概吧。』

「好。」社長說，「那我舉例給你聽。」

『請。』

「吞自己的口水不會覺得噁心，但吞別人的會。」社長說。

『嗯？』我很納悶。

「就像拉屎一樣，自己拉很爽，但別人看了會噁心。」

『社長可以舉正常人能夠理解的例子嗎？』

「簡單說，缺點就像大便一樣。看到自己的大便覺得還好，但看到
別人的大便就難以忍受了。」

『社長的重點是？』

「你看到自己缺乏勇氣的缺點會覺得沒什麼，但我看到你這種缺點
就難以忍受了。」

『社長言下之意，是指你很有勇氣？』

「當然。」社長說，「我舉個例。」

『……』

「我高中也是唸男校，學校附近有一所高中女校，我喜歡的女生就唸
　那所女校。我每天放學都會先跑去女校門口，只為了見她一面。」

『看不出來社長是這麼浪漫的人。』我說。

「嗯。」社長點點頭，似乎很得意，「那所女校校長的觀念很保守，
　她訂了一條校規：學生跟男生說話記警告一次，牽手記小過一次，
　比牽手更親密的話就記大過一次。」

『這麼狠？』

「沒錯，確實狠。有一天我鼓起勇氣……」社長指著我，「你聽好喔，
　就是你缺乏的那種勇氣。」

『是是是。』我頻頻點頭，『社長教訓的是。』

「當看見她走出校門口，我立刻衝上前，遞給她一張紙條。紙條上寫：
　如果妳今晚不跟我去看電影，我現在就要跟妳說話。」

『啊？』

「她讀完紙條，內心掙扎著。如果不跟我去看電影，我就會跟她說話，
　那麼她會被記一次警告。」

『那她的反應是？』

「她掙扎了許久，突然放聲大哭。」

『然後呢？』

「女校門口的警衛就把我抓住了。」

『結果呢？』

「我的學校記了我一次警告。」

『我明白了。』我說，『從此社長便開始憎恨異性？』

「對，從此我就……」社長說到一半驚覺不對，改口說：「我的重點是

告訴你我有多大的勇氣，而這就是你所缺乏的。」

『坦白說。』我說，『我很慶幸沒有社長的勇氣。』

「原來憎恨異性的人是社長。」企管二學姐說。

「我沒有憎恨異性，我很愛異性！」社長大聲說。

「社長當然很愛異性，只是不被異性所愛而已。」土木三學長笑了。

原本我是團體活動時間的主角，現在卻換成社長。

「社長你為什麼沒先問那個放聲大哭的女孩的名字？」企管二學姐說。

「社長。我可以幫你找那個放聲大哭的女孩名字喔。」材料二學長說。

「只要知道放聲大哭的女孩目前在哪唸書，社長就可以再寫紙條了。」

土木三學長說，「不過這次要寫：同學，求求妳不要再放聲大哭了。」

所有社員把握這個機會拼命糗社長，社長左支右絀，狼狽不堪。

看來我憎恨異性的罪名應該是沉冤得雪了。

團體活動時間結束，我一個人慢慢走回宿舍。

「學弟！等等！」

我停下腳步回過頭，看見珊珊學姐朝我走過來。

「學弟。我有預感你一定會再見到她。」怡珊學姐說。

「我也有這種預感。」秀珊學姐說，「你們命中註定會再見面。」

『珊珊學姐。』我笑了笑，『我們是心理社，不是占卜社。』

「占卜社是告訴你將來會發生什麼事。」怡珊學姐說，「心理社則是
告訴你過去所發生的不好的事，就讓它過去，不要介意。」

「而過去所發生的美好的事，將來一定會再發生的。」秀珊學姐說。

『我知道了。』我笑了笑，『謝謝珊珊學姐。』

「下禮拜的期末考要加油哦。」怡珊學姐說。

「千萬不要被當呀。」秀珊學姐說。

『我會加油的。』

我向珊珊學姐揮手告別，也算是揮別了這學期的心理社活動。

5　蕭文瑩

期末考結束後就開始放寒假，我簡單收拾了行李回老家。

寒假的日子很悠閒，除了找老同學聊聊天外，幾乎沒做別的事。

有時經過公車站牌，我會停下腳步，回想以前通車上學的日子。

老家在城市旁邊的鄉鎮，依公車行駛路線來看，她或許住在隔壁鄉鎮。

如果她也唸大學，這段時間應該也會回家吧。

我幾乎有跳上反方向公車的衝動，想碰碰運氣看是否會遇見她。

但最終還是嘆了口氣，讓雙腳留在地面。

新學期開始的第一週就碰上西洋情人節，心理社辦了傳情活動。

這種傳情活動不外乎就是幫人代送或代買禮物給指定的對象。

珊珊學姐也自製了一些精美卡片以供販賣，幫社團賺點錢。

大一社員大概就是幫忙跑腿，負責代送或代買的服務。

需要這種服務的學生不少，畢竟缺乏勇氣又想趁機告白的人很多。

光我一個人在情人節前兩天內就跑了十趟代送、兩趟代買並代送。

看來這學期心理社的經費應該不會太拮据。

情人節白天我跑了七趟、晚上跑了四趟，覺得差不多了便回寢室休息。

「這個拿去。」阿忠遞給我一個包裝好的東西，「幫我送給林依琦。」

『我們每天上課都會碰面，你不會自己拿給她嗎？』

「這是情人節禮物，難道你要我在教室裡交給她？」阿忠說，「萬一
　被其他同學看到，我會被虧到死。」

『那你自己拿去女生宿舍給她啊。』

「你一定要我承認說我不敢嗎？」

『好吧。校內30塊、校外50塊。』我收下禮物，『給我30塊。』

收下阿忠給的30塊，我立刻離開寢室跑到女生宿舍門口。

傳統的作法是拜託正走進宿舍的女同學幫忙，請她上樓找人。

不過也不是每個女同學都肯幫忙，我找了第三個女生才肯幫我。

我告訴她林依琦的寢室號碼，請她叫林依琦下樓。

然後我便耐心等待，直到五分鐘後有人叫了我一聲。

『怎麼是妳？』我回過頭，看見楊玉萱。

「依琦不在。」她問：「你找她有事嗎？」

『送東西給她而已。』

「我幫你轉交吧。」

『這……』

我開始猶豫，畢竟將禮物送到本人手上是這種服務的基本職業道德。

「不方便嗎？」她問。

『這是情人節禮物，我想親自送給她。』

「你喜歡依琦？」她嚇了一跳。

『妳不要誤會。我是幫朋友代送的。』

「是阿忠送的吧。」她笑了笑，「東西給我，我會轉交給依琦。」

『那就麻煩妳了。』我把禮物遞給她。

「應該是巧克力吧。」她打量一下禮物的外觀，並掂了掂重量。

『我猜也是。』

「你今天有收到巧克力嗎？」她問。

『妳說笑了。』我說，『當然沒有。』

「那我請你吃巧克力吧。剛好有人送我一大盒巧克力，我吃不完。」

她說，「不過你不要誤會。」

『誤會什麼？』

「這可能會產生兩種誤會。第一種情況，是你覺得我在炫耀；第二種
　情況，是因為今天是情人節，請人吃巧克力可能有特殊意義。」
『妳希望我不要產生哪種誤會？』

她沒回話，從口袋拿出兩顆圓形金色包裝的巧克力，遞了一顆給我。
我伸手接過，見她開始拆開包裝紙，我便跟著拆開。
「其實我請你吃別人送我的巧克力，好像不太厚道。」她說。
『那……』我已經把巧克力送到嘴邊。
「你就當作是在路上撿到那顆巧克力吧。」她笑了笑。
『好。』我也笑了笑。

「在這種日子，兩個人站在宿舍門口吃巧克力。」林依琦笑著說，
「是想引起公憤嗎？」
「喏。」楊玉萱拿出我交給她的禮物，「這是阿忠要給妳的。」
林依琦伸手接過，神態頗為扭捏。
『要好好唸書啊。』我說，『不要光顧著談戀愛。』
「要你管。」林依琦瞪了我一眼。

既然任務已達成，我向她們說聲 Bye-bye 後，便轉身離開。
「喂，蔡修齊。」
我回過頭，看見楊玉萱面對著我。
「我剛剛忘了回答你。」她說，「第一種一定是誤會。」
說完後她迅速拉著林依琦走進宿舍。
我只能把『那第二種呢？』的疑問吞進肚子裡。

走著走著，我又想起梔子花女孩。

84

去年寫的情人節留言卡，雖然寫完後從未發現它掛在公車吊環上，
但上面寫的文字，我到現在還記得大部分。
楊玉萱收到巧克力是意料中的事，畢竟她長得標緻、個性也好。
梔子花女孩今天應該也會收到巧克力吧，她會很開心嗎？
還是不要再想了，只要給予祝福就夠了。

開學第二週的班會，班上的康樂股長和公關在會中請辭幹部。
原本這學期的所有幹部都是由上學期的幹部無條件連任，
因為大家懶得重新選舉，而且大家幾乎都不想當幹部。
但現在康樂股長和公關請辭的理由非常充分，而且態度也堅決。
雖然上學期班上辦了些活動，可惜完全沒跟女孩子辦聯誼。
「沒辦任何聯誼，我很抱歉。」康樂股長說。
「我很慚愧。」公關說，「我根本找不到女孩子跟我們聯誼。」
總之，我們得改選康樂股長和公關。

先選康樂股長，有人提名李君慧，結果全體鼓掌叫好，連選都不必選。
看來班上同學跟我一樣，都很清楚李君慧的女人緣是一種天賦。
「媽呀！」他知道當上康樂股長後所說的第一句話。

輪到選公關時，沒想到林依琦居然提名我。
「蔡修齊在舞會上撲倒一個女孩，但她並沒有怨恨他，甚至可能有點
　喜歡他。」她笑了笑，「搞不好他對女孩子有莫名的吸引力呢。」
結果這段話很有說服力，我也是連選都不必選就當了公關。
『媽的！』知道當上公關後我所說的第一句話。
「媽呀」跟「媽的」只差句尾的語助詞，但意思應該差很多。

我回寢室後狠狠罵了阿忠一頓，他只是頻頻道歉，根本不敢回嘴。

但災難已經造成，罵阿忠沒有管好林依琦也無濟於事。

所謂的公關就是負責找女孩子聯誼，對我們這種男女懸殊的班級而言，公關是班上男生想認識女生的希望寄託，甚至是唯一的寄託。

難怪班會結束後一堆男生跑來跟我說：「拜託了，修齊哥。」

哥啊哥的猛叫，我什麼時候變成修齊哥了我怎麼不曉得？

該怎麼辦呢？我交遊不廣啊，去哪裡生出女孩子來跟我們聯誼呢？

愈想頭愈大，唯一的辦法大概只能拜託心理社社員了。

中文二的學姐說她認識文學院三個系的活動承辦人，可以幫我。

太好了，在這個男遠多於女的學校中，文學院是唯一女多於男的學院。

我決定先找歷史一的活動公關，便立刻跑到歷史系找人。

我在教室外等她，她下課走出教室時，我上前表達來意。

這女孩的神色非常冷酷，好像是不會笑或者是早已喪失微笑的功能。

「水利系？」她眉頭一皺，「那可能要等到端午節過後了。」

我趕緊拿出行事曆，看看端午節過後還有什麼日子可以聯誼。

『端午節在期末考週，端午節過後就放暑假了啊！』我幾乎大叫。

「是的。」她說，「我就是這個意思。」

『什麼意思？』

「就是這學期要在端午節過後才可能跟你們聯誼的意思。」

『妳的意思是說，這學期不可能跟我們聯誼？』

「是的。我就是這個意思。」

她淡淡說了聲抱歉，面無表情轉身離去。

有沒有搞錯？現在才剛開學而已，難道整個學期都沒有時間嗎？

看來文學院的學系太熱門了，我得趕快連繫其他兩系的活動公關。
我又跑到中文系上課教室外等中文一的活動公關，當她走出教室時，
我心裡不禁讚嘆：好飄逸的女孩啊，如果能跟妳們聯誼該有多好。
「還君明珠雙淚垂，恨不相逢未嫁時。」她說。

『什麼意思？』我問。
「就是還君明珠雙淚垂，恨不相逢未嫁時的意思。」
『妳的意思是說，很抱歉妳們的行程已滿，沒辦法跟我們聯誼？』
「是的。我就是這個意思。」
她輕輕說聲抱歉，然後微微轉身，再緩緩跨步離去。

我猜這女孩要上課時，應該會多提早一些時間出門。
因為照她這種走路方式，原本5分鐘的路程大概得走20分鐘。
而且她過馬路時也要很小心，因為大概走到一半就變紅燈了。
不過這麼飄逸的女孩，走起路來的背影還真是好看。

可是現在不是讚嘆女孩子背影的時候，因為只剩外文一的女孩了。
我只能再跑到外文系上課教室外等外文一的活動公關。
外文一活動公關的外型非常亮眼，她頂著一頭小波浪捲長髮，
而且髮色染成金黃，閃耀的光芒好像安平的夕陽。

「我們很想跟你們聯誼，you know。But，我們很busy的，you know。
　每個假日都已經有人約了，you know。這不是針對你，也不是針對
　水利系，you know。但我只能say sorry，you know。請你別見怪，
　你們一定可以找到其他girls，you know。」她說。
『I don't know！』

這次輪到我說聲抱歉後轉身，頭也不回地離開了。

我終於可以體會前任公關說他根本找不到女孩子聯誼的苦衷。
但問題是現在的公關是我，如果這學期再找不到女孩子聯誼，
「拜託了，修齊哥」很可能會變成「納命來！蔡修齊」。
怎麼辦？以我有限的智商和不多的朋友，我實在找不出其他解。
「無精打彩、垂頭喪氣，他應該是為了某件事在傷腦筋。」
「愁眉苦臉、唉聲嘆氣，讓他傷腦筋的事情一定很棘手。」
『珊珊學姐。』我轉頭說，『救命啊。』

珊珊學姐說文學院的女孩沒時間跟我們聯誼幾乎是必然的事。
不算其他學院，光工學院就有十幾個科系，有些系一個年級還有三班，
但文學院僅三個系，每個系只有一班，如果全校男生都找她們聯誼，
她們的聯誼行程早就排到下個學年度了。
「而且水利系是冷門科系，不比電機、機械等熱門科系，所以即使
　她們有空，大概也不會跟你們聯誼。」怡珊學姐說。
「不然就試試管理學院的女生吧。」秀珊學姐說。

管理學院一般說來雖然也是男多女少，但男女人數相差不多。
可是我們聯誼時只找女生，這好像會對她們班上的男生很不好意思。
「就找企管一好了。」怡珊學姐說，「企管一的女生比男生略多。」
「而企管的男生早已習慣別人只找班上女生聯誼。」秀珊學姐說，
「反正那些男生也會自己去找別班的女生聯誼。」
好吧，決定了。就找企管一的女生碰碰運氣。

珊珊學姐很夠意思，直接幫我跟企管一的活動公關約好時間和地點。

這樣我便不必費心去查企管一的上課課表和上課教室。

我們約在女生宿舍附近的一座涼亭,時間是晚上七點。

『為什麼是妳?』我一看見她,不禁叫了出來。

「有問題嗎?」她倒是一臉疑惑。

『妳……』我因驚訝而有些口吃,『妳對我有印象嗎?』

「好像有點面熟。」她打量我的臉一會,「不過還是沒印象。」

她就是我高中通車時公車上那個營養不良的女生。

她的樣子幾乎沒變,沒想到上了大學後她還是吃不飽。

為什麼是她在本校,而不是梔子花女孩在本校?

巧合這東西是有額度的,如果這個營養不良的女生已經在本校,

那麼梔子花女孩也在本校的巧合就微乎其微了。

雖然我說過離開當初的時空背景,我和她的緣分大概已經告一段落。

更說過即使梔子花女孩湊巧也在本校,但上了大學後的我和她,

應該各自會有新的美麗與哀愁。

然而當我看見營養不良的女生湊巧也在本校時,竟然感到絕望。

原來在我內心深處的某個小角落,始終期待著巧合,

始終期待著跟她之間還有未完的緣分。

「可以開始了嗎?」她問。

『喔。』我回過神,『抱歉。開始吧。』

跟她談聯誼的細節還滿順利的,我們幾乎沒有歧見,

很快就決定出聯誼的時間、地點和形式。

『大概每個人交400塊就可以了。』我算了算活動經費。

「不。」她說,「男生交500塊,女生交300塊。所以不是每個人交

400塊，而是平均交400塊。」

『妳是休爾嗎？』

「嗯？」

『Are you sure？』

「是的，我很sure。而且所有活動的工作全由男生負責，女生只要負責玩就行了。」

『妳是西瑞爾斯嗎？』

「嗯？」

『Are you serious？』

「對。我很serious。」她說，「如果你不同意，可以不要聯誼。」

『妳提出這種要求不覺得太過分了嗎？』我有點火了。

「請你搞清楚。是你們來找我們聯誼，不是我們去找你們聯誼。」

『所以我們就該交比較多的錢、做所有的工作？』我的火氣加溫。

「我剛剛說過。」她語氣很平淡，「如果你不同意，可以不要聯誼。」

『妳在說小小小。』

「什麼是小小小？」

『妳在說三小！』我的火氣終於爆發。

「同學。」她的語氣依舊平淡，「奉勸你別太激動，要控制脾氣，不然將來在談判桌上會吃虧的。」

『妳把聯誼當談判？』

「是呀。聯誼當然要談判，我得為我們班女生爭取最大的利益。」

『妳……』

「說不出話了吧。」她說，「坦白說，如果不是因為學姐介紹，我們
　才不想跟你們工學院學生聯誼。」

『為什麼？』

「俗話說：工字不出頭。這表示凡是有工字的，例如工程師、工人、
　工學院學生等等，再怎麼努力，大概也不會出頭。」

『所以讀商的就不能脫帽子？』

「嗯？」

『商脫去帽子，就會變成冏。』我說，『奉勸妳最好隨時戴著帽子，
　才不會一臉冏相。』

「你……」她霍地站起身，手指著我。

『為了完美起見。』我將寫著活動企畫的紙弄平，然後遞給她，
『把這張紙平平的貼住下巴，才會構成完美的「冏」字。』

說完後，我立刻轉身走人。

我大概為了這件事足足氣了兩天，但氣消了便覺得後悔。
我好像太衝動了，以她的立場，為班上女生爭取最大利益並沒有錯。
讓男生多出點錢應該可以商量，而所有工作由男生做好像也是慣例。
雖然她講話很嗆而且也帶點挑釁，但忍一忍就過去了，何必計較。
也許當時我很介意為什麼是她而不是梔子花女孩在本校，
潛意識裡責怪她用光了巧合的額度，甚至因而對她產生敵意。
不過事已至此，後悔太多也沒用，應該沒有挽回的餘地了。

我跟珊珊學姐說抱歉，辜負了她們的好意。

「我們會計系也算是唸商的，真的不能脫帽子嗎？」怡珊學姐說。

「看來我得買頂帽子隨時戴上，才不會一臉冏相。」秀珊學姐說。

珊珊學姐互相看著對方的臉，然後哈哈大笑。

『這件事又傳開了是吧。』我嘆口氣。

「嗯。」怡珊學姐點點頭，「恭喜恭喜，水利系黑了。」

「請節哀。」秀珊學姐說，「你只能找校外的女生了。」

『找校外女生？』我說，『那太簡單了，憑我風度翩翩、一表人才，
　只要走到校外喊：誰想跟我們聯誼？我想一定會有很多女生擠破頭
　搶著要跟我們聯誼。我只是擔心得拒絕太多女生，她們應該會傷心
　難過，甚至是悲痛欲絕。一想到這，我就覺得很悲傷……』

「學弟，夠了。」怡珊學姐拍拍我的肩膀，「我們會幫你找到女生。」

「到時候記得要找康樂股長一起去，不要一個人去談。」秀珊學姐說。

『謝謝學姐！』我喜出望外，連聲道謝。

珊珊學姐透過高中同學的介紹，找到這城市另一所大學的女生。

跟她約在那所學校後門口附近的冷飲店，時間是禮拜天下午兩點。

依照珊珊學姐的吩咐，我拉了李君慧一起去。

我們在店門口等了一會，直到有個女孩從店內走出來。

「請問是水利系的同學嗎？」她問。

我和李君慧同時點頭說是。

「請進來坐吧。」她說，「我已經訂了位。」

長這麼大，我還沒聽說過在這種傳統的簡陋冷飲店要先訂位。

有了前幾次被拒絕的經驗，這次我特別誠懇，也格外小心翼翼。

我表明了想跟她們班聯誼的意願，也簡述了聯誼的活動形式。

她聽我說話時臉上沒什麼表情，但那並不是冷酷，而是有一點點嚴肅。

「抱歉，我忘了先自我介紹。」她說，「我叫蕭文瑩。」

『妳父親是環保局長嗎？』

「嗯？」

『因為妳的名字好像是消滅蚊蠅這種口號。』

她看了我一眼，臉上依然沒什麼表情，但好像更嚴肅了。

「這名字真好聽。」李君慧說。

「是嗎？」她微微一楞。

「嗯。」李君慧點點頭，「三個音都是平聲，聽起來既柔和又舒服。」

「謝謝你。」

她竟然對著李君慧笑了，而且是很開心的笑。這景象實在是太詭異了。

我彷彿看見一個老成持重的女人瞬間變身為天真無邪的少女。

「抱歉，我不太會笑，看起來應該很嚴肅。」她微微一笑，

「同學都說我是外冷內熱。」

『外冷內熱？』我說，『妳是保溫瓶嗎？』

她瞄了我一眼，剛剛的微笑瞬間凍結。

「妳不是嚴肅，只是端莊而已。」李君慧說。

「謝謝你。」

她又笑了，而且還是那種很靦腆的笑。

『那個……』我試著言歸正傳，『蕭同學，妳覺得我們的提議如何？』

「嗯……」她想了一下，「我們學校校風比較保守，如果跟男生出去玩

　　要先跟校方報備，而且校方不一定會准。」

『啊？』我很驚訝，『已經是大學生了，還會這樣嗎？』

「是的。」她皺了皺眉，「所以我有些為難。」

『妳不用擔心。我們這活動很單純，不會有問題的。』我急忙解釋，

『我可以保證。』

「可是……」她似乎猶豫著。

「請妳放心。」李君慧說，「整個活動一定既簡單又好玩，而且我們
　一定會在晚餐時間前，將女生平安送回貴校。」

「真的嗎？」她看著李君慧。

「我向妳保證。」李君慧用力點個頭。

「我相信你。」她又笑了，「那就跟你們聯誼吧。」

兩人相視而笑，多麼溫馨感人的畫面，只差沒有動人情歌當配樂而已。

怎麼看都像是 happy ending 愛情電影裡的最後一幕。

現在是怎樣？

同樣的話分別由我和李君慧說出來，真的差那麼多？

我體內一定流著反派角色的血液，實在看不慣這種和諧美好的場面。

『如果妳們學校不准，那該怎麼辦？』我竟然想潑冷水。

「我們會先報備。如果學校不准，那就來阻止我們呀。」

她的語氣很堅定，「反正無論如何，我們是去定了。」

「謝謝你。」李君慧笑了笑。

「不客氣。」她也笑了，「我們很期待跟你們聯誼哦。」

「我們一定盡力辦好。」李君慧點點頭，「絕對不會讓妳們失望的。」

「嗯。」她也點點頭，「那就辛苦你們了。」

喂，當我是空氣啊。

以前總覺得納悶，為什麼古代越堅貞、越具有傳統美德的婦女，

照理說她們應該越容易順從父母的心意才對，可是情況卻往往相反。

比方王寶釧就是典型的例子，賢慧的王寶釧為了要嫁給薛平貴，
甚至不惜跟當相國的父親三擊掌，斷絕父女關係。
現在我大概明白了，原來她是王寶釧、李君慧是薛平貴，
而她們學校應該就是王寶釧的父親。

總之，我終於找到要跟我們一起聯誼的女生，心上石頭總算落了地。
這要感謝李君慧，如果沒有他，我這次大概也會槓龜。
出遊的日子就訂在四月下旬，期中考週的下個禮拜天。
地點在70公里外的水庫風景區，可以烤肉、看風景、玩遊戲。
還有一個多月可以籌備活動，時間很充裕。

『我怎麼沒聽你稱讚過林依琦的名字好聽？』回寢室後，我說：
『林依琦這名字的三個音也都是平聲啊。』
「林──依──琦。」李君慧唸了一遍，「真的耶！」
『耶什麼耶。』我說，『同樣都是平聲，為什麼蕭文瑩的名字好聽？』
「對。她的名字好聽並不是因為都是平聲，而是因為……因為……」
他似乎恍然大悟，「因為她的名字真的是很好聽。」
『好吧。』我嘆口氣，『就當我沒問。』

「我跟你說一件事，但你別笑我。」他的表情很正經，「第一眼看到
　蕭文瑩時，我好像聽到有人在我的腦海裡喊：就是她！」
『那叫幻聽。』我的語氣很平淡，『可能是精神分裂的前兆。』
「你一定要相信我！」他急了，「我真的聽到有人喊：就是她！」
『好吧。』我又嘆口氣，『我相信你。』

在聯誼前，我和李君慧又跟王寶釧，喔不，是蕭文瑩碰面兩次。

主要是討論聯誼當天的細節，坦白說這已經不算是我的工作範圍。

因為公關的角色像媒婆，當媒婆撮合男女雙方後，任務就結束。

至於婚禮的籌備和細節等等，就由康樂股長全權負責。

但把工作全丟給李君慧很無情，更何況撮合雙方的最大功臣其實是他，

因此我也想幫忙處理活動的事宜。

可是第二次跟蕭文瑩碰面時，我幾乎說不上話，只能聽他們交談。

他們雖然也討論了活動細節，但大部分的時間都在聊天。

從頭到尾，我只插上一句話，真的只有一句。

「我喜歡圓圓胖胖又毛茸茸的東西。」蕭文瑩說。

『原來妳喜歡毛毛蟲。』我說。

她看了我一眼，原本微笑的臉龐瞬間轉為嚴肅。

李君慧可以讓她笑得開心，而我則是讓她回復不會笑的本性。

第三次碰面是出發前兩天的晚上，這次我完全沒說話。

他們一直有說有笑，但談話內容居然都沒出現「聯誼」這個關鍵字。

我專心扮演電燈泡的角色，反正是晚上，照亮他們兩個也算功德一件。

我猜他們將來會在一起的機率應該是98％。

剩下的2％，1％是世界末日，1％是外星人來襲。

終於到了要聯誼的日子，我在前一晚忙翻了，半夜四點才睡。

早上七點不到便被李君慧拉下床，起床後整個人昏昏沉沉。

上車後直接走到最後面的位置，一坐下倒頭就睡。

身旁坐的是男是女我完全不知道，搞不好我旁邊根本沒坐人。

一個半小時後，終於抵達目的地。

熟睡後起身的我，小腿有些發麻，走路便搖搖晃晃，腳步踉蹌。
走下車門階梯時，小腿發麻感還沒退，只好用雙手抓著鐵欄杆，
藉雙手之力，緩緩下了一層階梯。哇，腳好麻啊。
要再跨步的瞬間，聽見背後傳來一句。
「下車小心。」

我腳下踩空，全身向前撲倒在草地，跌了個狗吃屎。

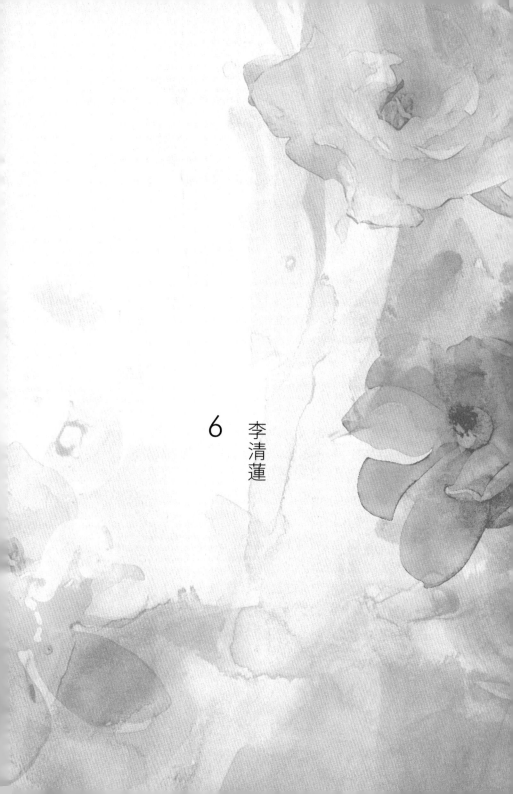

6　李清蓮

我全身趴在草地，正要掙扎時，有一股力量拉住我右手臂扶我起身。

「你沒事吧？」李君慧問。

『沒事。』我把口中的草屑吐出。

「你離開地球很久了嗎？」他笑了笑，「不然幹嘛急著親吻地球？」

我沒回答。急忙摘下眼鏡，用衣袖擦了擦，再重新戴上。

然後四處張望，只見一群男女往同一個方向前進。

『那個女孩呢？』我問。

「什麼女孩？」

『剛剛在我後面的女孩。』

「我沒注意。」他問：「是她推你下車嗎？」

『不是。』我換個方式問：『你有沒有看到一個……』

「一個什麼？」

我完全答不上來。

難道我要問：有沒有看見一個穿著高中制服，皮膚白皙的女孩？

但這就是我腦海中她的影像，在我所有看見她的日子裡，

她的樣子就是如此。

我知道她現在的樣子一定不同，可是我根本不知道她變成什麼樣？

「喂。」李君慧搖了搖我身子，「你是不是撞到頭了？」

『我很清醒。』我說。

是的，我很清醒，我不會聽錯，何況「下車小心」我聽了100多次。

雖然由聲音來判斷一個人的誤差很大，但她說下車小心時的語氣……

沒錯，那就是她的口吻，只專屬於她的口吻。

「這樣有幾隻手指頭？」李君慧伸出三根手指在我眼前晃啊晃。

『別吵啦。』

「到底幾隻啦！」他的手指還在晃。

『淡水再過去。』

「什麼？」

『三芝！』

我說完後撇下李君慧，往前快跑想找到她，畢竟我應該認得她。

「喂！」李君慧大叫，「你是工作人員，要幫忙拿東西啊！」

我只得停下腳步，不情願地走回，然後到車上搬東西。

「你還好吧？」蕭文瑩在車上問。

『還好。』我抱起一箱礦泉水，準備下車。

「下車小心。」她說。

沒錯，同樣一句下車小心，聽起來是完全不一樣的感覺。

這次聯誼的男女共分成七組，每組十人，男女各半。

我、李君慧和蕭文瑩都是工作人員，工作人員不在分組名單內。

工作人員共有九人自成一組，勉強可算第八組。

我們得先整理中午要烤肉的物品，大致弄完後再回到團體中。

等我們加入團體時，大家似乎已經玩開了，歡笑聲此起彼落。

我打算從第一組開始，仔細察看每一組的每一個女孩。

光明正大地盯著女生看是很不禮貌的，而且會讓女生覺得不舒服，

我只得偷偷地打量每一個女孩。

不過我並不是可以閒在旁邊觀察女孩，我得準備遊戲節目的道具，

得隨時注意場上的氣氛，也得加入遊戲一起玩。

所以沒辦法靜下心來比對每一個女孩和腦海中梔子花女孩影像的差異。

雖然如此，我並不慌張，我相信一個一個慢慢來，總會比對成功。
沒想到竟然玩一個會在臉上抹麵粉和塗顏料的遊戲，
多數女孩的白淨臉龐在這個遊戲中染上了色彩。
有些女孩搞不好連她父母都已經認不出來，那我還認個屁。
『這遊戲到底是哪個混蛋想出來的？』我不禁咒罵。
「你。」李君慧說。

遊戲時間結束後，女孩們紛紛跑去洗臉，太好了，洗乾淨一點啊。
接下來就是分組烤肉的時間，所有女孩都會圍在七組烤肉架旁。
我把工作人員這組的火快速升起，生完火後我便離開。
「蔡修齊！」李君慧大叫，「先把臉洗一下吧。」
沒錯，我現在的臉上沾滿麵粉的白、顏料的紅與黃、生火後的黑。
不洗乾淨的話可能會嚇到她。

我趕緊把臉洗乾淨，五官已經不帥了，起碼要乾淨吧。
我走到阿忠所在的第一組，假裝關心生火狀況，實則偷瞄每個女孩。
『嗯。』我站起身，『你們這組沒問題。』
「什麼叫沒問題？」阿忠說，「連煙都沒有啊！」
『有火才會有煙，你們根本沒生起火，怎麼會有煙？』我說，
『所以當然沒問題啊。』
「你還說沒問題！」阿忠大叫，「你到底是不是來幫忙的？」
『我是來關心的。』我趕緊走開，『不是來幫忙的。』

我走到第二組，蹲下察看一會，便站起身。

『再搧點風，應該就可以了。』我說，『不過現在先慢著搧。』
「為什麼？」班上同學問。
『因為如果煙太大，就看不清楚了。』
「什麼？」
我沒答話，只是繞著木炭堆走一圈，剛好逐一掃過這組的五個女孩。
『現在可以搧了。』我又立刻走開。

第三組和第四組也沒有她，我開始有些慌亂。
才剛走到第五組便聽見歡呼聲，小偉所在的第五組，火已經生起了。
『恭喜恭喜。』我說。
我繞著木炭堆走，走到第四個女孩面前，不禁停下腳步。
「喂。」小偉說，「你要提供你的小腿來烤嗎？」
我只得退開，壓抑住劇烈的心跳，慢慢走回工作人員小組。

感謝老天，我應該找到她了。
很抱歉，我有時在考試前書唸不完時，咒罵了您幾聲。
但我不是故意的，心地也不壞，只是嘴巴快了點。
謝謝您不計較，還能讓我跟她重逢，謝謝。
我真的很感謝，請讓我拜。

「你確定你沒撞到頭？」李君慧拍了拍正跪著的我。
『真的沒有啦，』我站起身。
我可能太激動了，我需要冷靜、需要思考、需要推論。
剛跟她視線相對的時間雖然很短，但應該有兩秒鐘吧。
那時我的眼神一定瞬間迸出燦爛的光芒，搞不好可以照亮整個宇宙。
可是她的眼神看起來似乎沒什麼變化。

也許她跟企管一的活動公關一樣，只覺得我面熟，但認不出我。

然而如果她認不出我，大概會有兩種可能：

一是她已經忘了我；二是其實她並不是她。

不管是哪種可能，都很要命啊。

我將視線朝向20公尺外，第五組的她。

身高大約165公分，穿著白色長袖襯衫、藍色牛仔褲，很輕便的打扮。

高中時的她戴著銀色金屬框眼鏡，但現在的她沒戴眼鏡。

去掉眼鏡的阻隔，眼窩會顯得較深，五官也會因而較為立體。

如果一個女孩從未戴眼鏡，有天她突然戴上眼鏡，辨識度應該很高。

但如果女孩始終戴著眼鏡，有天突然拔下眼鏡，辨識度就沒那麼高了。

高中時她的頭髮從未過肩，但現在她頭髮長了，髮梢還有燙過的痕跡。

在穿著上，我只看過她穿高中制服，從未看過她穿其他衣服。

那條像深藍色溫柔海洋的裙子我印象深刻，但她現在穿的是長褲。

因穿著而散發出的氣質，高中制服和休閒裝扮也會有些許不同。

至於她的身高，我完全沒概念，因為以前的她始終是坐著的。

考慮眼鏡、頭髮、穿著、氣質、身高等因素已有明顯差異，

再加上十個月沒見這個不確定因素，我對她的確認度或許沒有100％，

但應該有85％吧。

『蕭文瑩同學，妳的名字真好聽。』我說，『而妳名字好聽的原因，

　不是因為三個音都是平聲，而是因為妳的名字真的是很好聽。』

「你想幹嘛？」蕭文瑩很納悶。

『沒什麼。只是突然想讚美妳的名字而已。』

「你到底想幹嘛？」蕭文瑩的眼神充滿戒備。

『穿白襯衫的那個女孩……』我遙指第五組的她，『請問她叫什麼？』

「你是說李白嗎？」蕭文瑩看了一眼我指的方向。
『李白？』
「是呀。班上的同學都叫她李白。」
原本我想追問她的真名，但隨即想到問到真名也沒用，
因為我本來就不知道她的名字。

『妳知道她高中唸哪裡嗎？』
「不清楚。」
『她老家在哪裡？』
「不知道。」蕭文瑩說，「你要不要順便問她爸爸是做什麼的？」
『我幹嘛問她爸爸是做什麼的？』
「那你幹嘛問她高中唸哪裡？」
『我……』
「你想知道什麼，直接去問她呀。」

說的也是。我可能太緊張了。
決定了，直接走過去第五組，然後跟她聊幾句就什麼事都搞定了。
「你要去哪裡？」李君慧問。
『我吃飽了。』我說，『想隨便走走。』
「你吃飽了？」他很驚訝，「東西都還沒烤熟啊！」
我沒心思理他，邁開腳步，往第五組的方向前進。

才走了一半，腳步便牢牢釘在地上，不再往前。
她正跟幾個同學聊天，有說有笑，氣氛似乎很融洽。

如果我就這麼殺進去認親，會不會太唐突？

還是等一下好了，等她有空檔，我再過去跟她說說話。

沒想到她像是掉在地上的糖果，周遭自然就會聚集一些螞蟻。

我等了十幾分鐘，始終等不到她獨自一人的空檔。

就這麼站著實在是太奇怪了，我感覺有一些目光正投注在我身上。

雖然不滿自己的膽怯，但始終鼓不起勇氣向前，只好先撤退再說。

「你終於回來了。」李君慧說。

『喂，別光顧著餵蕭文瑩，也給我一片肉吧。』我說。

「你不是吃飽了？」

『誰說我吃飽了？』我大叫，『我都還沒吃耶！』

「你……」李君慧指著我，說不出話。

「別理他。」蕭文瑩說，「他現在魂不守舍。」

「會不會是撞到頭的關係？」李君慧問。

「應該不是。我猜他只是白目而已。」蕭文瑩問：「他平常白目嗎？」

「非常白目。」

「那他現在很正常。」蕭文瑩笑了。

「原來如此。」李君慧也笑了。

喂，我就在旁邊耶。

我一邊吃烤肉，視線不時朝向第五組。

沒想到她的人緣真好，不管是同性緣或異性緣，因此身邊總是有人。

肉已經烤得差不多了，烤肉結束後是自由活動時間，但我得收拾殘局。

如果再不跟她說話，恐怕就沒什麼機會了。

『李君慧。』我說，『借一點你的天賦來用用。』

「什麼天賦？」

『就是會讓女生莫名其妙喜歡你的天賦。』

「我哪有這種天賦。」李君慧說。

『你當然有。』我說，『不信的話你問蕭文瑩。』

「你果然很白目。」蕭文瑩瞪了我一眼。

我一鼓作氣走到第五組，不管她正跟人聊天，我直接站在她面前。

『妳長得很像我高中時認識的女孩。』我說，『請問妳認識我嗎？』

「蔡修齊。」小偉笑了起來，「沒想到你竟然用這麼老梗的話搭訕。
　你為什麼不乾脆說她長得很像你以前的女朋友。」

「或者說：妳長得很像我下一任的女朋友。」有個女孩跟著笑。

其他人也都笑了，而她只是面露微笑，沒有回話。

確認度85％下修成80％。

『不好意思。』我應該臉紅了，『請問妳是混血嗎？』

「這句話有創意。」小偉說，「刮目相看喔。」

「她是混血沒錯。」剛剛說話的女孩說，「是仙女跟凡人的混血。」

『妳這話說的好，給妳拍拍手。』我竟然還給那個女孩鼓勵。

而她依然面露微笑，笑容比上一句問話時明顯，但她還是沒回話。

確認度80％下修成75％。

『可以再問妳問題嗎？』我的臉更紅了。

「可以。」她終於開口。

『請問妳老家在哪裡？』

「我是台中人。」她回答。

確認度75％下修成……

『抱歉。』我整顆心往下沉，沉到無底深淵，『打擾了。』

我轉身走回，腳步有氣無力。

如果她是梔子花女孩，那麼她跟我一樣是南部人。

既然她是台中人，那就表示我認錯人了。

也許是老天跟我開了個玩笑，但這玩笑應該是善意的。

祂一定知道我很思念梔子花女孩，

於是安排一個外表很相似的女孩讓我解解相思之苦。

烤肉結束了，各組也都分別帶開去欣賞風景，我則專心收拾殘局。

『水庫旁有座涼亭的視野不錯，你帶蕭文瑩去逛逛。』我對李君慧說，

『這裡我來收拾就行了。』

「這樣不好意思啦。」他說。

『趕快去吧。』我說，『有機會就要把握，不然只能空相思，到最後
  以為重逢了，結果卻是認錯人。』

「應該是撞到頭沒錯。」蕭文瑩說。

「嗯。」李君慧點點頭，「回去我再觀察他幾天。」

「情況不對的話要送醫院。」

「我知道了。」

喂，不要再把我當空氣了。

我把東西該丟的丟、該收的收，大致整理完畢。

去水庫旁走走吧，既然來了，帶著破碎的心去看看一大片水也好。

我獨自走著，快到那座涼亭時，在路旁發現了矮梔子叢。

梔子叢裡開出了幾朵白色的梔子花。
是啊，現在是春末，剛好是梔子花開始綻放的時節。
可惜梔子花開的不是時候，起碼不該是現在。
這只會讓我觸景傷情而已。

這座涼亭是方形的，可以俯視水庫，空間很大，而且有兩層樓。
第一層有幾個遊客正在泡茶，沒想到第五組的人也在。
我有點尷尬，悄悄爬上階梯到第二層。
我坐在石椅上望著被群山環繞那一大片清澈碧綠的水，
雖說曾經滄海難為水，但眼前的景致還是會讓人聯想到滄海。
親愛的梔子花女孩啊，如果妳是滄海，
那麼我該去哪裡找另一大片水來取代妳呢？

涼風徐徐，吹得我眼皮沉重了起來，我背靠著石柱，開始打瞌睡。
「同學。」
恍惚間聽見有人叫我，我半睜著眼，只見一團模糊的白。
揉了揉眼睛，這團模糊的白逐漸變成清晰的白襯衫。
我看清楚了，竟然是第五組的那個偽梔子花女孩。
我瞬間清醒，背部彈離石柱，整個人坐直。

「抱歉。」她說，「吵醒你了。」
『我……』我一定臉紅了，『我只是在想事情而已。』
「烤肉時有很多人在場，我不好意思多說什麼，請你別介意。」
『不。』我搖搖手，『是我太唐突，希望妳別見怪。』
「我只是覺得納悶而已。」她說。
說完後她微微一笑，這笑容似曾相識。

這個偽梔子花女孩會讓我心裡立刻選擇形容詞，我選的是清秀。
以外貌而言，她是屬於讓我60％心儀的女生。
多少％並不是重點，即使她的外貌讓我100％心儀，
但只要她不是梔子花女孩，那麼對我來說也沒有意義。

「烤肉時聽他們叫你蔡修齊。」她問：「是修身齊家的意思嗎？」
『這是官方的說法。』我說，『一般說法是，頭髮亂了走進理髮院，
　老板問你：想剪什麼髮型？你便回答：只要修齊就好。』
「原來如此。」她微微一笑，「我不知道你這麼健談。」
我原本想接劍潭就在士林旁邊，但還是硬生生忍住了。

『那妳呢？』我問：『聽說妳的綽號叫李白，妳很會寫詩嗎？』
「中學的國文課本在介紹李白時，開頭不是都會寫：李白，字太白，
　號青蓮居士……」
『我明白了。』我恍然大悟，『妳的同學跟我一樣，都覺得妳的膚色
　太白，太白太白，所以叫妳李白。』

「是嗎？」她有點疑惑，「這我倒沒想過。」
『難道不是這個原因嗎？』
「不是。」她搖搖頭，「因為我就叫李清蓮，只是清是清朝的清。」
『啊？』
「就是這麼簡單。」她笑了笑。
其實猜錯她的綽號由來也沒什麼大不了，但我還是覺得不好意思。

「我可以坐下嗎？」她問。
『抱歉。請坐。』我往右挪了一點，讓可坐三個人的石椅空曠些。

「謝謝。」她在我左側50公分處坐下。
我們相隔的距離差不多是一個成年胖子的屁股寬度。

一個成年胖子的屁股寬度？
突然想起最後一次見到梔子花女孩那晚，我和她也是隔著這種距離。
連相對位置也沒變，我坐在她右側、她坐在我左邊。

剛剛她喚醒我時，我坐著仰視她、她站著俯視我，
這是我和梔子花女孩從未有過的視線相對角度。
所以我並不會因而聯想起跟梔子花女孩相處時的情景。
但現在我盯著她正望著湖面的側臉，那晚的情景卻浮現在眼前。
我甚至可以隱約聽到當時公車行進的聲音。
原以為我已淡忘那晚的情景，沒想到卻在此時重播，而且是如此逼真。

「這裡的視野真好。」她面對著湖面。
『是啊。』我說，『天氣好時，幾乎可以將半座水庫盡收眼底。』
「現在的天氣算好嗎？」
『嗯。』我點點頭，『今天天氣很好。』
「那我們真的很幸運哦。」
『第三句了。』
她楞了一下，隨即笑了起來，而且是很開心的笑。

眼鏡、頭髮、穿著、氣質、身高等等或許會改變，
但我和梔子花女孩互動的感覺是不會變的，也忘不了。
我身旁的這個女孩，應該就是梔子花女孩沒錯啊。
到底是哪個部分出錯呢？

『妳老家真的在台中？』

「嗯。」她點個頭，「高二時因為父親調職到南部的關係，我便轉學到南部唸高中。不過上大學後，父親又調回台中了。」

我想起來了，梔子花女孩曾跟我開玩笑說：

「因為我父親是台中人、母親是美濃人，所以我是中美混血。」

那麼她……

我心跳瞬間加速狂飆，鼻子也彷彿聞到一股梔子花的香氣。

但我已分不清到底是現實中的梔子花香氣？

還是記憶中的梔子花香氣？

我只覺得這股花香很濃郁，好像眼前正綻放著梔子花。

「你是不是聞到花香？」

『嗯。』我點點頭。

「是梔子花哦。」她從上衣口袋拿出一片白色花瓣。

我不禁站起身，回到最熟悉的角度，站著看坐下的她。

『請問妳是混血嗎？』

「我不是混血。」她笑了，「我只是貧血。」

我楞楞地看著她，眼角竟然開始濕潤。

7 Jenny

淡藍的天、橙色的陽光、溫和的風、眼前散發青春氣息的女孩，
我彷彿置身於高中上學時的公車上，而不是在風光明媚的水庫旁。
以前在公車上遇見她時，常會有要出發去旅行而不是去上課的錯覺；
沒想到現在已經在風景區了，心情卻像是要到學校上課。

再度看見她，我的眼睛像海蚌一樣，因重逢的刺激而分泌淚液。
但我現在可不是在太空中，因此淚水是有重量的，
如果放任這種心情蔓延，淚水可能會沿著臉頰滑落，那就糗大了。
我定了定神，偷偷吸了一口氣，然後擠了個微笑。

「我就是你高中時認識的女孩，而且我認識你。」
『謝謝妳還記得我。』
「你幾乎完全沒變。」她笑了笑，「連下車時會恍神的習慣也沒變。」
『昨晚沒睡飽。讓妳見笑了。』
「還可以說第三句嗎？」
『現在我不急著下車，妳要說幾句都可以。』
「可是我跟你說話很少超過三句，一時之間也不曉得該說什麼。」
『但妳已經說第四句了。』

她笑了起來，梔子花香氣也隨著她的笑容擴散開來。
那一瞬間，我深深地覺得，我真的喜歡她。
雖然我和她之前早已見了100多次面，不能算是初次見面，
但我還是覺得這應該就是傳說中所謂一見鍾情的感覺。

她說今天早上要下車時才看見我，她嚇了一大跳。
對她而言，我只是頭髮長了點和換了便服而已，其餘都沒變，

因此她一眼就可以認出我。

原本她想跟我打招呼，但只來得及說聲下車小心。

「你早上沒摔傷吧？」她問。

『還好。』

「你怎麼會摔成那樣呢？」她笑了，「很像傳說中的五體投地。」

『聽到妳聲音的瞬間，我實在是太感動了，不得不五體投地。』

「這麼說起來，你是因為我的聲音才認出我？」

『可以這麼說。』我點點頭，『我是由那句下車小心認出妳。』

「真的嗎？」她很驚訝，低下頭口中唸出十幾次下車小心。

「沒什麼特別的呀。」她抬起頭。

『妳不覺得當妳說下車小心時，聽起來像是……像是……』

「像是什麼？」

『像是真的會出事的感覺。』

「胡說。」她笑了起來。

也許對她而言，「下車小心」只是簡單的叮嚀或是單純的客套；

但對高中時的我而言，「下車小心」卻是我能從容下車的憑藉。

到最後那晚，當她沒說下車小心時，我甚至無法下車。

不過我怎麼也沒想到，重逢時的下車小心會讓我跌了個狗吃屎。

「你怎麼一直站著？」她抬頭問，「你不坐下嗎？」

『我習慣站著看妳。』我低頭說。

可惜沒吊環，不然就很像以前在公車上跟她相遇的情景。

「還是一起坐吧。」她微微一笑，「車上空位還很多。」

我又坐回原處，離她50公分。

我們簡單聊起分離後十個月來彼此所發生的事。

如果這十個月發生在高中，那我們大概不會有什麼變化；

但這十個月是發生在大一，那是從青澀邁向成熟的一個重要時期。

我相信不管內在或外在，我和她都會有所改變。

「李白！」有個女孩爬上樓，「該到別處逛逛囉。」

「知道了。」她先轉頭回應，然後站起身，「蔡修齊。我該走了。」

『我們還會再見面嗎？』我也站起身。

「你老喜歡問一些深奧的問題。」她笑了，「我們還得坐車回去吧。」

『抱歉。』我有點不好意思，『待會車上見。』

無論是初識或重逢，我似乎總會問蠢問題。

但我現在的心情並不會像高中時那樣，因為問了個蠢問題而耿耿於懷。

相反的，如果現在讓我跳箱的話，七層高的箱子我搞不好會一躍而過。

難怪喜悅的心情可以用像雀鳥一樣跳躍的「雀躍」來形容。

人們對快樂的記憶能力很薄弱，但對悲傷的記憶能力卻非常強，

所以我決定坐在這裡努力記下此刻雀躍的心情，以免很快就遺忘。

然後我發現眼前的美景雖然稱得上是壯觀，但終究只是一大片水。

因為我是看過滄海的人。

回程的車上，我依然坐在最後面的位置，她坐在我前三排靠窗的位置。

車上有兩支麥克風，大家把車廂當KTV包廂唱起歌來，氣氛很熱烈。

雖然無法跟她獨處說說話，但可以跟她共乘一輛車，我已經很滿足了。

我的心裡非常踏實，即使歌聲很吵，我也能安然入睡。

等我醒來時，已經到了她的學校，女孩們紛紛收拾東西準備下車。

趁著她排隊等下車的空檔，我鼓起勇氣溜到她身旁。
『我們還會再見面嗎？』我輕聲問。
她沒說什麼，只是微微一笑，然後點點頭。
『下車小心。』我說。
「你搶了我的台詞。」她笑了起來。
我看著她下車，然後站定，再轉身向我揮揮手。

原本預期在未來的歲月中，我一定會常常帶著一些遺憾、少許悔恨，
回顧高中時代遇見梔子花女孩的甜蜜往事。
但現在心裡面遺憾和悔恨的重量都已不見，整顆心很輕盈，宛如新生。
梔子花女孩啊，在梔子花開始綻放的時節又遇見妳，這是否註定？

與梔子花女孩重逢後，我的運氣似乎也跟著變好。
兩天後李君慧告訴我，外文一的女孩想跟我們一起參加合唱比賽。
這是學校辦的比賽，規定每隊要有20個男生和20個女生參賽。
但我在校內根本找不到20個女生，也不想因這種比賽麻煩珊珊學姐。
原本已經放棄合唱比賽，沒想到竟然會有女生主動要求合作。

「外文系本來跟電機系組隊，但後來鬧僵，就拆夥了。」李君慧說，
「她們現在想跟我們一起組隊參賽。」
『為什麼會鬧僵？』我說，『還有，為什麼是我們而不是其他系？』
「我不清楚。」他說，「別管那麼多了，要不要跟她們一起參賽？」
『廢話。當然要！』

雖然我不想再跟外文一那個擁有金黃閃亮頭髮的活動公關打交道，

但如果能跟外文系女孩一起練歌，班上同學一定會樂瘋了。

以我身為公關的立場，這種機會當然要拼命爭取。

李君慧負責在班上篩選出20個男同學，競爭非常激烈，

所有人無不卯足全力展現自己最佳的音色。

我本想只負責協調練習事宜，但最後竟然也入選男低音（bass）。

再次接洽金黃閃亮的外文公關，我心裡頗為忐忑，畢竟上次不歡而散。

「對不起。」她說，「臨時找你們組隊，希望不會造成困擾。」

『哪裡。』我說，『不僅不會困擾，而且是我們的榮幸。』

「你真會說話。」她微微一笑，「只剩下兩個星期就要比賽，我們可能

　一星期要練五天。這樣你們能配合嗎？」

『沒關係。一星期練七天也行。』

她笑了起來，笑容跟頭髮一樣閃亮。

練習的時間不是問題，而且有鋼琴的教室她也早就借好了。

我剩下的工作大概就是跟班上同學傳達練習的時間和地點而已。

看她的樣子，似乎不記得之前跟我接觸過，這樣我就放心了。

畢竟跟她接觸的公關應該很多，而且兩個月前我只不過見了她一面、

談了兩分鐘，她對我沒印象應該很合理。

不過她非常客氣，出乎我意料，也讓我覺得上次的反應很失禮。

『請問妳們選哪首歌參加比賽？』我問。

她先是低下頭，再緩緩抬起頭說：「I Love You。」

『啊？』我嚇了一跳。

「我逗你的。」她笑得很開心，「I Love You是要比賽的歌曲啦。」

『喔。』我說,『外文系果然是選英文歌。』

「不。」她說,「這是日文歌,尾崎豐唱的。」

尾崎豐這名字我聽過,諷刺的是,卻是在他去年猝逝的時候。

不過尾崎豐的歌我沒聽過,而且唱日文歌會不會難度太高?

『為什麼選日文歌?』

「可以讓人知道外文系的學生不是只會英文呀。」

『可是日文歌對我們而言,恐怕⋯⋯』

「不用擔心。」她遞給我一份資料,「這是歌本,練習要用的。」

我翻開第一頁,在日文歌詞下面還註記羅馬拼音。

比方「今だけは悲しい歌聞きたくないよ」下面會註記:

i ma da ke wa ka na shi i u ta ki ki ta ku na i yo。

『看來應該沒問題了。』我說。

練習時間是晚上七點開始,大約九點半結束。

班上同學在練習前會用心打理自己的外表,而且絕不遲到早退。

只可惜外文系的女孩對比賽非常重視,練習時幾乎是不苟言笑,

而且結束後直接回家,似乎不給任何請吃宵夜的機會。

外文一公關是女高音,雖然比起她們班同學而言算是活潑多話,

不過每次練習時她也沒跟我多做交談。

或許看起來不像聯誼,但可以認識這屆大一學生中最正的外文系女孩,

即使是要連續上三小時的微積分,班上同學應該也是甘之如飴。

在練習期間,我不只一次想打電話給李白,約她出來見面。

但一來練習結束後時間已晚,二來也想不出什麼好藉口約她出來,

因此始終沒打電話給她。

比賽前一晚練習完後，李君慧打電話給蕭文瑩，邀她來觀賞比賽。
我覺得這是個跟李白見面的好藉口，終於打了第一通電話找她。

『麻煩請李白聽電話。』我說。
「你有病呀！」電話那頭大叫，「李白死了一千多年了！」
然後喀嚓一聲，電話掛了。
啊？怎麼會這樣？我記錯她的寢室號碼嗎？
我手足無措，只得作罷。

比賽在晚上六點半開始，共16支隊伍參加，我們是第七隊上場。
剛上場時我很緊張，還好舞台上燈光夠強，根本看不清台下的觀眾。
開口唱出第一句：I love you 後，緊張感便慢慢消失。
快九點時比賽結束，然後直接頒獎，我們竟然得了亞軍。
外文一公關拉著我上台領獎，我和她一左一右抓著獎盃，
台下快門聲喀嚓不絕，閃得我快睜不開眼。

離開會場後，班上同學和外文系女孩就在門口圍著獎盃猛拍照。
大家的情緒都很亢奮，笑聲和歡呼聲不斷。
這時我才知道，原來外文系女孩也會笑，而且笑得如此開懷。
興高采烈拍了十幾張照片後，外文一公關悄悄走近我。

「來猜拳吧。」她說。
『猜拳？』我很納悶。
「獎盃只有一座，我們來猜拳決定誰帶走。」她說，「三戰兩勝。」
『喔。』我恍然大悟，『獎盃妳們留著吧。』
「真的嗎？」她似乎很驚喜，但隨即面有難色，「那你們……」

『可以認識妳們，就是最大的獎賞了。即使是一萬個獎盃也比不上。』
她聽完後楞了楞，然後露出微笑。

「要不要跟我們一起到校門口附近吃宵夜？」她問。
『當然好啊。』我說，『我們班的同學一定會很高興。』
「那就好。」她笑了笑，說了地點後，便先離開。
我通知班上同學這個好消息，他們果然興奮得大叫。
只剩李君慧沒通知，我四處張望，瞥見他跟蕭文瑩躲在角落。
我趕緊跑向他們。

『外文系女孩約我們一起吃宵夜。』我說。
「這……」李君慧看了蕭文瑩一眼，「可以不去嗎？」
『人家盛情邀約，不去會不好意思。』
「可是我臨時有事不能去。」他又看了她一眼。
「你還是去吧。」蕭文瑩說。
『王寶釧妳放心。』我說，『我一定不會讓薛平貴跟代戰公主聊天。』
「你在胡說什麼。」她瞪了我一眼。

『對了。』我問蕭文瑩，『李白的寢室是326沒錯吧？』
「沒錯。」
『那為什麼我昨晚轉326時，接電話的人不認識她？』
「我怎麼會曉得。」她說，「你可以直接轉頭問她。」
『轉頭？』
我不自覺轉過頭，竟然看見李白。

「那是我寢室的大三學姐。」李白說，「她不知道我的外號。」

『喔。』我還沒消化突然看見她的震驚，只能含糊應了一聲。

「她接電話時我在，我猜應該是你打來的。」

『妳怎麼知道是我？』

「就隨便亂猜的。」

『那妳怎麼知道我想約妳來看合唱比賽？』

「還是隨便亂猜的。」她笑了，「沒想到你們選了尾崎豐的歌。」

『妳知道這首歌？』

「何もかも許された戀じゃないから，二人はまるで捨て猫みたい。」

她輕聲唱了兩句，有別於尾崎豐的低沉沙啞，她的聲音很清亮。

『妳居然會唱這首歌？』我很驚訝。

「嗯。」她點點頭，「我很喜歡尾崎豐。」

「該走了。」李君慧說。

『走去哪？』我還沉醉於李白的歌聲中。

「你不是說外文系女孩約我們一起吃宵夜？」

『可以不去嗎？』

「你不是說人家盛情邀約，不去會不好意思？」

『可是我臨時有事不能去。』

「你還是去吧。」蕭文瑩突然笑了起來。

蕭文瑩拉著李白的手，跟我們說聲 Bye-bye，便離開了。

我和李君慧望著她們離去的背影，直到看不見為止。

然後我和他不約而同重重嘆了一口氣。

『走吧。』我們竟然又異口同聲。

我和李君慧走到吃宵夜的滷味店，其他的人都到了。

有些同學正在自我介紹，這情景很弔詭，畢竟已經認識好一陣了。

我沒有想認識其他女孩的興趣，但看到同學跟外文系女孩聊得愉快，

還是不免有身為公關的成就感。

我找了個角落坐下，惋惜剛剛沒跟李白多說話。

「喏。」外文一公關在我對面坐下，遞給我一杯飲料，「這杯給你。」

『這是什麼飲料？』

「多多綠無糖少冰去多多。」

『原來是綠茶。』我說，『謝謝。』

「好厲害。」她笑了。

我看了她一眼，覺得這女孩有些古靈精怪。

「請容許我先自我介紹。我姓邱，英文名字是Jennifer。」她說，

「暱稱是Jenny。」

『邱同學妳好。』

「你就是不肯叫我Jenny就對了。」她笑了笑。

『不是不肯。』我說，『我只是覺得珍妮應該不是珍妮佛的暱稱。』

「哦？」她很疑惑，「什麼意思？」

『珍妮如果努力修行，終於成佛，才可以叫珍妮佛。』

「你真的很funny。」她笑了起來，笑聲響亮，但隨即停止笑聲，說：

「抱歉。我又在句子中夾雜英文了。」

『這沒關係啊。』

「真的是這樣嗎？」她睜大眼睛看著我。

又圓又大的眼睛，長長的睫毛，金黃的捲髮，怎麼看都像是個洋娃娃。
這女孩也會讓我心裡立刻選擇形容詞，我選的是可愛。
以外貌而言，她是屬於讓我55％心儀的女生。
我覺得還是該跟她坦承之前見過她，而且我當時的反應很魯莽。

『其實我們在兩個多月前就見過面了，那時……』
「我知道呀。」她打斷我，「不然我幹嘛找你們一起參加合唱比賽。」
『啊？』我嚇了兩跳，一跳是她記得我，另一跳是她找我們的理由。
「我覺得對你很不好意思，之後便想找機會跟你們聯誼。」
『不不不。』我趕緊說，『那時的我太失禮了。』

「講話夾雜英文，是我的習慣。」她說，「你讓我意識到這是壞習慣，
　所以我花了很大的工夫去改掉。」
『這應該不算是壞習慣。』
「我已經改掉了你才說。」她笑了笑，「you know是美式口頭禪，
　沒什麼意思。不過你回答I don't know還滿有創意的。」
『抱歉。』我很不好意思，『因為被拒絕很多次，所以太衝動了。』
「請你相信，我真的是不得不拒絕你們的邀約哦。」
『嗯。』我點點頭，『我相信。』

『對了。』我問：『妳們為什麼會跟電機系拆夥？』
「電機一的公關好像很喜歡我，但動作實在太積極主動了。」她說，
「我不喜歡男生死纏爛打，又覺得困擾，就隨便找個理由拆夥了。」
『因為私人因素而影響系上的活動，好像不太好。』
「你說的沒錯。」她吐了吐舌頭，「這點你就比我偉大，你即使因為
　私人因素討厭我，你還是會跟外文系一起參加比賽。」

『我……』我突然結巴，說不出話來。

初見她時只覺得她講話中英文交雜有些刺耳，加上邀約又被她拒絕，
導致我心情不愉快而已。或許因而遷怒於她，但應該談不上討厭她。
尤其她是那種可愛型的女孩，要討厭她需要很大的理由。
不過我確實不喜歡那頭金黃閃亮的捲髮，畢竟太刺眼了。
小染一下我可以接受，但染成這樣也未免太誇張了。

「你應該也會覺得我的髮色很突兀吧。」她說。
『這……』我遲疑一下，委婉地說：『是有一點。』
「我頭髮的顏色不是染的。」
『啊？』
「我爸爸是台灣人、媽媽是美國人。我在美國出生，十歲以後才回到
　台灣。」她抓著一撮頭髮在臉頰旁晃動，「簡單說，我是混血兒。」

我大吃一驚，原來她才是道地的中美混血。
我不禁細看她的五官輪廓，雖然很東方，但確實有些混血的味道。
之前誤以為梔子花女孩是混血兒，沒想到真正的混血兒在面前，
我反而認不出來。
而且知道她不是染髮後，我想我得大幅修正，以外貌而言，
她是屬於讓我70％心儀的女生。

『抱歉。』我深感愧疚，『我一直以為妳染髮。』
「沒關係。」她笑了笑，「你不是第一個、也不會是最後一個誤會我是
　染髮的人。坦白說，別人誤會我不介意，也從不主動解釋。」
『那妳為什麼要跟我解釋呢？』

「因為我不想讓你誤會呀。」

她笑了起來，閃亮的金髮不再刺眼，只覺得燦爛。

「還沒請教您尊姓大名。」她微微一笑，笑容有些詭異。

『抱歉。』竟然忘了也要自我介紹，正喝綠茶的我突然嗆到，

咳了幾聲後說：『我叫蔡修齊。』

「蔡同學，你好。」

『Hello，Jenny。』

「等我成佛後，記得要叫我Jennifer哦。」

她笑得很開心，可愛的女孩原本就很適合笑，那樣會更可愛。

送走外文系女孩後，我又突然想起梔子花女孩。

高中初見她時，或許為了找一個她一定和別的女高中生不同的理由，

剛好她的膚色很白皙，於是認定她可能是混血兒。

後來認識久了，便不再有她像是混血兒的想法。

因為她已經夠特別了，不需要再找其他理由來證明她與眾不同。

如今遇見一個真正的混血兒Jenny，我反而沒什麼特別的想法。

李白，妳像不像混血兒根本不重要，因為在我心裡，妳始終最特別。

隔天李君慧提議我們這間寢室聚個餐，在一家新開的簡餐店。

後來林依琦和楊玉萱也到了，所以一共是六個人用餐。

餐後服務生推了一個點上蠟燭的蛋糕過來，大家開始唱生日快樂歌。

原來這是李君慧策劃的活動，想給我驚喜。

我知道今天是我生日，但突然碰到這種場面還是會覺得驚訝和感動。

我吹熄了蠟燭，然後切蛋糕，接受大家的祝福。

「不要出聲。也不要看著我。」坐我身旁的楊玉萱輕聲說，

「把手放在桌下。」

雖然很納悶，我還是把原本擱在桌上的雙手伸到桌下。

「攤開左手。」她依然壓低聲音。

我攤開左手，沒多久手心感覺到一絲沁涼，眼角一瞥，看到一團金色。

「生日快樂。」她的聲音更輕了，像是一陣輕微的喘息。

又偷瞄了一眼，才知道那是金屬製鑰匙圈，外型是一隻金色的牛。

『謝謝。』我也低聲說。

「不客氣。小東西而已。」她依舊輕聲，「先把它收好。」

『收好了。』我把它放進左邊的褲子口袋，低聲問：『然後呢？』

「然後就可以正常說話。」她笑了笑，「也可以看著我了。」

『剛剛好像是在做毒品交易。』我也笑了笑。

其他人正在聊別的話題，應該沒注意到我和她之間的舉動。

「你出生那天，有發生什麼特別的事嗎？」她問。

『5月12是護士節。我父親說那天護士都放假了，人手不夠，所以是

他進產房把我拉出來，臍帶也是他剪斷的。』

「真的嗎？」

『我父親應該是唬爛，他只想讓我覺得我出生那天是特別的而已。』

我問：『妳呢？妳是幾月生的？』

「我的生日在暑假，大概沒辦法像你一樣，有班上同學幫我慶生。」

『原來妳是巨蟹座。』我說。

「你怎麼知道？」她似乎很驚訝。

『暑假期間出生的通常是巨蟹座和獅子座，處女座也有可能。』我說，

『但妳應該不是獅子座，也不像是處女座，所以當然是巨蟹座啊。』
「好厲害。」
『我是隨便亂猜的。』

「隨便亂猜」一出口，我突然想起梔子花女孩。
昨晚比賽結束後，面對我的問題，她也是用「隨便亂猜」一語帶過。
我想她應該和我一樣，雖說是隨便亂猜，但一定有所本。
這也代表她對我有一定的了解，才有本錢隨便亂猜，也才會猜對。

「你的生日願望是什麼？」楊玉萱問。
『嗯……』我想了一下，『目前只想要順利畢業而已。』
「好。」她用食指沾了一些蛋糕上的奶油，然後抹在我額頭和臉頰上，
「那就如你所願，你可以順利畢業。」
她笑了起來，不是那種惡作劇成功後的笑，反而是令人舒服的笑容。
我完全沒有被捉弄的感覺，只覺得她的舉動很可愛。

我突然覺得楊玉萱與梔子花女孩很相像，不是因為她們的外表，
事實上她們的外表一點也不像，而是因為她們似乎共同擁有某種特質。
比方我看了某部小說覺得溫暖，看了某部電影也有了溫暖的感覺；
小說和電影講的是不同的故事，而且文字介面和影像介面也不同，
但我從小說和電影中所感受到的那種溫暖感覺幾乎一模一樣。
因為感受到同樣的溫暖，便有那部小說和那部電影很相像的錯覺。

生日宴會結束後兩天，又是心理社的例行活動時間。
由於聯誼和合唱比賽的緣故，我已連續三個禮拜沒參加團體活動時間。
已經是五月中了，南台灣的夏天來的特別早，即使是夜晚也有些悶熱。

數學二學長正在講他跟女友的愛恨情仇，他女友超迷 Hello Kitty，
常常要他到處收集跟 Hello Kitty 有關的物品，搞得他快瘋了。
他越講情緒越激昂，我卻昏昏欲睡。

「連續三次活動不到，可能是想退社、受了傷、生了病、真的有事。」
「想退社會告訴我們，而且身體不像大病初癒，也沒剛受傷的痕跡。」
「所以他是真的有事。但離期末考還有一個多月，應該跟課業無關。」
「除了課業外，還會為了什麼事不參加社團活動？我猜跟女生有關。」
『珊珊學姐。』我轉頭笑了笑，『好久不見。』

「上次幫你介紹的女孩，你們班一定跟她們聯誼了吧。」怡珊學姐說。
「昨晚的合唱比賽，你們也跟某個系的女生組隊了吧。」秀珊學姐說。
『謝謝學姐，聯誼很成功。合唱比賽跟外文一搭檔。』我點了兩次頭，
『而且妳們的預感真的很準，我果然又遇見梔子花女孩了。』
「真的嗎？」珊珊學姐同感詫異。

我正打算細說從頭時，數學二學長突然大喊：
「我要打到 Kitty 不敢說 Hello！」
全場瞬間安靜，我和珊珊學姐也閉上嘴，視線同時朝向數學二學長。
「冷靜點。我問你。」社長說，「在女朋友面前，你會自己做嗎？」
「社長。你好噁心。」數學二學長說。
「不。我是說，在女朋友面前，你會做自己嗎？」
「應該會吧。」

「那麼你乾脆問她：我和 Hello Kitty 只能選一個，妳要選哪個？」
「她應該會選 Hello Kitty。」

「我猜也是。」

「那你還叫我問！」數學二學長大叫。

「問問看嘛。如果她選擇你，問題就解決了。如果她選 Hello Kitty，
　你就說：求求妳再給我一次機會，我一定努力收集 Hello Kitty。」
社長說，「如果不想失去她，就勇敢做個害怕失去她的自己吧。」

社長下了結論，雖然這結論沒什麼建設性，但好像有一點道理。
之後大家便開始閒聊，然後話題轉向最近悶熱的天氣。
由於宿舍還沒裝冷氣，只有天花板懸掛的那種旋轉風扇，
因此晚上常因燠熱而難以入睡，大家便分享降溫的方法。
有人說睡前洗冷水澡不錯，有人說在風扇前放一大塊冰很有效。

「這些都只是治標，我有治本的方法。」社長說。

「之前我也被天氣炎熱難以入睡所困擾，於是我試著每晚喝熱開水，
　洗很熱的熱水澡，穿外套、蓋厚棉被睡覺。剛開始真的是快中暑，
　但是試了幾個月，差不多到了 12 月左右，我就完全不覺得熱了。」
社長說，「所以我覺得這幾招真的很有效，你們也應該試試。」
一陣涼風吹過，所有的人面面相覷，根本說不出話來。

『社長是認真的嗎？』我低聲問珊珊學姐。

「嗯。」怡珊學姐點點頭，「他很認真。」

「再忍耐一下，下學期就換社長了。」秀珊學姐說。

『所以現在是黎明前的黑暗嗎？』我說。

「沒錯。」珊珊學姐笑了。

活動結束後，我將與梔子花女孩重逢過程的細節，說給珊珊學姐聽。

「學弟。」怡珊學姐說,「這種失而復得的緣分,一定要好好珍惜。」

『嗯。』我點點頭,『我會的。』

「如果不再相遇,美麗的故事可以成為美好的回憶。」秀珊學姐說,
「不過如果美麗的故事繼續,那就要小心翼翼。」

『為什麼要小心翼翼?』我問。

「因為要押韻。」怡珊學姐笑了。

「我的意思是,如果你們不再相遇,她會成為你人生中的美好回憶。」
秀珊學姐說,「但偏偏又相遇了,你一定會想延續你們之間的故事。」

『這樣不好嗎?』

「當然很好。」怡珊學姐說,「但別的美麗故事可能就不會發生了。」

「而且如果你們的故事繼續下去的結局並不美麗,那麼你連美好回憶
　都有可能會失去。」秀珊學姐說。

我仔細思考珊珊學姐所說的話,越想越覺得有道理。

與梔子花女孩重逢絕對是出乎意料的幸運,是上天的恩澤,我很感恩。

但也確實如珊珊學姐所說,我目前一心只想更接近她、更瞭解她,

心裡根本沒有任何空間可以住進其他女孩。

如果我沒有和她重逢呢?

與梔子花女孩分別的這段期間內,我認識了一些女孩。

標緻的楊玉萱、可愛的Jenny,都讓我有所感覺。

甚至當李白還是偽梔子花女孩時,我對清秀的她也有所感覺。

如果梔子花女孩不再出現,那麼她將是我人生中的美好回憶,

然後我跟楊玉萱或Jenny或許會發生新的美麗故事也說不定。

珊珊學姐曾經跟我玩過一個測試受暗示性的心理遊戲。

她們要我水平伸出雙手，掌心朝上，閉上雙眼。

然後說我的左手綁了一個向上飄的氣球；右手綁了一塊很重的石頭。

幾分鐘過後，我左手向上、右手向下，雙手之間的差距還滿明顯的。

她們說這代表我的受暗示性算強。

我知道梔子花女孩在我心裡佔據著最特別的位置，無可取代。

但我開始迷惑，是否因為我潛意識裡太珍惜高中那段美好的回憶，

以致於重逢後，我便受到暗示，認為這是上天的註定、命運的安排，

於是我更喜歡梔子花女孩、更覺得她的地位無可取代？

離開共同搭乘的公車，我和她同時回到地面上，然後走來走去。

我們還會像以前一樣嗎？

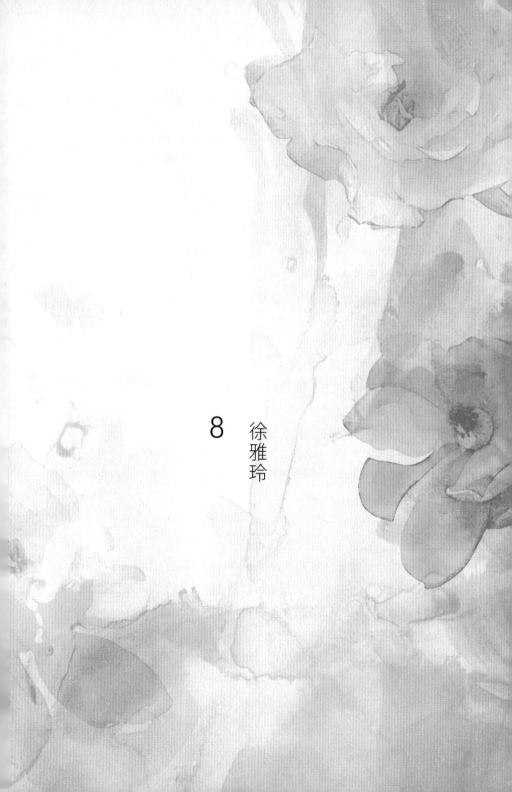

8　徐雅玲

炎熱的天氣能在教室裡上課反而是種幸福，因為教室有冷氣。

下課鐘響後，我還多待了幾分鐘才依依不捨離開難得的涼爽。

剛走出教室，看見Jenny跟班上幾個同學聊天，我很驚訝。

頓了頓後，我朝她笑了笑、點個頭、揮揮手，便轉身離去。

「喂。」她的聲音從背後傳來，「那個……」

我停下腳步，轉過身，手指著鼻子。

「對呀。我找你。」她笑了笑，「你的名字很難記。」

『喔。』我簡單應了一聲。

她向班上同學說聲Bye-bye，便走向我。

「看到我不開心嗎？」她問。

『不。』我說，『我只是驚訝而已。』

「你好像不喜歡被打擾，我乾脆幫你取個英文名字，就叫Jack。」

『Jack跟不喜歡被打擾有關嗎？』

「有呀。」她說，「如果你叫Jack，就不太會有人跟你打招呼。」

『為什麼？』

「因為Hijack是搶劫、劫機的意思。如果跟人家打招呼說：Hi，Jack，
人家會以為要搶劫。」

『是嗎？』

「是呀。」她點點頭，「在美國，很多飛機上都嚴禁跟Jack打招呼。
因為只要跟Jack打招呼，就會引起驚慌。所以在美國不喜歡被打擾
的人都會叫Jack，這也是為什麼叫Jack的人那麼多的原因。」

『妳是說真的嗎？』

「你說呢？」她大大的眼睛眨啊眨的，眼神盡是笑意。

我真的覺得這女孩古靈精怪。

『原來妳是來這裡幫我取英文名字的。』
「當然不是呀。我是來問你們想不想跟中文一辦舞會。」
『當然想。』我很納悶，『可是中文一有時間嗎？』
「中文一的聯誼活動確實很多，但都是在假日。你只要挑個非假日的
　晚上辦舞會就可以了。」
『為什麼是舞會？』
「大家都覺得中文系女孩很有氣質，於是聯誼都是知性之旅之類的，
　根本沒有人找她們辦舞會。所以她們想辦場舞會換換口味。」

『最後一個問題。』我問：『為什麼找我們？』
「因為你們班不錯呀。」她說，「我跟中文一公關很熟，她說她們班
　想辦舞會，我第一個就想到你們。」
『那真是太感謝了。』
「不過形式上還是要你主動過去邀請她們才行。」
『嗯。』我點個頭，『我知道。』

「唉。」她突然嘆口氣。
『怎麼了？』
「大熱天跑了一段路來這裡，結果連杯水也沒有，真是令人感傷。」
她拿出手帕擦了擦額頭，「現在擦的，不知道是汗水還是淚水。」
『淚水不會流到額頭上。』我笑了笑，『抱歉，我請妳喝杯飲料。』
我到自動販賣機買了兩罐冷飲，跟她走出系館找了陰涼的角落坐下。

我們靜靜喝著冷飲，沒有交談，只有偶爾微風吹拂樹葉的沙沙聲。

「Hi。」她停頓三秒後，說：「Jack。」

我先是楞了楞，隨即笑了起來，她也跟著笑，我們才算打破沉默。

『妳們班不想辦舞會嗎？』笑聲停止後，我問：『可以找我們啊。』

「當然想。」她說，「但是不行。」

『為什麼？』

「你說過的，不能因為私人因素而影響系上的活動，不是嗎？」

『妳有什麼私人因素？』

「我喜歡你呀。」她說，「但我不能因為喜歡你就跟你們班辦舞會。」

我瞬間臉紅耳赤，吶吶地說不出話來。

「我待會還有課。」她站起身，笑了笑，「先走了，Bye-bye。」

我呆呆地目送她的背影，連Bye-bye也沒說。

果然是在美國出生的人，表達情感這麼直接乾脆。

也許她是開玩笑，也許她所說的喜歡只是單純的喜歡，沒特別涵義。

Jenny的背影才剛消失，我立刻想起梔子花女孩。

而且就像生日那天莫名其妙覺得楊玉萱與梔子花女孩很相像那樣，

我竟然也覺得Jenny和梔子花女孩共同擁有某種特質。

或許混血是個因素，但梔子花和向日葵根本是兩種完全不一樣的花，

我為什麼會有Jenny和梔子花女孩很相像的錯覺？

這實在太詭異了。

梔子花女孩現在很可能在上課，但我按捺不住想聽她聲音的衝動。

『請問李清蓮在嗎？』電話撥通後，我說。

「你是她的同學？親人？還是朋友？」

『算朋友吧。』

「普通朋友？還是男朋友？」

『普通朋友。』

「就是只有純粹友情的普通朋友？」

『嗯。』

「你覺得異性之間有純粹的友情嗎？」

『嗯……』我想了一下，『應該有吧。』

「異性之間或許有純粹的友情。可是所謂的純粹友情，也許只是情感
　濃度不足以成為愛情的友情；或是不想成為愛情的友情；或是不應
　成為愛情的友情；或是對方不接受愛情所以退而求其次談友情。」

電話那頭問：「這四種狀況，你是屬於哪一種？」

『第一種吧。』我說，『情感濃度不足以成為愛情的友情。』

「也就是說，如果哪天情感濃度夠了，你會想發展成愛情？」

『呃……』我不想回答這問題，『李清蓮在嗎？』

「先回答問題。」

『應該是吧。』我有些無奈，『李清蓮到底在不在？』

「如果她在，我還需要跟你說這麼多嗎？」

『這……』

「Bye-bye。」電話掛了。

剛剛的聲音聽起來跟上次的一樣，應該是她寢室裡的大三學姐。

如果我每次打電話給李白，都得過她學姐這關，那實在太傷腦筋了。

梔子花女孩啊，看來我們雖然重逢了，但應該還有很長的路要走。

隔天我去找中文一的活動公關，下課鐘響後，她是最後走出教室的人。
但這不是因為她像我一樣眷戀教室的涼爽，而是因為她走路真的很慢。
她知道我的來意，所以我沒多費唇舌，只說時間訂在星期四晚上七點，
舞會場地我會找，其他雜事也一併交給小的我來處理就好。
「有勞您費心了。」她說。

這女孩雖然無法讓我用可愛、甜美、漂亮、清秀、標緻來形容，
但還算長得不錯，氣質也很好，尤其是背影真的很殺。
不過對我這種理工科學生而言，只要女孩身材瘦高、留一頭長直髮，
大概就可以稱之為有氣質。

像這樣的小型舞會，男生人數最好略多於女生，至少得相同。
如果男生比女生少，代表每支舞一定會有女生被晾著，那就不好了。
舞會前我也再三交代班上同學，如果有女生坐著，一定要上前邀舞。
所以舞會中如果有女生坐著，只代表她暫時不想跳，而不是沒人邀。

按照慣例，男女雙方的公關會跳第一支舞，算是開舞。
這場舞會的第一支舞是快舞，我向前邀約，她緩緩站起身。
第一支舞只有我和她跳，坦白說我有點緊張，也有壓力。
沒想到她平時動作慢，連跳舞也跟著慢，像是用慢動作在跳快舞。
原本一拍該轉180度，但她兩拍只能轉90度。
好不容易把舞跳完，我已滿身大汗，而且被她影響，我走路也變慢了。

第二首舞曲響起，班上同學紛紛起身邀舞，這算是好的開始。
前後有三個同學向中文一公關邀舞，但都被打槍，看來她似乎想休息。
我站在場邊留意是否有女孩被冷落，也觀察場上的氣氛。

幾支舞過去了，狀況都還OK，我總算可以放心了。

看了看四周，瞥見中文一公關站在角落窗戶旁，便向她走去。

「幫我好嗎？」她看我走近，便說：「窗戶我打不開。」

『這是氣密窗，比較難開。』我問：『妳開窗做什麼？』

「我要開窗，讓夜進來。」

『夜？』

「夜在外面很孤單。」她說，「這裡很熱鬧，我想開窗讓他進來。」

『妳是認真的嗎？』

「請你幫我。」她看著我，表情很正經。

按捺住滿肚子疑惑，我用點力，打開了氣密窗。

「這裡氣氛真好。」她說，「不是嗎？」

『嗯。』我點點頭。

「所有人都開心的跳著舞，我們也加入吧。」

『好啊。』

「對不起，我不是跟你說話。」她看了我一眼，「我在跟夜說話。」

『啊？』我無法置信，楞楞地看著她。

「你是不是覺得我瘋了？」

『不。』我很想說是，但還是禮貌性的回答不。

「我比較多愁善感，讓你見笑了。」她說，「我真的覺得夜很孤單，
　該陪他說說話。」

『妳請繼續。』我說，『不過夜既然進來了，是否該把窗戶關上？』

「為什麼？」

『這裡音樂很大聲，開窗可能會吵到星星、月亮和路燈之類的。』

「好吧。」她微微一笑,「那記得舞會結束後,要再把窗戶打開哦。」

『嗯。』我點個頭,然後把窗戶關緊,以免鄰居抗議。

整場舞會除了第一支舞外,她很少接受邀舞,通常是靜靜坐著。

但有支慢舞她竟然獨自一人下場跳,班上同學都看傻了。

我猜這應該是她想陪夜跳舞的緣故吧。

舞會結束後,我再去把氣密窗打開,好讓夜能離去。

「夜想跟你說聲謝謝。」她說。

我不知道該說什麼,只能說不客氣。

送走中文系女孩後,我立刻撥電話找梔子花女孩。

『請問李清蓮在嗎?』

「你就是那個目前是普通朋友,但有朝一日想跟她發展成愛情的人?」

『是。』我在心裡嘆口氣,又是那個學姐。

「你跟她有進展嗎?」

『妳只要不接電話,或許就會有進展。』

她竟然笑了,而且笑得很大聲,笑聲透過話筒傳來,有些刺耳。

我覺得這女孩可能有病。

『那麼李清蓮在嗎?』她停止笑聲後,我再問一次。

「你猜。」

『我猜她應該不在吧。』

「你猜對了。Bye-bye。」她掛上電話。

看來我今晚大概會跟夜一樣孤單。

隔天下完課,走出教室時,又看見Jenny。

「Hi。」停頓三秒後，她說：「Jack。」

『Hi，Jenny。』

「昨晚舞會很順利吧。」她說，「詩雅對你可是讚譽有加呢。」

『詩雅是誰？』

「中文一公關呀。」她很訝異，「你不知道她的名字嗎？」

『她沒說。』我搖搖頭，『我也沒問。』

她淡淡笑了笑，笑容有些詭異。

『妳是不是早就知道她有點……』我想了一下，『有點不尋常。』

「你怎麼這麼說。」她笑了，「她只是稍微多愁善感而已。」

『豈止是稍微，那叫很嚴重。』

「你知道嗎？天氣很冷時，她晚上會把窗戶打開，讓夜進來取暖。」

她笑了起來，「她的室友都快瘋了。」

『妳為什麼不事先警告我？』

「我相信你一定可以搞定。」

『那妳今天來找我是？』

「歷史一也想辦舞會。」

『妳老實告訴我，歷史一公關是哪裡有毛病？』

「她很正常，只是凶了點。」她又笑得詭異，「到時你就知道了。」

『喂。』

「別忘了你說過，不能因為私人因素而影響系上的活動。」

『妳似乎很介意這句話。』

「是的，我很介意。」她笑了笑，「我還有課，先走囉。」

上次看見歷史一公關時，只留下她很冷酷的印象。

再次與她碰面時，這樣的印象並沒改變，而且更強烈。

但老話一句，不能因為私人因素而影響系上的活動。

我跟她說舞會場地已找好，時間訂在下星期二晚上七點。

她只是點頭，沒多說話，連一聲客套似的謝謝也沒有。

場地跟上次一樣，班上同學已經熟悉，也無須再交代他們要邀舞。

第一支舞是慢舞，我左手輕托住她右手時，她沒說什麼；

但右手才剛碰觸她的腰部，便聽見她說：「放手。」

『抱歉。』像是碰觸灼熱的物體，我的右手瞬間彈開。

「牽手是我的底限。」她說。

『可是……』我有點無奈，『可是舞姿是這樣啊。』

「你可以再把手放在我腰部試試看。」

結果我除了左手輕托住她的右手外，右手也輕托住她的左手。

這樣的舞姿詭異極了，根本不像跳舞，像武俠小說中的運功療傷。

只不過我們是站著運功，不是盤坐著，而且還要隨著音樂搖來搖去。

舞會的開舞竟然是這種狀況，我猜同學們一定嚇傻了。

而且我覺得好丟臉。

第一支舞結束後通常大家會拍手，甚至是歡呼。

但我跟她跳完後根本沒有人拍手，而且音樂結束後全場一片靜寂。

第二首舞曲響起，班上同學仍然呆坐著，我趕緊用眼神示意小偉幫忙。

小偉點頭後立刻起身邀舞，其他同學才跟著起身，總算是有驚無險。

不過歷史一公關方圓兩公尺內，沒有任何一個男生敢靠近。

三支舞過去了，歷史一公關依舊直挺挺地坐著，沒人前去邀舞。

我再度拜託小偉，畢竟他在班上算是舞棍，而且長得還不錯。

「不要啦。」小偉苦著一張臉，「她看起來滿臉殺氣。」

『為班上犧牲一下會死喔。』我說。

小偉百般不情願上前邀舞，但走到她面前還沒開口，她便搖搖頭。

「輪到你犧牲了。」小偉聳聳肩、雙手一攤。

班上最精銳的部隊還沒交鋒便已潰敗，我只能犧牲自己了。

『可以請妳跳支舞嗎？』我的語氣有些顫抖。

「我不會跳舞。」她搖搖頭。

『如果妳允許，我可以教妳。』我說，『妳就把跳舞當作是學習吧。』

她看了我一眼，沒有說話。

『我只會碰到妳的右手，而且不會碰到手掌，只碰到指頭。』

她沒有開口，只是看著我，似乎正在考慮。

『這樣吧，指頭不會碰到五根，只有兩根，就是中指和食指。』

她還是沒開口。

『要不然，我可以只碰一根指頭，中指和食指隨妳挑。妳可以選中指，
　就當作對著我比中指好了。』

她依然沒開口。

『中指有三個指節，我可以只碰最上面有指甲的那個指節。』

「你是要教我跳舞？」她終於開口，「還是要做特技表演？」

『如果只能碰指甲，完全不能碰到皮膚，那就是特技表演。』我說，

『但還是會碰到一點點皮膚，只有一點點喔，但我盡量只碰指甲。』

「真的只碰到中指的第一個指節？」

『嗯。如果碰到第二個指節，妳可以馬上走人，順便給我一巴掌。』

「好。」她站起身。

話好像講太滿了，但事到如今也只能硬著頭皮上了。

她緩緩伸出右手，中指微翹，那姿態讓我莫名其妙聯想到慈禧太后。

我小心翼翼用拇指和食指輕捏著她中指的第一個指節，像極了李蓮英。

我向她說明舞姿、舞步和節拍，她很專注，甚至會開口詢問。

解釋完後，簡單跳了幾步、轉了幾圈，舞曲也結束了。

我終於鬆了一口氣，但拇指和食指已有輕微抽筋的現象。

「練習完了。」她說，「可以正式跳了。」

『啊？』不是結束了嗎？

「你是不是害怕真正跳舞時不可能只碰到中指的第一個指節？」

『嗯。』

「這樣吧，整根中指你都可以碰。」

『一根指頭勉強可以，但……』

「要不然，你可以碰兩根指頭，就是中指和食指。」

『謝老佛爺。』

快舞旋律再次響起，我右手輕握住她的中指和食指，戰戰兢兢。

除了避免碰觸其餘的手指和手掌外，轉圈時也要避免肢體接觸。

沒想到我和她的默契還不錯，轉圈也滿順的，看來她有跳舞的天分。

舞曲結束後，她竟然露出微笑，這還是我第一次看到她的笑容。

之後她似乎變得輕鬆自在，坐姿不再僵直，而且也會跟旁人談笑。

雖然還是不肯跳慢舞，但她已經可以接受小偉的邀約下場跳快舞。

她和小偉的默契更好，跳起來還真好看。

舞會結束後，我和小偉一起收拾殘局，她走向我們。

「今天辛苦你們了。」她說，「謝謝。」

「不客氣。」小偉問：「那麼下學期有沒有興趣跟我們班出去玩？」

「這個嘛……」她猶豫著。

『下學期妳們應該是尾牙過後就可以跟我們出去玩了。』我說。

「為什麼是尾牙？」她很好奇。

『因為尾牙過後就放寒假了啊。』

「抱歉。學姐交代要慎選聯誼的對象，所以我上次才會拒絕你。」

『我們不好嗎？』我問。

「學姐說水利系是沒前途的科系，不要跟他們聯誼。」

「沒前途？」小偉大叫，「妳學姐根本不了解水利系，怎能這麼說？」

『不。』我笑了笑，『如果她學姐了解水利系之後，應該會更加肯定
　水利系是沒前途的科系。』

「說的也是。」小偉也笑了。

她似乎很訝異我和小偉的一搭一唱，楞楞地看著我們。

『那妳為什麼會答應跟我們辦舞會？』我問。

「是詩雅推薦的。」她說，「詩雅說跟你們辦舞會很好玩。」

『那妳覺得今晚的舞會還可以嗎？』

「今晚的氣氛很好呀。」她說，「我原先以為舞會是沒氣質的活動，
　跟誰辦都沒差，所以才覺得跟水利系一起辦舞會也無所謂。」

「真是謝謝妳喔。」小偉說。

「抱歉。」她笑了笑，「這樣吧，下學期的迎新，我們可以一起辦。」

『真的嗎？』我很驚訝，『可是妳學姐……』

「下學期我就是大一新生的學姐了。」她說,「我希望這種毫無根據的
　偏見,就到我這屆結束。」
『太好了。』我說,『我先替未來的學弟謝謝妳。』

我對歷史一公關的印象完全改觀,我相信她是一個真性情的人。
雖然我無法用可愛、甜美、漂亮、清秀、標緻來形容她,
但她長得還滿好看,五官很端正,而且坐姿有股高貴的氣質。
只不過她伸出右手微翹中指的姿態,真的會讓人聯想到慈禧太后。

「請問同學貴姓?」小偉問。
「我姓徐。」她回答。
「徐同學。」小偉笑了笑,「我有榮幸送妳回去嗎?」
她先是推辭,但最終還是在小偉的熱情下點頭。
結果原本被小偉載來的我,只能自己想辦法回宿舍。
我決定走路回去,經過一座公共電話亭,我毫不猶豫進去。

『請問李清蓮在嗎?』
「又是你。」
『這句話應該是我要說的吧。』
「你說的對。」她笑了,還是那種刺耳的笑。
『所以她應該不在吧。』
「沒錯。」
『那……』我很納悶,她這時應該已經掛斷電話了。

「她去洗澡了。」
『啊?』

「洗澡有這麼值得驚訝嗎?」

『我不是對洗澡驚訝。而是妳從不會說她去哪裡或者在做什麼。』

「說的也是。」她突然壓低聲音,「但洗澡不一樣哦。」

『哪裡不一樣?』

「你可以想像一下,她正在洗澡哦。」

『所以呢?』

「所以我沒掛上電話,好讓你繼續想像她正在洗澡的畫面呀。」

『妳……』

「想像夠了吧。Bye-bye。」她掛上電話。

這女孩真的有病!

還有兩星期便要期末考,期末考完後學期就結束了。

心理社辦了期末聚餐,地點在一家吃到飽的自助火鍋店。

餐後還有交換禮物活動,我抽到外觀看起來最大的禮物。

足足有60公分見方,高度大概也有30公分,像個紙箱。

「你太幸運了。」社長說,「這是我送的。」

我有不祥的預感。

拆開包裝紙後,果然是個紙箱,打開紙箱後,又出現包裝紙。

我暗叫不妙,再拆開包裝紙後,又是一個更小的紙箱。

前後總共包裝了11個紙箱或紙盒,拆到最後,是個火柴盒。

但打開火柴盒後,卻發現什麼都沒有。

「這就是生命的本質。」社長說。

『生命的本質是無聊透頂嗎?』

「生命的本質像洋蔥，一層層剝開後，沒有軸，只有空。」社長說，
「你領悟到了嗎？」
我看著空空如也的火柴盒，說不出話。
「今天是佛祖誕辰，收到這個禪意十足的禮物，你一定很感動吧。」
感動個屁，我特地花兩百多塊買禮物來交換，你卻幹這種無聊事。
「這是黎明前的黑暗。」珊珊學姐笑了，「你再忍耐一下。」

是啊，學期快結束了，我的大一生涯也快結束。
回首大一生涯，因為參加社團、因為擔任公關，我的生活豐富許多。
跟一年前還是普通高三生的我相比，我應該有所改變吧。
而梔子花女孩呢？她的大一生活是否多采多姿？
至少應該不會像我打電話找她的情形那樣，總是多災多難吧。

『請問李清蓮在嗎？』
「我就是。」
終於打通了，這句「我就是」聽起來是如此悅耳。
我一時激動竟不知道接下來該說什麼？

「你是蔡修齊嗎？」她說。
『是。』我有些訝異，『妳怎麼知道是我？』
「你認得我聲音，我也認得你聲音呀。」她問：「找我有事嗎？」
『這⋯⋯』我又楞住了。
打電話找她幾乎成了我的習慣，以致於我忘了根本沒有「事」找她。
「你在等我說第三句嗎？」她笑了。
『抱歉。我只是⋯⋯』我吞吞吐吐，『只是想跟妳說說話而已。』

「你現在可以到我學校後門口嗎？」她說。

『當然可以。』我精神一振。

「那麼我們半小時後在那裡碰面。」

『好。』

「現在已經不能說下車小心了，該說什麼呢？」

『我騎車去。』

「騎車小心。」她笑了。

到了她學校後門口，停好腳踏車，看了一下手錶，共花了23分鐘。

等女生的經驗我有，為了聯誼常一個人很突兀地站在陌生的教室外，

等完全陌生的女孩出現，但那時我並不緊張，反正就是等。

這地方之前跟李君慧來找蕭文瑩的時候來過，因此我不陌生。

進出校門口的人跟我一樣都是普通大學生，我站著等人也不突兀。

而且她對我而言算是舊識，我們之間絕對稱不上陌生。

那麼為什麼現在的我感到莫名的緊張呢？

「嗨。蔡修齊。」

我轉過身，看見穿淡黃色T恤、藍色牛仔褲，面帶微笑的她。

『嗨。李清蓮。』

沒想到認識這麼久，直到今晚我們才第一次用彼此的名字打招呼。

她領著我走進校門，再左轉走到一棟建築物的一樓大廳。

這裡看起來像交誼廳，擺了很多桌子、沙發，還有電視。

許多人在這裡看電視、聊天、吃東西，男生女生都有，氣氛很熱鬧。

這裡也許是像學生活動中心的交誼廳之類的地方吧。

我們找了組沙發坐下，面前還有張小圓桌。

「有哪些字，不管左轉右轉，不管轉幾度，都不會變。」她問。

『啊？』

「像以前一樣，你幫我想想。」她說，「這是同學問我的題目。」

『像以前一樣？』

「我們以前不是常在公車上這樣玩嗎？」

對啊，我們不陌生，一年多同車的日子，我們是舊識。

或許不是情人、男女朋友，但起碼可以算是老朋友吧。

從在校門口等待時開始，一直到坐在沙發上，我的心始終懸著。

沒想到她的一句「像以前一樣」，讓我的緊張感消失大半。

她是我的梔子花女孩，這點完全沒變，我不必緊張。

「你退步囉。」

『退步？』

「你以前幾乎不用想就可以告訴我答案。」她說。

『以前都是些簡單的腦筋急轉彎問題，例如豬帶著牛奶去考試，結果變成什麼之類的。但現在這個問題得稍微想一下。』

「豬帶著牛奶去考試，結果變成什麼？」她問。

『烤乳豬。』我說。

她笑了起來，笑聲還頗響亮。

『我想到了。』我用手指在桌上寫下：口、回、十、田。

「口、回、十、田？」

『嗯。這四個字不管左轉或右轉90、180、270度，都不會變。』

「這答案可以。」她很興奮，「我可以回答我同學了。」

我很喜歡看她開心的樣子，遠比自己開心還要開心。

不禁想起高中通車時，我常因為看到她的笑容而有了一整天好心情。

我們開始閒聊，比起上次在水庫旁的閒聊，這次的感覺更像敘舊。

「你當公關後，有改變什麼嗎？」她問。

『最大的改變，大概是比較有勇氣跟女孩子說話吧。』我說。

「你以前上車後會走四步，但第四步忽大忽小，似乎是為了剛好站在
我面前。我有次刻意往前坐，當你發現第三步走過頭，第四步甚至
往回走呢，感覺很有魄力。但在電話裡感覺不到那股魄力了哦。」

『所以我應該說：沒事不能找妳嗎？我只想跟妳說話！』我笑了笑。

「對。」她也笑了，「就是這種魄力。」

「上次聽你說你加入心理社，但你還沒告訴我理由呢。」她問。

『我是誤打誤撞，莫名其妙參加心理社。』我說。

「是嗎？」她很好奇，「說來聽聽。」

我把被珊珊學姐拉進心理社的過程簡述一遍，她聽得津津有味。

「那你可以側寫他們嗎？」她遙指電視前坐著的一群學生。

『他們當然都在看電視。』我邊說邊指，『尤其是左側沙發穿藍衣服
的男生，他手上有一包餅乾，可是要拿餅乾時，他的視線也沒離開
電視。不過在他們之中，有一個人應該不算是在看電視。』

「那是誰？」

『中間沙發穿紅衣服的女生應該是看電視打發等人的時間，每隔一段
時間，她會將視線轉向門口，然後再轉回電視。』

「也許她只是不想看廣告而已。」

『但她的視線是很規律的在電視和門口之間移動，不管正在播節目或

廣告，而且妳注意一下她坐的位置。』

「嗯……」她看了一會，「她坐的位置有問題嗎？」

『她坐的位置，是唯一不必探頭或站起身便可以看見門口的地方。』

「真的耶。」她笑了笑，「那你覺得這裡如何？」

『嗯……』我打量一下周遭，『這裡有男有女，擺設和布置像交誼廳。
　但有一點很詭異。』

「哪裡詭異？」

『這裡雖然很多人在聊天，但都是同性之間聊天，我還沒看到男生跟
　女生在聊天。』

「如果不認識當然就不會聊天呀。」

『請問在貴校，男女交談不犯法吧？』

「當然不犯法。」

『那就怪了。學生活動中心是社團所在的地方，同社團的男女應該會
　在這裡討論事情，但這裡完全沒有男女一起討論事情的氛圍。』

「誰說這裡是學生活動中心？」

『難道不是嗎？』我很驚訝。

眼角瞥見有個男生拿著臉盆經過門口，我恍然大悟。

『天啊！』我不禁叫出聲：『這裡竟然是宿舍！』

可能聲音太大了，有一些人轉頭看著我，我覺得很尷尬。

「這裡就是我住的宿舍呀。」她說。

『沒想到貴校如此開放，真是令人嚮往。』

這棟建築是男女合宿的宿舍，男生住B1和一樓，二到五樓女生住。

一樓往二樓的樓梯間，有鐵柵欄阻隔，門禁時間一到，便上鎖。

二樓也有舍監，以防男生有意或無意爬上二樓。

現在一樓交誼廳內的學生，應該大多數是住這棟宿舍的學生。

或許潛意識裡為了避嫌，男女雙方反而刻意避免交談。

像我和她坐在一起聊天的情形，在這裡顯得很突兀。

『在貴校，男女交談真的不犯法嗎？』

「你又來了。」她說，「又不是我學姐高中時唸的學校。聽說她的學校
　訂了一條校規：跟男生說話記警告一次，牽手記小過一次……」

『妳學姐是不是有次放學時在校外收到男生給的紙條？』

「你怎麼知道這件事？」

我跟她說起那次團體活動時間所發生的事，兩相比對之下，

竟然發現她寢室的大三學姐就是那個放聲大哭的女孩。

她說學姐從此對男生便懷有很大的戒心，甚至會莫名其妙討厭男生。

原來具有憎恨異性傾向的人，不是我，也不是社長，

而是她寢室的大三學姐。

「看來心理社還滿好玩的。」她說，「你可以教我側寫嗎？」

『側寫雖然還是有能力高低的差別，但本質上是一種態度。』我說，

『就像看到天上烏雲密布，便可推測應該會下雨一樣，根本不用教。

　妳要做的，其實只是抬起頭看天空，這樣才會知道烏雲密布。』

「我明白了。」她笑了笑，「那你可以側寫我嗎？」

『妳剛洗完澡，然後到校門口帶我過來，直到現在。』

「剛洗完澡身上會有一股香味，你一定是聞到那股香味。」

『在校門口我還沒聞到妳身上的香味前，我就知道妳剛洗完澡。』

「你怎麼知道？」

『現在是夏天，穿了一天的Ｔ恤跟洗完澡剛換上的Ｔ恤絕對不一樣。』

「有道理。」她笑了笑，「還有呢？」

『妳是在跟我講完電話後才洗澡，不是在跟我講電話之前洗澡。』

「你為什麼這麼說？」她很訝異。

『因為妳應該要先問我人在哪裡、得花多少時間到校門口，才能決定
多少時間後碰面。可是妳什麼都沒問，便直接說：半小時後碰面。
這表示妳想先做半小時內可完成的事，再跟我碰面。』

「是不是因為我粗心，忘了要先問你需要多少時間到這裡？」

『不。那是因為妳在電話中問我：現在可以到學校後門口嗎？我回答
當然可以。所以妳自然而然的，只估計妳所需的時間。』

「也許我半小時內可完成的事，並不是洗澡呀。」

『沒錯，所以一切都只是推測，不準是很正常的。』我笑了笑。

「算你猜對。」她也笑了，「還有呢？」

『妳擁有赤道烈陽般的熱心，而且妳還善解人意。』

「赤道烈陽？」

『所以妳高中時才會幫我拿書包啊。』

「那麼善解人意呢？」

『關於那個字怎麼轉都不會變的問題，妳其實早已知道答案。』

「呀？」她似乎很驚訝。

『如果妳同學問妳一個腦筋急轉彎的問題，不管妳會不會答，她都會
馬上告訴妳答案。』我說，『妳剛剛只是裝作不知道答案而已。』

154

「為什麼我要這麼做？」

『妳問我那個問題，是為了讓我回想起我們在高中時代的相處模式，
　提醒我妳不是陌生人，讓我不要緊張啊。』

「原來你知道呀。」她也笑了。

『嗯。』我點點頭，『所以妳善解人意。』

「還有呢？」

『除了赤道烈陽般的熱心和善解人意，妳大概只剩下完美的外表了。』

「當公關果然讓你變得很會說話。」她笑了。

『但只有妳，才知道我的本質是很內向害羞的。』

「是嗎？」

『因為妳認識高中時的我啊。』

「沒錯。」她又笑了。

跟面對其他女生完全不同，在梔子花女孩面前我可以簡單做自己。

「湯姆和魯斯打架，誰會贏？」她問。

『湯姆。』我回答。

「為什麼？」

『因為湯姆克魯斯。』

「你果然是我高中通車上學時，總是不擇手段站在我面前的男孩。」

『妳果然是我高中通車上學時，總是多管閒事幫我拿書包的女孩。』

我們同時笑了起來，即使引人側目，也沒停止笑聲。

原來即使離開公車，我們還是可以像從前一樣。

那一瞬間，我打從心底深深地覺得，我真的喜歡她。

9　放聲大哭的女孩

星期六下午準備回老家時，李君慧抱著一顆橢圓形大西瓜走進寢室。
『你抱著西瓜幹嘛？』我很納悶。
「今天是西瓜節……」他氣喘吁吁，「我想送西瓜給蕭文瑩。」
『你為什麼不改送胡瓜、苦瓜、哈密瓜之類的，聽說只要有瓜就行。』
「西瓜的英文是watermelon，中文諧音是我的美人。」他神情堅決，
「只有送西瓜才能代表男孩的心意，送其他瓜類的意義根本不對！」
『那你不會挑小一點的西瓜嗎？』我大叫，『這顆起碼20斤耶！』
「西瓜愈重，情意愈重。」他說。

西瓜節原本是師大的傳統，男生會在這天送西瓜給喜歡的女生。
這幾年在各大學間流傳，雖不致於人盡皆知，但知道的人也不少。
後來學生開始延伸至其他瓜類，比方送胡瓜表示糊裡糊塗愛上妳、
苦瓜是愛妳愛的好苦、哈密瓜是哈妳哈的要死、木瓜是朝思暮想……
不過以西瓜節的原始意義而言，李君慧的堅持是有道理的。

『好。』我嘆口氣，『請問這麼大的西瓜，你怎麼送？』
「我沒辦法用腳踏車載這顆西瓜，只好拜託你幫忙了。」
『我現在要回家。』
「拜託啦！」他苦著一張臉。
我只好抱著這顆大西瓜坐在後座，讓他騎著腳踏車載我。
沿路上所有人都投射過來異樣的眼光，我覺得好丟臉。

好不容易到了她們學校後門，我趕緊把西瓜還他。
往交誼廳的路上，經過的人也都好奇地看著他，有些人還笑了。
走進交誼廳，氣氛跟上次完全不一樣，很多男生拿著瓜準備送女生。
通常是哈密瓜之類的小型瓜，即使是西瓜，也是小顆的西瓜。

只有魁梧的李君慧抱著一顆超過20斤的大西瓜，而且還直挺挺站著。

『找地方坐下吧。』我輕聲說。

「我坐不住。」他搖搖頭，「因為我很緊張。」

我緩緩移動腳步離他遠一點，打算裝作不認識他。

蕭文瑩匆忙下樓，但一看見抱著西瓜的李君慧，整個人便楞住。

『王寶釧妳不用再苦守寒窯了。』我笑了笑，『薛平貴送西瓜來了。』

她似乎懶得理我，依舊呆站著凝視他懷裡的大西瓜。

「這西瓜……」他伸長雙手，「送妳。」

『妳抱不動。』當她伸手想接過時，我說：『先上樓找個人來幫妳。』

她如夢初醒，趕緊收手轉身跑上樓，過了一會帶著李白下樓。

這次輪到我楞住了，李白也很驚訝，我們四個人一時之間都呆站著。

現在是怎樣？四個人找不到桌子打麻將嗎？

「文瑩。」李白最先恢復正常，拉了拉蕭文瑩的衣袖，「先坐下吧。」

『喂。』其次是我恢復正常，也拉了拉李君慧的衣袖，『你也坐下。』

李白輕輕拉著蕭文瑩引導她坐下，我則使勁推著李君慧強迫他坐下。

「蔡修齊。」李白輕聲說，「我帶你去校園走走。」

『嗯。』我點點頭。

我和李白悄悄離開交誼廳，留下正深情互望的李君慧和蕭文瑩。

天氣很熱，我們盡量沿著建築物的陰影前進，沒有交談。

「暑假快到了。」她先開口，「你暑假有何打算？」

『應該是留在學校打工。』我說，『妳呢？』

「回台中。」她說，「不過還不知道要做什麼。」

『做什麼都沒關係，只要不轉學就好。』

「我幹嘛轉學？」

『妳高中時不就轉學了？』

「高中時住家裡，父親調職只好跟著轉學。」她說，「現在上大學了，
　即使父親又調職，我也不必轉學。」

『那就好。』

「你怕我轉學嗎？」

『嗯。』我點點頭，『如果妳轉學，我恐怕就再也找不到妳了。』

「可是如果我高中沒轉學，我們就不會認識了呢。」她笑了笑。

『說的也是。』我也笑了笑。

右轉走進左右兩側建築物間的人行道，發現地上鋪滿黃色碎花。

「現在正值阿勃勒盛開，是校園最美麗的時節。」她說。

人行道兩旁各種植一排阿勃勒，阿勃勒的花序呈下垂長條形，

每串花序開了數十朵花，遠遠望去，好像樹上掛了一串串黃色葡萄。

碧藍的天、暗紅的紅磚建築、滿樹盛開的黃澄澄花海、翠綠的葉子，

這裡的顏色既豐富又鮮豔。

我們坐在樹下，微風吹來淡淡的花香，也吹走了酷熱。

偶爾黃色花瓣飄落，好像正下著一場黃色的細雨。

「這種花的顏色跟死去的皇帝一樣。」她說。

『什麼意思？』

「都是鮮黃（先皇）。」她笑了起來。

在黃色細雨中看著她的笑容，我竟然莫名其妙聯想起 Jenny。

我好像明白了，之所以會有 Jenny 和梔子花女孩很相像的錯覺，

應該是她們共同擁有一種熱情的特質。
而且這種熱情還帶點白目。

我們在阿勃勒下坐了許久，享受難得的清爽夏日午後，才起身回去。
回到交誼廳，竟然發現李君慧和蕭文瑩依舊安靜地坐在原來的位置。
『很抱歉，我今天沒送西瓜給妳。』我俯身抱起李君慧懷中的西瓜，
『不過這顆西瓜是我抱來的，算出了力，請妳摸一圈吧。』
「好。」她笑了笑，伸手摸了一下西瓜，「文瑩要吃這顆西瓜時，就由
　我來切，那麼我也算出了力。」
我們相視而笑，笑聲驚醒了李君慧和蕭文瑩。

『妳要監督蕭文瑩，只能讓她一個人吃這顆西瓜。』我對李白說。
「喂。」蕭文瑩瞪我一眼，「你想讓我撐死嗎？」
『難道妳想讓別的女生分享李君慧的愛心？』
「這……」
『乖乖吃完吧。』我笑了起來。

李白和蕭文瑩一左一右抱著西瓜上樓，這又吸引了旁人的目光。
『李清蓮。』望著她的背影，我說：『暑假過後……』
「會再見面的。」她轉過頭打斷我，然後笑了笑。
有了她的笑容，我可以安心準備期末考了。

心理社本學期最後一次團體活動時間，來的社員只有一半。
或許因為下週一就要開始期末考的緣故，大家都在K書。
原本我也想唸書，但之前已經三次不到，最後一次還是到好了。
聚會的社員較少，大家說起話來較不起勁，而且意興闌珊。

最後甚至是完全無聲，氣氛很像恐怖電影裡萬籟俱寂的深夜。

『社長。』我說，『我來說件事吧。』

「你？」社長看了我一眼，「你應該沒什麼好講的。」

『有啊。社長不是說我喜歡偷看女性胸部？』

「那很正常啊。如果你喜歡偷看男生胸部才需要講。」

『社長就是不想讓我講就對了。』

「沒錯。現在這種寧靜有助於沉思，沉思才可以看清自己⋯⋯」

『社長。』我打斷他，『我找到那個放聲大哭的女孩了。』

「真的嗎？」

「她在哪裡？」

「她有男朋友嗎？」

「她還會放聲大哭嗎？」

「她的喉嚨還好吧？」

「她竟然還活著？」

全場一陣騷動，大家開始七嘴八舌，氣氛從恐怖片變成笑鬧片。

「好了，靜一靜。」社長說。

全場安靜了下來，視線全集中在社長身上。

「今天團體活動時間到此結束。」社長說，「祝大家期末考順利。」

社長說完後立刻站起身，然後轉身跑走。

大家都楞住了，過了一會才紛紛站起身，互道期末考順利後便離開。

珊珊學姐向我詢問細節，我說放聲大哭的女孩竟然是李白的室友。

「那還真巧。」怡珊學姐說。

「看來還是得跟社長談談。」秀珊學姐說。

『談什麼？』我問。

「解鈴還須繫鈴人，社長得幫助她解開心結。」怡珊學姐說。

「她的心結一解開，或許社長也會變正常哦。」秀珊學姐說。

『那麼社長的白痴狀況也會改善嗎？』

「不會。」珊珊學姐笑了。

「Jack！」

我聞聲轉頭，看見Jenny停下腳踏車，在四米寬的校園小路對面。

「真巧。」她笑了笑，「跟雅玲一起辦的舞會還順利吧？」

『雅玲是誰？』

「就是歷史一公關呀。」她說，「你怎麼老是不知道女生的名字。」

『抱歉，我只知道她姓徐。』我說，『不過托妳的福，舞會很順利。』

「你沒挨巴掌吧？」

『沒有。』我很納悶，『為什麼這麼問？』

「有次建築系跟歷史系聯誼，最後拍照時建築系公關只不過把手放在
  雅玲肩上，便挨了她一巴掌。」

『還好我們沒拍照。』

「但你們跳慢舞時，你的手會放在她的腰呀，那比搭肩嚴重耶。」

『原來妳都知道。』

「我當然知道。」她笑了，「所以她沒做什麼嗎？」

『沒有。因為我的手沒放在她的腰。』

「真可惜。」她嘆口氣。

『喂。』

「那你覺得雅玲賞建築系公關一巴掌是對的嗎？」

『未經女孩同意就搭女孩的肩，多數女孩都會覺得被冒犯。』我說，

『她只是把不舒服用行動表示而已，不過行動是激烈了點。』

「如果我未經你同意就碰你的身體，你會覺得被冒犯嗎？」

『不會。』我笑了笑，『我會覺得心曠神怡。』

「這是你說的唷！」

『我是開玩笑的。』

「我不管，我偏要當真。」

『喂。』

「你下學期還想辦聯誼嗎？」

『當然想。』我說，『妳要幫忙介紹嗎？』

「可以呀。」她說，「不過除了詩雅和雅玲外，其他的人都很正常，
　也沒暴力傾向，恐怕不適合你。」

『喂。』

「你放心，我一定會努力尋找性格更激烈的人來跟你們聯誼。」

『喂！』

她沒回話，只說聲 Bye-bye 後，便加速騎走腳踏車。

「我們可以說話了嗎？」怡珊學姐問。

『嗯？』我回過神，『學姐，抱歉。』

「剛剛那個女孩長得很可愛，而且竟然是混血兒。」秀珊學姐說。

『學姐知道她不是染髮？』

「當然。」珊珊學姐異口同聲。

「以黑髮而言，要染成這種淺黃色的難度很高，可能得多染幾次。」

「而且髮色要染得這麼均勻，除非她才剛染幾天，否則不太可能。」
「下禮拜就是期末考了，她應該不會特地挑這時候去染頭髮。」
「她的談吐俐落，也不像是會自找麻煩去染這種髮色的女孩。」
「所以她的髮色是天然的。」怡珊學姐說。
「也就是說，她是混血兒。」秀珊學姐說。
『佩服。』我說。

「從她跟你說話的樣子看起來，應該對你有好感。」怡珊學姐說。
「即使你知道她對你有好感，也不要放在心上哦。」秀珊學姐說。
『她確實說過喜歡我，不過學姐放心，我不會放在心上。』
「你果然已經放在心上了。」怡珊學姐說。
『是嗎？』
「所以你才會告訴我們呀。」秀珊學姐說。
『這……』我一時語塞。

「她是吃慣山珍海味的女孩，遇見清粥小菜便覺得異常可口。」
「但她終究還是會選擇山珍海味，而清粥小菜只是調劑而已。」
『學姐的意思是指……』我說，『我是清粥小菜？』
「難道你覺得你是山珍海味嗎？」怡珊學姐笑了。
『也許對她而言，我是山珍海味呢。』
「學弟，你要記住一句心理社員常說的話。」秀珊學姐的口吻很嚴肅，
「不能認清自己，怎能看清別人？」
『我記住了。』我說。

「學弟，你是很好的人沒錯，但應該不會是她的菜。」怡珊學姐說。
「她很熱情，她說喜歡你是真心的，但僅止於喜歡。」秀珊學姐說。

『學姐應該是怕我自作多情,一頭栽進去,最後導致受傷吧。』

「你明白就好。」怡珊學姐說,「不過她還是可能會選擇清粥小菜。」

「如果是這樣的話也很好,學姐還是會真心祝福你們。」秀珊學姐說。

『可惜我會告訴她,清粥小菜已經打烊了。』我笑了笑,『就怕我這
　　清粥小菜太可口了,她戀戀不忘、依依不捨,到時就傷腦筋了。』

「你這樣想很好。」珊珊學姐也笑了。

珊珊學姐說的沒錯,即使Jenny喜歡我,也不能代表什麼。

就像以某種程度而言,我也是喜歡Jenny,甚至是楊玉萱。

但我終究會選擇梔子花女孩,這應該毋庸置疑。

我或許會迷惑,但不會動搖。

期末考總算考完了,接下來就是長達兩個半月的暑假。

我、阿忠、李君慧在暑假跟著系上老師工讀,小偉則回台北打工。

工讀的人除了我們寢室三個人之外,還有班上其他五位同學。

我們八個人平時在實驗室幫忙做實驗,還有整理和分析資料。

偶爾會出外業,地點在中部的海濱,性質大概是測量和採樣。

我們八個人擠在一間像是工寮的小屋子,雖然有水,但沒有電。

如果在實驗室,每人每天500塊,但出外業則有800塊。

所以雖然工寮既偏僻又簡陋,但我們還是喜歡出外業的日子。

有次要量測河口水流的流場,在河的下游放了三個不同顏色的浮標,

我、阿忠、李君慧各搭乘一艘小舢板,追著各自的浮標。

一旦追到浮標,便立刻高舉紅旗,岸上的人便可測量出浮標的位置。

舢板上有船夫負責駕駛,我們三人手中也各有一支無線電保持聯絡。

李君慧是船1,我是船2,阿忠是船3,我們沿河追著浮標,

每隔幾分鐘測量一次浮標位置，情況很順利。

一路追到河流出海口，我這艘舢板的船夫提醒我不能再往前了。
這裡是淺水和深海交界，流況很不穩定，而且海上又有風浪，
像這種用六根塑膠圓管組成的小船，在浪流下很容易翻覆。
我立刻拿起無線電呼叫李君慧，要他趕緊回頭。
李君慧回覆我，他快追到浮標了，再測量一次就會回頭。
『不要管浮標了，快回頭，性命要緊！』我大叫。
但無線電只有沙沙的聲響，沒聽見李君慧的回覆。

『船2呼叫船1，聽到請回答。Over。』
我心急如焚，不斷呼叫李君慧，但他依然完全沒有回音。
我催促船夫向前，但他死也不肯，甚至開始掉頭。
因為我的船已經在浪流下大角度搖晃，角度再大一些，船就翻了。
我回到岸上後，所有的人都很焦急，也決定報警。
兩小時後李君慧終於回來，原來他們不直接穿越河海交界回到河岸，
而是順著潮流先往南離開河口，再朝東開往陸地，最後從海灘上岸。

當天晚上李君慧說要去買信封、信紙和郵票，打算寫封信給蕭文瑩。
我們兩人共乘機車騎了10公里遠才找到店家，我也順便買了一些。
看到他就著手電筒燈光振筆疾書，我也起身打算寫信給梔子花女孩。
『今天發生一件很驚險的事，那就是李君慧差點……』
不行，我又不是事件的主角，這件事就讓李君慧寫給蕭文瑩看就好。
『這裡相當偏僻，晚上又沒有電只能早睡，但酷熱的天氣……』
幹嘛？我在抱怨嗎？

『世界上的女孩有很多種類型，都各自有其獨特的魅力。在我眼裡，
　令我有所感覺的女生，我習慣用可愛、甜美、漂亮、清秀、標緻等
　來形容她們。但妳在我心裡，無法用任何一種形容詞來形容，因為
　可以用來形容妳的形容詞，只能專屬於妳……』
哇！趕緊揉掉，再寫下去就變成情書了。

李君慧寫了兩晚終於把信寫完，然後我們又騎了10公里才找到郵筒。
但我寫了20幾張信紙，卻只成了20幾個紙團。
『我目前還在努力找尋可以用來形容妳的形容詞，對我而言，那必然
　是獨一無二。我相信總有一天，我一定會找到，即使得花很久很久
　的時間。而這份心意，總有一天，一定可以……』
最後一張信紙寫完了，我看了一遍後，把它撕掉。
我相信總有一天，她一定可以明白我的心意。

新學期到了，我升上大二，可以開始聽到有人叫我學長了。
班上選幹部的時候，我和李君慧無條件連任，這點我早料到了。
我和李君慧表現得還不錯，而公關和康樂股長這種爛缺也沒人想當，
所以自然而然的，我和他會再度被拱上，怎麼推都推不掉。
那次班會我乾脆缺席，而李君慧在班會上苦苦哀求別選他也沒用。

我利用暑假工讀所賺的錢買了輛二手機車，這樣出門就方便多了。
算了算，班上有機車的人大約八成，下次聯誼可以考慮機車郊遊。
除了班上的聯誼之外，學弟的迎新露營也得辦。
我去歷史系找徐雅玲討論，她說由我決定就好，她們會配合。
我找小偉幫忙擬定活動企畫，預計10月底辦迎新。

心理社也得改選社長，符合資格的大三社員共有八位，包括珊珊學姐。

但依然沒有人想當社長，最後還是決定猜拳輸的當社長。

八個人太難猜了，怎麼猜都會同時出現剪刀、石頭、布。

「不然規定只能出剪刀和石頭，這樣比較快。」怡珊學姐說。

八個人依規定重新猜拳，出現了八個石頭，在場所有社員都笑了。

「不管結果如何，起碼這屆的社長不是白痴。」秀珊學姐說。

最後決定抽撲克牌決定社長，八張撲克牌中有一張是鬼牌。

結果由護理系大三學長抽到鬼牌，因此他就是本屆心理社社長。

護理系在本校算是很新的科系，今年6月才剛有第一屆畢業生。

護理系跟工學院科系一樣都是男女比例懸殊，只不過它是女遠多於男。

以新社長的班上而言，他們班只有兩個男生。

我則因為在班上擔任公關，所以被推舉為心理社活動組的幹部。

招募新社員是社團大事，學校所有社團無不卯足全力吸收新社員。

學校為新生舉辦的社團迎新晚會，很多社團上台表演節目。

Jenny的合唱團和楊玉萱的手語社表演完後，便吸引了很多新生加入。

但像心理社這類的社團根本無法上台表演，只能在校園內擺攤，

或是到處張貼海報，可惜效果並不好。

「Jack。」Jenny來到心理社的攤位前，「我很困擾，怎麼辦？」

『妳困擾什麼？』

「合唱團的新社員太多了。」她說，「我好羨慕你幾乎沒有新社員。」

『喂。』

「下次我帶個枕頭給你。」

『做什麼？』

「你可以在攤位上睡覺。」她笑了,「反正你醒著也沒用。」

『喂!』

楊玉萱也曾來過心理社的攤位,但她是來表達關心。

「需要我幫忙嗎?」她問。

『好啊。』我說,『妳可以罵手語社新社員笨,常常罵,罵得凶一點。
　等他們心理受創後,再推薦他們來心理社。』

「可是我不太會罵人。」她笑了。

『那妳就拼命稱讚他們,照三餐稱讚。等他們迷失自己後,再推薦
　他們來心理社。』

「好。」她又笑了。

心理社確實是很難讓人感興趣的社團,這點我早已有所覺悟。

我和珊珊學姐在學生活動中心四樓的自由空間裡討論招募社員的事,
有個女生正好在逐一觀看貼在牆上的海報。

『學姐。』我站起身,『我試試看。』

這個女孩穿著淺灰色長袖襯衫、黑色長褲,戴著深色橢圓框眼鏡,
腳踩著咖啡色平底皮鞋,外表散發出淡淡的知性氣質。

『學妹。既然是尚未加入社團的新生,要不要考慮心理社?』

「你知道我是新生?」她似乎很訝異。

『因為舊生不會對這個地方這麼好奇。』

「嗯。」她點點頭,「這地方我是第一次來。」

『妳很適合參加心理社,要不要加入?』

「為什麼我很適合參加心理社?」她問。

『妳的心思細密，當然適合成為心理社社員。』

「心思細密？」她很納悶，「你怎麼知道？」

『妳移動時步伐雖快，但踏步很穩；觀看海報時視線由左向右、先上
　後下，井然有序絕不紛亂。這表示妳的心思細密。』

「原來是這樣呀。」

『嗯。』我說，『學妹，一起加入心理社吧。』

「你可能要叫我學姐哦。」她笑了笑，「我雖然是新生，卻是研究所
　新生，我大學唸外校。聽說本校社團活動很興盛，所以才來看看。
　但我只是來逛逛而已，研究所課業很忙，我應該不會參加社團。」

『抱歉。』我應該臉紅了，『學姐。』

「不用說抱歉呀，我很高興被誤認為是大一呢。」

她又笑了笑，說聲 Bye-bye 後，便下樓離開。

我轉過頭，珊珊學姐突然放聲大笑，笑得不支倒地。

「學弟。」怡珊學姐先止住笑，「搞笑了吧。」

「你的側寫功力還要加強。」秀珊學姐也止住笑。

「女生和男生不同，如果大一女生第一次來這裡，應該會結伴。」

「剛從高中畢業的女生跟剛從大學畢業的女生，穿著會差很多。」

「而且她的眼神比較像是評判，而不是挑選。」怡珊學姐說。

「就像在百貨公司一樣，隨便看看商品跟仔細挑選自己想買的東西，
　這兩者的眼神差異很大。」秀珊學姐說。

『我明白了。』我苦笑，『我會再加油的。』

珊珊學姐說招募新社員的事不用急，一切就隨緣吧。

新社長似乎也不急，他說凡事心急會影響消化系統。

在團體活動時間裡，常聽到他說心理會影響生理的言論。

「例如高傲的人常用力挺直腰桿，所以脊椎容易有問題。」他說。

某次團體活動時間結束後，前社長拿給我一封信，請我轉交。

這封信還沒封口，而且收信人欄位竟然寫：放聲大哭的女孩親啟。

『收信人這樣寫不好吧。』我說。

「可是我不知道她的名字啊。」前社長說。

『不然我幫你問問看她的名字。』

「好啊。」他說，「順便幫我修改信的內容。」

『這樣不好吧。這是你寫的信……』

「幫個忙吧。」他打斷我，「我知道你的文筆很好，而且才華洋溢。」

『學長，你說謊了。』我指著他眼睛，『因為你的眼珠往右上移動。』

「我說實話。」他揉了揉眼睛，「你為人誠懇，寫信一定會打動人。」

『你的眼珠還是往右上移動。』

「我老實說吧。」他又揉了揉眼睛，「你為人率直，說話可信度高。」

『眼珠還是往右上。』

「好吧，我坦白說了。」他拼命揉眼睛，「其實是因為你宅心仁厚。」

『學長！』我大叫，『眼珠可不可以不要再往右上？』

「事實是這樣的，我聽說純情的人不會寫信，而薄倖的人很會寫信。」

『為什麼薄倖的人很會寫信？』我問。

「薄倖的人那麼無情，可是女生偏偏就愛。如果不是很會說話或很會
　寫信，為什麼女生會死心塌地？」

『好。就算真是如此，跟我有什麼關係？』

「嗯……」他猶豫了一下，然後說：「我是純情的人，不太會寫信；

但你很薄倖，所以一定很會寫信。」

『喂。』我說，『為什麼我很薄倖？』
「你跟女孩認識時都不問她們的名字。」
『不問女孩的名字就是薄倖？』
「因為你不在乎她們是誰，你只在乎她們青春的肉體。」
『喂！』
「我真的認為你是薄倖的人，我沒有說謊喔。」他指著自己的眼睛。
我懶得理他，但禁不住他再三懇求，我最終還是拿出信看了一遍。

『學長。』我說，『其實你文筆很好，表達很清楚。』
「真的嗎？」
『我的眼珠沒往右上移動吧？』我指著自己的眼睛。
「那你有其他的建議嗎？」
『語氣再軟一點、姿態再低一點、懺悔之心再重一點，應該會更好。』
「好。我改完再給你。」他笑了笑，「學弟，謝謝。」
『不客氣。』我說，『我還是會幫學長問她的名字。』

要問放聲大哭的女孩名字，只能找梔子花女孩了。
『請問李清蓮在嗎？』
「嘿，又是我。」
『所以她不在吧。』我嘆口氣。
「答對了！」她笑了，「獎品是可以免費聽電話掛斷的聲音。」
喀嚓一聲，電話掛了。

半小時後，我又打了一次。

『請問李清蓮在嗎？』

「很遺憾。」但她卻笑了，「她剛走出寢室，也許馬上會回來。」

『我可以等她嗎？』

「你想等她？」她說，「可以呀，但你得跟我說話哦。」

『好啊。我正想找妳。』我說，『請問妳叫什麼名字？』

「呀？」她似乎嚇了一跳。

『我想知道妳的名字。』

「我差點被你唬住。」她說，「你滿厲害的，竟然反客為主。」

『不。我是真的想知道妳的名字。』

「不說這個了。談談你吧。」

『我叫蔡修齊，修身齊家的修齊，念水利系，目前大二，剛買輛機車，參加心理社。』我說，『請問妳叫什麼名字。』

「原來你是大二呀，那……」她頓了頓，「那你得叫我一聲學姐了。」

『學姐。既然李清蓮回來了，請把話筒給她。謝謝。』

「你知道她回來了？」她很驚訝。

『嗯。』我說，『妳說話時停頓了一下，而且最後一句話音量變小。通常這代表正在思考或猶豫，但妳跟我講話時從不猶豫，妳剛剛的回答也沒思考的必要。這應該是妳說話的過程被打斷才導致停頓，而妳說話被打斷的最大可能，我猜是李清蓮回來了。』

「如果都不是呢？」

『那就表示妳突然想大便，而且很急，妳得提一下肛，然後憋著，不然可能會一瀉千里。所以妳說話的過程中才會停頓了一下。』

「你好噁心！」

『請把話筒給李清蓮。謝謝。』

「喂。」

『是李清蓮嗎？』

「嗯。」

『我想問妳寢室那個機車學姐的名字，就是剛剛接電話的人。但妳在
　電話中可能不方便講，所以我去找妳。妳不用到校門口，在宿舍的
　交誼廳即可，我掛完電話後大概要15分鐘到那裡。這樣OK嗎？』

「OK。就是這種魄力。」她笑了，「我先下去等你。騎車小心。」

騎機車比腳踏車快了些，我在校門口停好車再走到宿舍剛好15分鐘。

走進門口，便發現她坐在離我20步遠的沙發上看電視。

我走向她，大約只剩5步遠時她剛好轉過頭與我視線相對。

「嗨。」她笑了笑，揮揮手。

『嗨。』我點了點頭，也笑了笑。

她離開座位，我們另外找個地方坐下。

「我先說。」

『嗯？』我很納悶，『請說。』

「在這麼寬闊的大廳，你卻一進門就知道我在哪裡。那是因為我剛剛
　在電話中說：先下去等你。於是你推測我不會枯坐十幾分鐘，而是
　邊看電視邊等你，所以你進門便直接走向電視前的沙發。」

『好厲害。』我笑了笑，『而且妳就坐在上次紅衣女孩坐的位置。』

「因為這是唯一不必探頭或站起身便可以看見門口的地方呀。」

她笑了起來，笑容跟她的膚色一樣，又白又乾淨。

快三個月沒見，我對她沒有絲毫陌生的感覺，默契也還在。

而且她還記得初次在交誼廳的對談，可見她依然是我的梔子花女孩。

她告訴我放聲大哭的女孩名字，我拿筆記了下來。

「你是幫你社長問的吧？」

『嗯。』我點點頭，『他打算寫信給她。』

「需要我轉交嗎？」

『如果不麻煩的話，當然最好。』

「這樣你還得再跑一趟呢。」

『沒關係啊。最好他可以多寫幾封信，我就可以多來幾趟。』

「其實你來找我，不需要理由呀。」

『沒錯。』我笑了笑，『我需要的是魄力。』

「好。我幫你轉交。」她說，「然後呢？」

『然後？』

「你今天來找我只是為了問學姐的名字嗎？」

『是的。』

「你已經知道學姐的名字了，然後呢？」

『好。我走。』

「不是這種魄力。」

『既然正事解決了，天氣又熱，我們乾脆去吃冰吧。』

「對，就是這種魄力。」她笑了笑。

我們在她學校後門口附近的冷飲店吃冰，也就是初見蕭文瑩的地方。

她說學姐雖然對男生反感，但對待學妹很好，人緣也不錯。

由於學姐沒課的時候都待在寢室裡，而且電話就在她的書桌旁，

因此每通打來寢室的電話，幾乎都是由她先接。

我說起每次打電話找她時，總會被這個學姐調侃甚至是刁難。

176

她邊聽邊笑，似乎覺得很好玩。

『我衷心希望妳學姐能原諒社長，即使不能，也不要對男生反感。』
「嗯。」她點點頭，「我也這麼希望。」
『這樣以後我打電話找妳時，就不用過五關斬六將了。』
她笑了起來，笑容像綻放的梔子花，優雅亮麗。
在那一瞬間，我又有了「我真的喜歡她」的感覺。

隔天中午我上完課走出教室，發現前社長拿著信在教室外等我。
『咦？』我很納悶，『學長為什麼要戴手套？』
「這樣就不會留下指紋。」他說，「我寫信時也是戴手套喔。」
『你寫的是恐嚇信嗎？』
「不是啦。我是怕她看完信後又放聲大哭，搞不好還報警。」他說，
「總之萬一有意外發生，警察也不會根據這封信找到我。」
我懶得理他，直接告訴他放聲大哭的女孩名字。

「學弟。」他說，「你可以幫我在信封上寫她的名字嗎？」
『什麼？』
「如果我寫的話，警方還是可以根據字跡找到我。」
『你信裡面已經寫了一大堆字了，還差這幾個字嗎？』
「啊！」他用力拍了額頭，「我怎麼沒想到？」
『而且如果出事，我會去當證人，說人是你殺的。你根本逃不掉。』
我笑了笑，『學長，別緊張。不會有事的。』
他只好乖乖的在收信人欄位寫上放聲大哭的女孩名字。

下午五點上完今天的課，我在五點半打電話。

『請問李清蓮在嗎？』

「唔！今天打電話的時間有比較早哦。」

『是啊。』我再問一次，『請問李清蓮在嗎？』

「你很幸運，她在。」她說，「可是我想先跟你說說話，可以嗎？」

『可以啊。不過妳要不要先去上廁所？免得待會說話時又要停頓。』

「無聊！」

『學姐，請把話筒給李清蓮。謝謝。』

「喂。」

『我15分鐘後在交誼廳等妳。可以嗎？』

「好。騎車小心。」

掛上電話，我依然準時的在15分鐘後到達她宿舍的交誼廳。

走進門口，我直接朝向電視前的沙發。

果然如我所預期，她坐在上次坐的位置。

「呀？」她看見我時似乎嚇了一跳，「剛剛在電話中我只說了聲：好。
你怎麼知道我坐在這裡？」

『我不是根據剛剛的電話推測，而是根據妳這個人的習慣。』

「習慣？」

『妳的習慣就是不輕易改變習慣。』

「嗯？」

『高中時，妳總是坐在公車左後方的座位，從沒改變。』我笑了笑，

『不管我們以後相約多少次，如果可以，妳會一直坐在這個位置。』

「算你猜對。」她笑了笑，「你今天來是？」

『請幫我轉交。』我將信遞給她。

「然後呢？」

『我可以請你吃晚餐嗎？』

「嗯？」

『一起去吃晚餐吧。』

「好呀。」她笑了笑。

我騎機車載著她，在一家簡餐店前停下車。

「你為什麼選這家？」她問。

『妳的宿舍靠近貴校後門，出入學校會以後門為主。以後門為圓心，
　除了一般的快餐店和麵攤以外，這家是距離後門最近的簡餐店。』

「為什麼要挑最近的店？」

『因為如果同學間要聚餐，應該不會跳過這家店，所以妳一定來過。
　我不知道妳喜歡什麼店，起碼現在不知道，我只能挑妳來過的店。
　既然來過，妳就比較熟悉，吃飯時也比較不會緊張。』

「你知道我緊張？」

『這是我第一次跟妳吃飯，我很緊張，我猜妳應該也會緊張。』

「你很緊張嗎？」

『從開口約妳吃飯那一刻起，我就很緊張，一直到現在。』

「我怎麼看不出來你會緊張？」她笑了笑，「看你說話滿溜的。」

『妳看我的右手。』

「沒什麼特別的呀。」她又笑了，「還是五根指頭。」

『停車好一會了，但我車鑰匙還是握在手中，沒收進口袋。』

「所以呢？」她低頭看了一眼我的右手。

『情緒緊張時，雙手常不知道該怎麼擺。這時手裡抓個東西，會具有

安定心理、緩和緊張的作用。』

「那麼把鑰匙收好吧。」她微微一笑,「別緊張,吃飯了。」

『好。』我把車鑰匙收進口袋。

「還緊張嗎?」她問。

『還是會耶。』

「真巧。」她笑了,「我也是呢。」

我覺得她的笑容比右手緊握住鑰匙有效多了。

我們走進店裡,才剛坐下還來不及看清店內的裝潢和擺設,她便說:
「第一次來這裡是跟學伴吃飯,那是去年的事。之後就沒來過了。」

『為什麼?』

「因為……」她壓低聲音,「我不喜歡這家店。」

『啊?』我吃了一驚。

「其實也沒什麼。」她說,「可能是因為我的學伴話太多,甚至有些
聒噪,所以用餐經驗不太愉快,導致我對這家店的印象不好。」

『喔。』

「剛成為大一新生,學姐就要我們抽學伴,對象是別系的男生。」

『嗯。』

「說是學伴,其實根本是為了多認識男生。」

『嗯。』

「你怎麼了?」她很納悶,「為什麼話突然只剩一個字。」

『妳不是不喜歡話多的男生?』

「你不一樣呀。」她微微一笑,「而且你的話也不多。」

『其實我平時幾乎不開口,話真的很少。小時候溺水時也不想開口,

撑了三分鐘後才喊救命。被救上岸後，寧可跪著磕頭，也不願開口
　說聲謝謝。』
「最好是這樣。」她笑了起來。

『妳跟那個學伴，後來怎麼樣了？』
「他後來常找理由約我出去，我婉拒幾次後，他就沒有再約我了。」
她說，「不過今年西洋情人節時，他託人送了我一個企鵝玩偶。」
『企鵝玩偶？』
「那是隻按了翅膀就會拼命大聲唱歌的企鵝。」她苦笑，「很吵。」
看著她皺眉苦笑的表情，我不禁笑了起來。

「請你不要誤會。」
『誤會什麼？』
「我並沒有炫耀的意思。」
『嗯。』我點個頭，『我知道。』
「我也不該在你面前談論我學伴，這樣不太厚道。」她吐了吐舌頭，
「請你當作我沒說吧。」
『好。』

我不禁想起今年情人節和楊玉萱在女生宿舍前吃巧克力的往事，
那時她說請我吃別人送的巧克力似乎不太厚道。
她也說希望我不要誤會她在炫耀。
我好像又明白了，之所以會有楊玉萱和梔子花女孩很相像的錯覺，
或許是因為她們共同擁有一種文靜典雅的特質。

「你還記得高三時公車上的愛情留言活動嗎？」

『我記得。』

「留言的人寫下簡單的、緩緩的訴說，卻不在乎是否被聆聽。」她說，

「我覺得那種活動很有味道。你覺得呢？」

『應該是吧。』我想起了自己寫的愛情留言卡，耳根開始發熱。

「你是不是也有寫愛情留言卡？」

『呃……』我一定臉紅了，『是。』

「抱歉。」她說，「我不該問。」

『我都老實回答了妳才說。』

「因為你老實回答，我才知道不該問呀。」她笑了起來。

這次輪到我苦笑。

「那你寫給誰？」

『妳先想想這題該不該問。』

「該問。」她說，「因為你一定不會老實回答。」

『這……』我猶豫了一下，『妳以後就知道我寫給誰了。』

「也許我以前就知道了呢。」她笑了笑。

『以前？』

她沒回話，只是意味深長地笑著。

雖然我對那張愛情留言卡印象深刻，但我寫完後就再也沒看見。

現在或許成了垃圾深埋在地底，或者早已被火化而灰飛煙滅。

將來如果我有機會告訴她，我曾寫了愛情留言卡給她，她會相信嗎？

已經是死無對證了，她大概只能半信半疑。

梔子花女孩啊，即使愛情留言卡會因掩埋或火化而消失，

但17歲初見妳時的記憶，一定會永遠留在我腦海。

「這家簡餐店不錯。」要離開時,她說。

『妳不是說妳不喜歡這家店?』

「那是以前。」她說,「現在我開始喜歡這家店了。」

『真的嗎?』

「嗯。」她笑了笑,「以後如果我們要一起吃飯,就來這家店吧。」

『好。』

前社長寫的第一封信似乎效果不錯,因此他前後總共寫了三封信。

我也因此跟梔子花女孩吃了三次飯,都在同一家簡餐店。

打電話約她的過程中,放聲大哭的女孩接電話的態度越來越正常,

而我跟她吃飯時的緊張感也越來越小。

不過只要她的一個微笑或是一句話語,我的緊張感就全消。

『請問李清蓮在嗎?』

「她在。」放聲大哭的女孩說,「請稍等。」

我整個人楞住了,從沒想過一句簡單的請稍等會讓人如此激動。

直到梔子花女孩接過話筒喂了兩聲,我才回過神。

『我好像終於不用過五關斬六將了。』我說。

「嗯。」她笑了,「真好。」

『我今天沒有幫任何人拿信,只是單純想跟妳說說話。』

「那麼見面再說。」她說,「還是15分鐘後交誼廳碰面嗎?」

『嗯。』

「騎車小心。」

跨上機車,往她的方向前進,沿路的街道夜景是如此柔和美麗。

來到交誼廳門口，才剛走5步，便與正轉頭的她四目相對。

她微微一笑，我彷彿可以聞到隨著她微笑所散發出的淡淡香氣。

我不禁停下腳步，靜靜看著她，忘了要跨步，也忘了要報以微笑。

我真的喜歡她，我深深地這樣覺得。

深深的、深深的，像大海一樣深。

10 張秀琪

10月下旬，天氣不太熱，是出外郊遊的好時節。

李君慧說乾脆找蕭文瑩她們班一起去機車郊遊。

『為什麼不找完全不認識的女孩子？』我很納悶。

「因為我……」他似乎很不好意思，「我想讓她坐我新買的機車。」

我心想：機車郊遊是要讓女生抽車鑰匙，才能決定坐誰的車。

你想載蕭文瑩，還不一定載得到呢。

不過我不想掃他的興，還是聯絡了蕭文瑩，約好出遊的時間和地點。

出遊前一天晚上，我特地先去找李清蓮。

『今晚要進行特訓。』我說。

「特訓？」

我拿出小紙盒，紙盒上挖了個洞，裡面已放了十多副鑰匙串。

再掏出我的鑰匙串，握在手中一會，然後交到她手中。

『記住我鑰匙圈的形狀，這隻金牛面積算大，應該很好判斷。』

「你的鑰匙圈還滿可愛的。」

『是啊。這是朋友送我的生日禮物。』

話一出口，便想起楊玉萱，然後莫名感到一陣尷尬。

「你是金牛座？」

『嗯。』

「原來是女生送的。」

『妳怎麼知道？』我嚇了一跳。

「男生通常不會送鑰匙圈當禮物。而且你生肖不屬牛，選金牛造型的
　禮物來表示金牛座，這應該是女生才有的細膩心思。」她笑了笑，

「我的側寫工夫還可以吧？」

『很不錯。』我也笑了。

「金牛座是好星座，而且金牛座的生日期間，就是梔子花的花期呢。」
『原來妳也是金牛座。』
「哦？」她微感驚訝，「你怎麼猜的？」
『我知道妳偏愛梔子花，但不知道理由。』我說，『聽妳說金牛座生日
　　正好是梔子花的花期，我才猜想這或許是妳偏愛梔子花的理由。』
「算你猜對。除此之外，我很喜歡梔子花純白的色彩、優雅的花形和
　　濃郁的香氣。」她笑了笑，「我是 5 月 8 號出生。」
『比我早四天。』我也笑了笑，『姐姐，開始特訓吧。』

我要她把手中的鑰匙串放進紙盒中，我再搖晃一下紙盒。
『現在抽出我的鑰匙。』我說，『要選金屬部分比較溫熱的。』
她伸手進紙盒，過了十幾秒後她抽出一串鑰匙，果然是我的鑰匙串。
「為什麼你的鑰匙比較溫熱？」她問。
『金屬比熱小，在室溫下放置久了，碰觸時會覺得冰涼。但我的鑰匙
　　因為一直握在手中，所以剛放進紙盒時，會遠比其他的鑰匙溫熱。
　　另外鑰匙圈上的金牛也是金屬，所以一樣會比較溫熱。』
「原來如此。」

『我用紙盒裝鑰匙而不用袋子，如果用袋子，所有的鑰匙會攪成一團，
　　要抽到正確的鑰匙很難，而且會喪失寶貴的時間。』
「寶貴的時間？」她很納悶，「什麼意思？」
『因為時間久了，我的鑰匙就會和其他的鑰匙一樣，變冰涼了。所以
　　我選方形紙盒，如果妳一摸到錯的鑰匙，便把它撥往一旁，這樣就
　　更容易找出我的鑰匙了。』

「哇。」她笑了起來,「你心機好重。」

『女巫必須乘著掃帚才能飛上天空,小丑必須化妝才能取悅觀眾。』
「嗯?」她停止笑,疑惑地看著我。
『而我,必須要載妳才願意去機車郊遊。』
「什麼跟什麼嘛。」她又笑了。
『總之……』我說,『我一定要載妳。』
她看了我一眼,沒多說什麼,只是微微一笑。

臨走前,我再次說明如何抽中正確鑰匙的SOP,並讓她多練習幾次。
也提醒她要用指尖感受金屬的溫度,這樣會更敏銳。
所以她今晚要保養指尖,別去彈鋼琴、打麻將時別用指頭摸牌、
按電梯時要戴手套、別用手指拉易開罐飲料等等。
她一連點了幾次頭,邊點頭邊微笑。
『最重要的,今晚要早點睡,不然虎姑婆會來咬妳的小指頭。』
她噗哧一聲笑出來,而且越笑越開心。

隔天一早,班上30位男同學騎著30輛機車,在她學校後門口集合。
我拿出紙盒,要同學把鑰匙投進紙盒中,但我手裡緊握住我的鑰匙。
而且盡可能搓揉著鑰匙圈上的金牛。
我把阿忠和李君慧留在最後,先收集班上其他同學的鑰匙。

『你只能載林依琦。』阿忠想把鑰匙丟進紙盒時,被我制止。
「為什麼?」阿忠問。
『你們是男女朋友啊,拆散你們會遭天譴。』
「可是我想……」他壓低聲音,「我想載別的女生。」

『你覺悟吧。』我笑了笑,『今後五十年,你都會載著林依琦。』

「你這是祝福?」阿忠瞪了我一眼,「還是詛咒?」

我沒回話,嘿嘿笑了兩聲後,便走向李君慧。

『鑰匙丟進來吧。』我把紙盒拿到他面前。

「可不可以……」他吞吞吐吐,「讓我直接載蕭文瑩?」

『當然不行啊。』我說,『蕭文瑩這麼辣,一定有一堆人搶著要載,
　我也想載她啊,我昨天還到廟裡求神明保佑讓我載蕭文瑩耶。如果
　她不用抽鑰匙就讓你載,同學會不服氣,我也會跟你恩斷義絕。』

「你少唬爛了。」李君慧說,「她哪裡辣?」

『脾氣。』我笑了。

「我聽到了。」蕭文瑩突然出現,瞪了我一眼。

『這樣吧,由於阿忠和林依琦是男女朋友,所以林依琦不用抽鑰匙。
　如果你們也是男女朋友,蕭文瑩就不用抽鑰匙。』

「這……」李君慧看了蕭文瑩一眼,面有難色。

「別理他。」蕭文瑩說,「抽就抽。」

「不要啦。」他似乎很心急。

『還有個辦法。』我說,『你們只要正式通過認證成為男女朋友,
　就不用抽鑰匙。』

「怎麼認證?」他問。

『李君慧。』我說,『你願意承認蕭文瑩是你的女朋友,然後載著她
　共同抵達虎頭埤?無論機車是否爆胎或拋錨,你都願意不嫌她胖、
　不罵她帶賽?並願意在路程中保持不超速、不違規、不闖紅燈?』

「我……」他猶豫一下後,說:「我願意。」

『蕭文瑩。妳願意承認李君慧……』

「你還沒玩夠嗎？」她打斷我。

『夠了。』我笑了笑，『我現在宣布你們是男女朋友。李君慧，你可以親吻蕭文瑩了。』

「還玩！」她大叫。

經過跟阿忠和李君慧的一番談話，紙盒中的鑰匙應該已經涼透了。

我朝著李清蓮走去，把手中的鑰匙投進紙盒，然後用力搖晃紙盒。

『請抽。』我走到她面前，眨一下眼睛。

她伸出右手緩緩放進紙盒中，神情有些緊張。

其實我比她緊張，只見她摸索了十幾秒，終於抽出那隻金色的牛。

我看她幾乎要綻放開心的笑容，趕緊低聲說：『裝作若無其事。』

她的笑容瞬間僵住，然後緩緩回復正常的表情。

我拿著紙盒讓其餘的女生抽鑰匙，抽完後她們各自找尋鑰匙的主人。

配對結束後，大夥陸續出發，我殿後，目標是20公里外的虎頭埤。

「我剛剛真的好緊張。」她笑了笑，「還好抽對了。」

『我比妳還緊張。』我也笑了笑。

「你害我昨晚作惡夢。」

『如果妳沒抽對，那才是我的惡夢。』

我拿了頂安全帽給她，然後請她上車。

「叩」的一聲，我感覺頭上的安全帽被敲了一記。

『嗯？』我轉過頭看著她。

「我突然覺得你很白目。」

『哪裡白目？』

「全部。」她忍不住笑了起來。

『我也這麼覺得。』我笑了笑,『抓緊喔,要出發了。』

「嗯。」

雖然只有20公里,但大半路程在市區,所以大約騎了45分鐘才抵達。

我停下車,摘下安全帽,她突然伸手順了順我的頭髮。

「你頭髮翹起來了。」她說。

『那麼今天應該是農曆初一或十五吧。』

「為什麼?」

『潮汐是月球引力所引起,農曆初一、十五時潮汐較大。』我說,

『我的頭髮也會受月球引力影響,所以初一、十五時就比較翹。』

「聽你在胡扯。」她笑了起來。

由於彼此不陌生,有的甚至已熟識,所以活動進行順暢,氣氛也很好。

除了中午烤肉時分組外,其餘活動所有人幾乎都聚在一起。

快回家時大家坐在湖邊吹吹風、聊聊天,感覺很閒適。

我又拿出紙盒收集班上同學的鑰匙,阿忠和李君慧仍然留在最後。

『阿忠。』我說,『鑰匙丟進來吧。』

「咦?」他很疑惑,「我也要嗎?」

『對呀。』我點點頭,『你不是說想載別的女生?』

「什麼?」林依琦大叫。

「沒……」他拼命搖手,「沒有。」

『因為我說你今後五十年都會載著林依琦時,你覺得這是詛咒,所以
  我想讓你載別的青春可愛的女孩,免得你只能偷看……』

「喂!」阿忠大叫。

我趕緊逃開，留下林依琦帶著殺氣的眼神。

『李君慧。』我說，『鑰匙丟進來吧。』

「啊？」他很驚訝。

『早上的認證儀式只完成一半，所以回程時還是要抽鑰匙。』我說，
『除非蕭文瑩也完成認證儀式。』

「好。」蕭文瑩說，「我願意，我也承認。這樣行了吧。」

『行。』我笑了笑，『那你們是道道地地的男女朋友了，以後不可以
　吵架、不可以分手，要永遠相親相愛、永結同心、永浴愛河喔。』

「我知道了。」李君慧說。

「笨。」蕭文瑩看了李君慧一眼，「你幹嘛回答他。」

我把握時間再搓揉手中的鑰匙，然後投進紙盒，走到李清蓮面前。

『請抽。』用力搖晃紙盒後，我說。

她似乎刻意裝作面無表情，右手伸進紙盒，然後抽出金色的牛。

她應該是努力憋著笑，表情看起來有些僵硬。

「哇，李白。」蕭文瑩大聲說，「妳竟然又抽到蔡修齊的鑰匙！」

「真的耶，太巧了。」

「這種機率很低呢。」

「你們一定很有緣。」

「乾脆就在一起吧。」

「在一起、在一起、在一起……」所有人開始起鬨，邊拍手邊大叫。

李清蓮似乎臉紅了，神情靦腆，有些不知所措。

我則趕緊讓其他女生抽鑰匙，轉移一下焦點。

我和李清蓮站在我的機車旁，等其他機車一輛一輛發動後離開。

我們始終沉默相對，我遞安全帽給她，她默默戴上。

當最後一輛機車離開的瞬間，我們終於忍不住同時笑了起來。

「都是你害的。」她說。

『抱歉。』我陪個笑臉，『上車吧。』

「叩」的一聲，頭上的安全帽又被敲了一記，我不禁轉過頭。

「我真的覺得你很白目。」她笑了。

『我本來就白目。』我也笑了，『要回家了，抓緊喔。』

「嗯。」

機車郊遊結束後，下星期便是要為系上新生辦迎新露營。

迎新露營是大活動，我和李君慧要忙的事還真不少。

除了露營用具外，兩天一夜的活動也得準備很多節目。

還好有小偉幫忙，團康和遊戲之類的節目就由他負責。

學弟和歷史一新生共有80人參加，分成八個小隊。

每個小隊有一男一女兩個小隊輔，由學長姐擔任，負責帶領隊上新生。

活動第一天最累，出發前器材的上車、中午的烤肉、下午的團康、

晚上的營火晚會等，每件事都讓我忙得不可開交。

營火晚會結束，大夥先去洗個澡後，又圍成一圈說鬼故事。

鬼故事說完，膽子小的也嚇得差不多時，再逼他們一定得去夜遊。

夜遊回來後，仔細清點人數，便打發他們進帳棚睡覺。

我和小偉在帳棚外守夜，邊泡茶邊聊天，打算度過漫漫長夜。

「你是不是喜歡李白？」小偉問。

『你看的出來？』我嚇了一跳。

「機車郊遊出發前，她抽中你鑰匙的瞬間，好像抽中特獎一樣，當時
　我很納悶。回程時她又抽中你的鑰匙，我就知道一定有問題。」

『也許我和她真的很有緣呢。』

「屁啦，最好是這樣。」他問：「你怎麼辦到的？」

我不想瞞他，便老實把細節說清楚，他邊聽邊笑，最後說了聲佩服。

「我想她應該很喜歡你，才會這麼配合。」他說。

『也許是因為我和她高中時就認識的關係，她不好意思拒絕。』

「別裝傻了。她如果不喜歡你，抽中你鑰匙時，就不會那麼高興。」

我笑了笑，沒多說什麼，但心裡很高興。

「沒想到你們真的在守夜。」徐雅玲突然出現。

「當然要守夜啊。」小偉說，「我們可是在野外露營耶。」

「我以為你們只是說說，好讓學弟妹在帳棚內睡的心安而已。」

『原來妳並不相信我們。』我說，『適度的防衛心很好，但過度防衛
　會變成多疑。』

「抱歉。」她笑了笑，有些不好意思。

「已經三點了。」小偉說，「妳再回去睡吧。」

「嗯。」她說，「晚安。」

『你是不是喜歡徐雅玲？』我問。

「有這麼明顯嗎？」他很納悶。

『舞會那晚你丟下我，載她回家。這種見色忘友的事，得喪盡天良、
　喪心病狂才幹的出來。』

「抱歉。」他笑了，「坦白說，我當時完全忘了得載你回去。」

『你為什麼喜歡她？』

「第一眼看見她，只覺得她很凶，很難親近。但跟她跳了一支舞後，
　我覺得她好像是我心裡所遺失的一部分。」
『嗯？』
「我知道這樣講很怪，但我真的這麼覺得。」他說，「那部分我原以為
　已經丟掉了、找不到了，沒想到卻因為遇見她而找回來。」
我仔細思考他的話，一時之間沒有回答。

「我的話很難理解吧？」
『也不會。』我說，『只是你剛剛說話的內容很像心理社員會說的話，
　所以我很難想像。』
「那麼我就用簡單的話說吧，總之她就是我的菜。」他笑了笑，「而且
　啞鈴可以用來鍛鍊臂力啊。」
我也笑了。小偉是個風趣的人，跟他熬夜不會無聊。

我和小偉一直守到天亮所有人都起床後，才鑽進帳棚補眠。
第二天的活動比較單純，就由別的工作人員搞定。
等我們醒來後，便拆掉帳棚，把所有器具打包收拾好準備回去。
最後合照時，小偉竟然把手搭在徐雅玲肩上，我趕緊大喊：『小心！』
小偉和徐雅玲同時轉頭看著我，滿臉疑惑、一頭霧水。
『還是要有適度的防衛心。』我笑了笑。
徐雅玲聽完後臉上一紅，小偉的表情則有些尷尬。

迎新露營結束後還有一個禮拜就是期中考週，我得閉關準備期中考。
如果為了辦活動而荒廢學業，那就得不償失了。

期中考過後便是校慶週，學校內舉辦各式各樣的活動，很熱鬧。
我和珊珊學姐正討論心理社該如何共襄盛舉時，楊玉萱出現了。
她先跟我打聲招呼，我向她介紹珊珊學姐，她再說聲學姐好。
「你們心理社打算在校慶表演什麼節目？」她問。
『正在傷腦筋。』我說。

「手語社明晚七點在學生活動中心一樓廣場表演節目。」她笑了笑，
「歡迎你來觀賞。也歡迎兩位學姐。」
『那一定很精彩。』我說，『我會去看。』
「謝謝捧場。」她想了一下，「嗯……」
『怎麼了嗎？』
「好久不見了，不知道該說什麼才好。」
『我們剛開學時見過，到現在也才一個多月，應該不算久。』
「這樣已經很久了。」她說。
我楞了楞，沒有回話。

「記得哦，明晚七點，一樓廣場。」
『我會記得。』
「那麼我先走了。」她揮揮手，「不妨礙你們繼續討論。」
我也揮揮手說聲 Bye-bye，看著她的背影走下樓。

「她是不是很喜歡你？」怡珊學姐問。
『這……』我有些不好意思，『我不清楚。』
「我猜她應該喜歡你。」秀珊學姐說。
『學姐為什麼這麼說？』
「愛情跟打噴嚏一樣，越想忍住，越忍不住。」怡珊學姐說。

「她雖然想極力忍住，但最終還是打噴嚏了。」秀珊學姐說。
珊珊學姐笑了起來，而且笑容很曖昧。

隔天晚上我一個人去欣賞手語社的節目，她們總共表演了八首歌。
楊玉萱只出現在《月亮代表我的心》這首歌。
台上共七位手語社員表演這首歌，但只有她在舉手投足間，
流露典雅的美感。我不由得又想起梔子花女孩。
或許別人會不以為然，甚至覺得我的聯想力太豐富；
但在我的眼裡，楊玉萱和梔子花女孩的文靜典雅特質，確實很相像。

社長覺得校慶期間應該要表演節目，便召集所有心理社員開會討論。
有人提議讓心理社員在台上圍成一圈，就像團體活動時間那樣。
在圓心放盞燈泡，社員手牽著手喃喃自語一番，突然間燈泡就亮了。
「我們又沒有特異功能，請問如何讓燈泡發亮？」社長問。
「拉條電線並且藏好，再找個人躲起來偷偷插上電，燈泡就亮了。」
「你要讓心理社蒙羞嗎？」社長大叫。
社長說的沒錯，心理會影響生理，他這種心理狀態會導致高血壓。
總之心理社最終還是沒討論出要表演什麼節目，只好擺爛。

校慶期間學校還辦了個校慶舞會，校內學生憑學生證就可入場。
去年我沒參加這個大型舞會，今年覺得去看看也無妨。
這種舞會對校內情侶比較有意義，比如阿忠和林依琦、小偉和徐雅玲。
蕭文瑩是外校生不能進場，所以李君慧只好跟我進場去喝免費飲料。

參加舞會的只能是校內學生，所以男女比例明顯失調，男遠多於女。
常看到幾個男生圍著一個女生邀舞，有些女生心裡很高興，

但有些女生的反應就像是在獅群裡落單的羊。

慢舞旋律響起時，多數男生會坐在場邊，因為兩個男生跳慢舞很怪。

但多數男生會下場跳快舞，不管有沒有舞伴。

有舞伴的跳 Soul；沒舞伴的圍成一圈獨舞，自得其樂。

我和李君慧則是湊熱鬧的，始終坐在場邊喝雞尾酒和紅茶。

「喂，你看。」李君慧指著我右前方，「是 Jenny。」

順著他指的方向，我一眼就看出她在我右前方十公尺處，

正和一個男生跳快舞。

她是那種外型很亮眼的女孩，即使燈光昏暗，她依然亮眼。

「一起去打個招呼吧。」旋律停止時，他說。

我正想阻止他，但他已張口大喊：「Jenny！」

她轉頭看見揮著手的李君慧，笑了笑後，便走向我們，坐在我左側。

「怎麼不下場跳？」她說，「要不要我介紹女孩子陪你們跳舞？」

『妳講話的口吻怎麼好像是酒店的媽媽桑？』

「Jack。」她咯咯笑了起來，「你總是那麼 funny。」

正想接話時，有個男生從右側切入，對她說：「可以請妳跳支舞嗎？」

「抱歉。」她搖搖頭，微微一笑，「我想休息一下。」

那個男生一走，又有個男生從左側切入：「我是否有榮幸請妳跳舞？」

她還是搖搖頭，說了聲抱歉。

眼看第三個男生正準備切入時，她立刻挽著我左手起身說：

「抱歉。這首慢舞我想和男朋友一起跳。」

『啊？』我嚇了一跳，李君慧應該也是。

她右手挽著我左手，走向場中，越走越快，我的腳步有些踉蹌。

『喂。』終於停下腳步後，我說：『妳為什麼說我是妳男朋友？』

「先跳舞吧。」她說。

她把右手放在我左手上，左手搭上我的肩膀，然後微微一笑。

「我未經你同意就挽你的手，你會覺得心曠神怡嗎？」她問。

『妳果然還記得。』我嘆口氣。

「是呀。」她說，「女生是很小心眼的。」

『我什麼時候變成妳男朋友，我怎麼不知道？』

「你好過分！」她似乎很生氣，「事到如今，你竟然還敢否認？」

『我……』

「逗你的。」她笑了起來，「別緊張。」

『妳……』

「我說你是我男朋友是開玩笑的，不然我無法脫身。」

『這種玩笑以後少開，也不適合妳開。』

「為什麼？」

『妳這麼漂亮，如果男生把妳的玩笑話當真，一定會覺得受寵若驚。
　但事後知道妳是開玩笑的，他會從天堂直接摔到地獄。』

「好吧。」吐了吐舌頭，「我以後少開這種玩笑。」

好像沒什麼要說的了，這時我才意識到我和她正在跳慢舞，
而且四目相對，彼此的眼睛只相隔20公分。

近距離看她，更能發現她的混血特徵，尤其是眼睛確實比較深。

「你覺得我漂亮嗎？」她輕聲問。

『喂。』我收斂心神，『妳還來？』

「我不是在逗你，我很認真。」她問：「你真的覺得我漂亮嗎？」

『嗯。』我點點頭。

「如果我長得漂亮，那麼我認為比我漂亮的人，應該更漂亮吧。」
『可以這麼說。』
「我有個高中同學，目前在高雄唸大學，我覺得她長得比我漂亮。」
『喔。』我應了一聲，『所以呢？』
「你想不想跟她們聯誼？」
『喂。』
「喂什麼喂，到底想不想跟她們聯誼？」

『她的脾氣很壞？』
「No。」
『她的個性很差？』
「No。」
『她的性格有缺陷？』
「No。」
『她的心理有毛病？』
「No。」
『我知道了。』我說，『她一定是變態。』
「不是！」

『讓我考慮一下吧。』
「我會跟你們班上同學說這件事，我就不相信他們會讓你考慮。」
『喂。』
「不要再喂了。」她說，「她們想露營，你就跟她們一起辦露營吧。」
『為什麼要找我們？可以找別人啊。』

「雅玲說你們迎新露營辦得很好,而且還會守夜,所以就是你們了。」

『我……』

「別說了。」她收回雙手,「音樂停了。」

我和她正準備走回去時,音樂再次響起,還是慢舞旋律。

她又挽著我左手轉身往反方向走,一直走到出口附近才停下腳步。

「可以跳舞了。」她微微喘氣。

雖然有點納悶,但她已擺出舞姿,我也只好再跟她跳一首慢舞。

一直近距離注視她的眼睛很容易臉紅心跳,我便緩緩移開視線。

「跳舞時要看著舞伴才有禮貌。」她說。

『抱歉。』我將視線移回到她的眼睛。

「我漂亮嗎?」她直視著我,輕聲問。

『妳還來?』

「我可愛嗎?」

『不要再玩了。』

「我美嗎?」

『喂。』

「我辣嗎?」她終於忍不住笑了起來。

我也跟著笑,Jenny真的是古靈精怪,甚至是白目。

『為什麼妳要拉我到這裡跳?』我問。

「待會音樂結束後,我可以直接走人。」她說,「不然很難走開。」

『那麼我們乾脆往出口移動吧。』

「好主意。」她笑了。

我們邊跳邊往出口移動,守在出口的工作人員很訝異地看著我們。

「我會再找你。」音樂一停，她說：「記得要好好辦露營呀！」
她笑了笑，揮揮手，迅速轉身從出口離開。

因為Jenny的出現，我們班多了一些聯誼活動。
從我的角度來說，她很熱情地找了一些女生來跟我們班聯誼；
但換個角度想，對詩雅、徐雅玲以及剛剛她口中漂亮的高中同學，
Jenny也很熱情，所以才會為她的朋友找尋適合辦聯誼的對象。
因此就像梔子花女孩在高中時的公車上主動幫我拿書包一樣，
她們都有相同的熱情特質。
或許旁人還是會覺得這兩者差異很大、我的聯想力太豐富，
但在我的眼裡，Jenny和梔子花女孩的熱情特質，幾乎是一樣。

校慶舞會結束後，當晚我、李君慧和小偉便在寢室裡討論露營的事。
『阿忠。』我說，『你也來幫忙。』
「這次聯誼我不去。」阿忠躺在床上，「我被林依琦禁足了。」
『為什麼？』
「你竟然還敢問？」阿忠霍地直起身，「要不是你在機車郊遊時說了
　機車的話，我怎麼會被禁足！」
『我哪有說什麼機車的話？我說的是你的心聲耶。』
「你……」

「阿忠，還是去吧。」小偉說，「聽說這次的女生很漂亮呢。」
『小偉你這樣說不道德。』我說，『還沒有聯誼前不能這麼說，要等
　聯誼完後，才可以說這次聯誼的女生很漂亮，以達炫耀之目的。』
「說的對。」小偉笑了。
阿忠翻身背對著我們，似乎不打算理我們。

『我會跟林依琦說我是開玩笑的，這樣她就不會生氣了。』我說。

「好啦。」阿忠翻身下床，「我幫就是了。」

我們四個人在寢室裡討論聯誼細節，越說越起勁，都忘了時間。

『唉。』我嘆口氣，『如果唸書也能這麼認真，該有多好。』

「我有同感。」小偉說。

「不過這是不可能的。」阿忠說。

「只好認命了。」李君慧說。

我們四個人哈哈大笑，在半夜三點。

透過Jenny的穿針引線，我和Jenny的高中同學約好見面的時間地點。

我原本堅持在她的學校附近碰面，但她卻堅持在我的學校附近碰面。

後來我們各退一步，就約在高雄火車站附近的咖啡店。

我坐火車到高雄火車站，她搭公車到高雄火車站。

「要麻煩你大老遠跑到高雄，真是不好意思。」她在電話中說。

『這是應該的。』我說，『而且高雄並不遠。』

原本只有我和李君慧要搭火車，但小偉很想看看Jenny口中的大美人，

便也跟著去。我們三個人坐了40分鐘的火車到高雄。

走進約定的店裡，先看到吧台，再順著吧台的弧線往右走。

她說她會穿著系服　　紅色的外套，背後印上外文系的白色英文字。

我準備要搜尋穿紅外套的女孩時，卻一眼就發現她，根本不用搜尋。

在視野的正前方，靠牆擺了三張長方形的四人桌，

桌子的一邊是緊貼著牆的一長排沙發，另一邊則各放了兩張木椅。

她獨自坐在最裡面的桌子，靠近外面的木椅上，背對著我們。

『不好意思。』我走到她背後兩步，『請問妳……』

她回過頭，看了我一眼，我吃了一驚，話突然哽在喉間。

Jenny說的沒錯，她真的是道道地地的大美人。

「是蔡同學嗎？」她微微一笑，「請坐。」

我點了點頭，走向她對面貼著牆的長排沙發，坐在她左前方。

沒想到小偉和李君慧也跟著我坐在沙發上，三個人擠成一排。

『喂。』我低聲說，『坐過去啦。』

「你坐過去啦。」小偉和李君慧異口同聲。

我們三個人低聲交談了幾句，竟然沒人敢坐在她旁邊。

「你們這樣坐不會太擠嗎？」她問。

「不會。」小偉和李君慧又異口同聲。

我不想回答，因為覺得好丟臉。

服務生走過來，看見我們三個人擠在一起，臉上滿是驚訝。

我只好站起身，坐在她左手邊的木椅上，並悄悄把木椅往左挪動。

坐這位置最大的好處就是不必直視著她，不然像這麼漂亮的女孩，

大概只需直視三秒臉就會紅，而且恐怕還會自慚形穢。

李君慧剛好坐在她對面，我看他的頭始終低低的，似乎不太敢看她。

「你們好。」點完咖啡後，她說：「我是張秀琪。」

然後又是令人尷尬的十秒鐘，因為我們三人沒一個開口自我介紹。

『妳好。』我終於先開口，『我是跟妳通電話的蔡修齊。』

再來是小偉開口，李君慧最後開口，而且還因緊張而舌頭打結。

自我介紹完了，接下來是簡單的寒暄，客套完後正準備切入主題時，

小偉突然說：「秀琪這名字如果唸快一點，聽起來很像是修齊。」

「是嗎？」她低聲唸了幾次，然後轉頭對我說：「我們真是有緣。」
雖然我不覺得秀琪唸快一點會像修齊，但我臉上還是微微發熱。

這女孩會讓我心裡立刻選擇形容詞，我選的是漂亮，單純的漂亮。
以外貌而言，她是屬於讓我95％心儀的女生。
保留5％空間，以免將來萬一遇見更漂亮的女孩而導致破表。

坐這位置雖然不用直視她，卻可聞到她身上陣陣幽香。
我定了定神，拿出紙筆，在紙上邊畫邊寫邊說明，避免跟她視線相對。
由於我們早已有了腹案，因此她只需回答是非題──好或不好，
或者是選擇題，加上她並沒有特別的想法，所以很快就達成共識。
她的視線和我一樣，通常集中在紙上，但偶爾會轉頭看著我。
如果我剛好也轉頭看著她，我右眼和她左眼的距離應該不到20公分。
在這種近距離下，即使只看到她四分之三側臉，也會讓我心跳加速。

『這是野外露營的注意事項和建議攜帶的物品。』我遞給她一張紙，
『請妳回去轉告妳們班同學。』
「謝謝。」她伸手接過，「那有什麼事需要我們幫忙嗎？」
『應該不用。』我笑了笑，『妳們只要帶著愉快的心來露營就好了。』
「請讓我做點什麼吧，不然我真的會覺得很不好意思。」
可能因為情急，她的臉頰微微漲紅。

『我有個不情之請。』我說，『想請妳做一件很有價值的事。』
「如果可以做到，我一定做。」她睜大眼睛。
『請簽名。』我攤開筆記本，露出空白頁。
「簽名？」她很疑惑。

『將來如果妳去演電影，由於妳是外文系學生，英文沒問題，妳應該
　會去好萊塢演大美人之類的角色，例如木馬屠城記中的海倫，於是
　妳可能會成為國際巨星。』我說，『那麼妳的簽名就很有價值。』
她楞了楞，但還是拿起筆在紙上簽：張秀琪。

我恭敬地闔上筆記本，再微微向筆記本點頭致敬。
然後輕輕拉開背包拉鍊，小心翼翼將筆記本收入背包。
『感恩。』我雙手合十。
她笑了起來，笑聲清甜，像純淨的山泉水。

『妳們肯跟我們一起去露營，對我們而言就是莫大的榮幸。』我說，
『初次聯誼，彼此完全不認識，這時讓男生處理雜事乃是天經地義，
　所以請妳千萬不要客氣，也不要在意。』
「好吧。」她笑了笑，「我只好說聲麻煩你們了。」
『不會麻煩。』我也笑了笑。

討論得差不多了，她說要上洗手間而暫時離席。
我們三人瞬間回復本性，開始互相調侃，笑罵對方沒用。
等她回來時，我們又變成乖巧羞澀的模樣。
「謝謝你們。」她伸出右手跟我們一一握手，「活動的籌備很完整，
　你們真的很細心體貼。」
雖然握住她的手的瞬間，一陣柔軟讓我暈眩，但我還是忍不住說：
『其實真正細心體貼的人是妳。』
「為什麼這麼說？」她似乎很納悶。

『妳原本堅持要來找我們，不讓我們到高雄。這是一種體貼的表現。』
「但最後還是讓你們跑到高雄了呀。」她笑了笑。

『妳遷就我的堅持，這也是體貼。』我說，『妳選了靠近車站的店，
　讓我們下車後不必奔波；妳穿了色彩鮮明的外套，方便我們相認；
　妳挑了這家店最顯眼的位置，讓我們省去找人時的麻煩。這些都是
　細心體貼的表現。』
「嗯。」她微微一笑，「還有嗎？」
『而且妳竟然提早20分鐘到。』

「呀？」她嚇了一跳，「你怎麼知道？」
『我們三人準時到達，但我剛進來時，卻發現妳桌上的水只剩一半。
　現在是冬天，妳應該不至於一走進店裡就馬上喝掉半杯水。另外，
　服務生倒的是冰水，室內熱空氣遇冷，會在玻璃杯緣凝結成水珠。
　妳的杯子在我剛進來時就已淚流滿面，而且杯子下面的紙杯墊滿是
　水漬，顯示妳起碼已經到了20分鐘以上。』
「你好厲害。」她又笑了。

『還有喔。』
「還有？」
『妳做的最細心體貼的事，就是妳已經把帳單付了。』我說。
「你為什麼會知道？」她又嚇了一跳。
『妳是細心體貼的人，一個細心體貼的女孩應該不會在上完洗手間後
　就馬上跟男生握手。』我笑了笑，『這裡的帳單沒放在桌上，應該
　是在櫃台。所以妳剛剛不是去上洗手間，而是去櫃台買單。』
她睜大眼睛看著我，臉上一副難以置信的表情。

『謝謝妳的招待。』我說，『我們一定會把活動辦好，請妳放心。』
「嗯。」她點點頭，「我相信你。」
『小偉、李君慧。』我看著他們，『你們也說些話吧。』

「謝謝妳的招待。」小偉和李君慧又異口同聲。
「別客氣。」她笑了起來。

「可以把剛剛那本筆記本拿給我嗎？」她說。
我很納悶，打開背包拿出筆記本，遞給她。
她翻到簽了名的那一頁，在「張秀琪」下又補簽：Helen。
「如果我是國際巨星，應該會簽英文吧。」她笑了。
『妳的英文名字真的是Helen？』
「嗯。」她點點頭。
『果然名符其實。』
「謝謝。」她雖然又笑了，但笑容有些羞澀。

離開這家咖啡店，我們互相道別，並期待露營的日子早點到來。
「秀琪和修齊的英文拼法是一樣的。」她突然說，「而且……」
『而且什麼？』我問。
「秀琪、秀琪、秀琪、秀琪、秀琪、秀琪、秀琪、秀琪、秀琪……」
她低下頭，口中重複唸自己的名字十幾遍，然後抬起頭笑說：
「秀琪唸快一點，聽起來真的很像是修齊呢。」

那一瞬間，我又莫名其妙想起梔子花女孩。
可能是因為剛重逢時，我說我是由她那句下車小心認出她，
於是她低下頭口中唸出十幾次下車小心。
而這跟張秀琪低頭口中唸秀琪十幾遍的情景很相像。
但更莫名其妙的是，我竟然覺得張秀琪和梔子花女孩很相像。

看著眼前這位不折不扣的漂亮女孩，我又開始感到迷惑。

11　魔術師的選擇

這次露營很需要人手幫忙，所以我去找林依琦，替阿忠求情。

我甚至連阿忠在聯誼時從不看別的女生這種昧著良心的話也說出口。

「為什麼你的眼珠往右上飄？」林依琦問。

『跟妳講話的同時，我好像看到飛碟飛過右上方天空。』

她應該不相信有飛碟，但她還是勉強同意解除阿忠的禁足令。

露營時間在12月中，地點選在茂林風景區，距離張秀琪的學校較近。

這個風景區涵蓋高雄縣和屏東縣，因此景點選擇和動線規劃便很重要。

我們寢室四個人一大早坐車到屏東，租了兩輛機車，騎進風景區踏勘。

踏勘回來後已是深夜，但我們還是熬夜敲定了兩天一夜的所有行程。

出發當天，車子從我們學校出發，然後到高雄載張秀琪她們班女生。

到了她們學校後，男生先下車抽卡片，以便決定跟哪位女生一起坐。

傳統的方法是將一張撲克牌剪成兩半，讓湊成整張的男女坐在一起。

後來學長想出把廣為人知的情侶名字寫在卡片上，男女分別抽卡片，

依照卡片上的人名，就可以自行配對。

比方羅密歐與茱麗葉、楊過與小龍女、西門慶與潘金蓮等。

我把寫上女生名字的卡片交給張秀琪，請她拿去讓女生抽。

張秀琪穿了件紫色風衣，鮮豔的顏色把她襯托得更加明豔動人。

已經不是初次見面了，沒想到再次見面依然像初次見面時那樣震撼。

「我們又見面囉。」她笑了。

雖然我可以簡單說：是啊，但我竟然沒說話，只有傻笑回應。

在她面前，似乎連簡單的寒暄也很吃力。

可以跟她坐在一起的男生應該很幸運，但恐怕會折壽幾個月。

結果張秀琪抽到陳圓圓，以美貌而言，或許還挺相稱。
男生這邊要折壽幾個月的幸運兒是李君慧，他抽到吳三桂。
小偉是賈寶玉，而抽到林黛玉的女生雖然略顯豐腴，但還滿可愛的。

由於男生比女生多兩個人，我要阿忠不要抽卡片，跟我坐在一起。
「為什麼我不能抽？」阿忠哇哇叫，「搞不好我可以和大美女坐啊。」
我沒說話，拿出紙筆，然後在紙上窸窸窣窣寫字。
「你在寫什麼？」他很納悶。
『把你剛剛說的話記下來，回去後拿給林依琦看。』
「喂！」他一把搶走紙筆，「不抽就不抽。」

車內的氣氛不錯，剛認識的男女沒多久便聊得很開心。
阿忠悶悶不樂，不想跟我說話，我則樂得清閒安心睡覺。
兩個小時後下車，去了幾個景點，也參觀了一些原住民的文物和工藝，
傍晚抵達露營區。

這裡的露營區設備很好，烤肉桌椅、公廁、淋浴間、營火場都有。
晚餐的烤肉、烤肉過後的營火晚會，都可以在這裡舉行。
露營場地在樹林間，有許多用木頭蓋成的正三角形小屋子，
不僅省去搭帳棚的麻煩，睡在木板上也比較舒適。
感覺就像在森林內露營，以天為被、以地為床、以林為牆。
而且這裡利用熱泵原理把水加熱，晚上還可以洗熱水澡。

張秀琪算工作人員，烤肉時她和兩個女生跟我們寢室四個人同組。
阿忠、小偉和李君慧搶著要生火，生完火後又搶著拿夾子烤肉。
「請用。」他們三人竟然同時遞給張秀琪第一片肉。

她楞了一下，不知道該伸手接下哪一片？

『真是沒用。』
我低聲罵了他們三個，接下三個盤子，分別遞給三位女生。
要遞給張秀琪時，她嫣然一笑，說聲謝謝，我手一軟盤子幾乎落地。
「你還不是一樣。」他們三人異口同聲。

營火晚會由小偉主持，李君慧和阿忠負責音響，我則假裝忙碌。
活動帶得不錯，氣氛又好，所有人歡笑聲不斷，情緒很high。
晚會結束後可以去洗熱水澡，然後是自由活動時間，可以去夜遊。
這裡位於遠離塵囂的山腳，夜晚很寧靜，很適合露營觀星。
在滿天星斗下，這裡有種浪漫的氣氛，大夥不約而同聚在一起談心。

可能是大家心情很好，而且洗完澡後又格外有精神，所以就聊開了。
突然有人提議趁此良辰美景，乾脆在星夜下辦舞會，大夥拍手叫好。
音樂旋律隨即響起，是動人的情歌。
「喂，蔡修齊。」我們班班代大叫，「快開舞啊！」

推託了幾次，還是禁不住旁人的鼓譟和催促，我只得站起身。
我走到張秀琪面前，極力控制自己的緊張感，緩緩伸出右手。
「我該怎麼做？」她看著我的右手。
『給我錢。』
「嗯？」
『請把妳的手交給我。』我說。
她遲疑一下後伸出右手，我牽著她走進場中，緊張感幾乎破表。

「怎麼辦？」她低聲說，「我根本不會跳舞，我好緊張。」

看了一眼她的神情，我的緊張感頓時消失大半，而且還笑了起來。

「你笑什麼？」她有些不好意思。

『妳知道消除緊張的最有效辦法嗎？』

「不知道。」她搖搖頭。

『就是遇見一個比自己更緊張的人。』

「你很緊張嗎？」

『嗯。』我點點頭，『面對妳，男生都會緊張，何況是跳舞。所以妳
　不用緊張，就把我當成是比妳更緊張的人。』

「好。」她說，「可是如果你原本很緊張，但因為我的緊張而不緊張，
　既然你已經不緊張了，我又如何把你當成是比我更緊張的人呢？」

『張秀琪同學。』

「嗯？」

『我只是從非常非常緊張變成非常緊張而已。』

「真的嗎？」

『真的。』我點點頭，『我很緊張，所以妳不用緊張。』

「嗯。」

『音樂快結束了，再忍耐一下子就好了。』

「好。」她微微一笑。

我左手托著她右手，右手放在她腰際，並要她把左手放我右肩。

由於她今天穿著風衣，而我也穿厚外套，所以除了手心接觸外，

另一隻手幾乎沒有碰觸對方身體的感覺。

幸好不是穿著短袖衣服的夏季，不然會更緊張。

為了禮貌起見，我得注視著她的眼睛，但只注視幾秒，我便臉紅心跳。
我也終於明白為什麼老是有人把閃爍的星星與美麗的眼睛相比。
在這繁星點點的夜裡，她的眼睛就像夜空中的星星一樣閃亮。

如果沒有意外，她可能是我這輩子近距離接觸的最美雌性人類。
像這樣的女孩應該不會出現在生活周遭，我何德何能可以認識她呢？
不過話不能這麼說，就像如果西施出生在現代，那麼她也會上學，
於是她就有小學同學、國中同學、高中同學，也許還會有大學同學。
這麼多同學未必得德才兼備，搞不好都是市井小民、尋常百姓之輩，
他們只是湊巧和西施是同學於是便認識西施而已。

「我該怎麼做？」她問。
『嗯？』
「音樂停了。」
『喔。』我回過神，立刻收回雙手，恭敬地說：『謝謝。』
「我也要說謝謝嗎？」
『不。』我笑了笑，『妳要說平身。』
她先是楞了楞，隨即笑了起來。

我們各自回到原位，下一首曲子響起，男生紛紛起身邀請女生共舞。
在星夜下跳舞挺新鮮也挺浪漫，於是大家的興致都很高。
接下來的曲子，時而是輕快的旋律，時而是動人的情歌，
但我一直坐著，沒再下場跳舞，張秀琪也是。
我相信張秀琪是所有男生目光的焦點，可是竟然沒人敢去邀她。
或許他們都覺得她可遠觀而不可褻玩焉。
站在公關的立場，我不能讓她一個人呆坐著，只好起身。

『可以請妳跳支舞嗎？』

「嗯。」她點個頭後，站起身。

我原以為她也許會搖頭，沒想到她卻一口答應。

『其實妳可以婉拒，妳知道嗎？』

「可以婉拒？」她有些詫異，「可是這樣不是很不禮貌嗎？」

『不會啊。要不要跳舞本來就是妳的自由，不能勉強。』

「哦。我知道了。」

『那麼我重新再來一次。』我說，『記得要尊重自己的意願喔。』

「嗯。」她點點頭。

我往回走，班上幾個同學笑了起來，我猜他們一定以為我被打槍。

走了十步後，我立刻向後轉，再度走到她面前。

『可以請妳跳支舞嗎？』

「好呀。」她笑了起來。

我也笑了，牽著她的手走進場中，這是一首快舞旋律。

她沒參加過舞會，也沒聽過 Soul，我便向她說明舞步和節拍。

可能是我教得不好，或是她有點分心，因此她學得很慢。

「我是不是很笨？」她問。

『跟男生喝咖啡還搶著付錢……』我笑了笑，『妳確實很笨。』

她也笑了，然後音樂停了。

下一首音樂響起，又是快舞旋律，我便順勢重新教一遍。

這次好多了，她似乎掌握住訣竅，我帶著她跳了幾步、轉了幾圈。

『不難吧。』我說。

「嗯。」她點點頭。

然後我們正式跳，雖然轉圈有點拖拍，但還算滿順的。

『謝謝。』音樂結束後，我說。

「平身。」她笑了。

可能是受到我的激勵，班上同學紛紛向她邀舞，她也應邀跳了幾首。

阿忠也想向她邀舞，他還特地警告我千萬別跟林依琦說。

『傻瓜。』我笑了，『我不說，別人會說啊。』

他原本興奮的臉瞬間垮了下來，然後開始捶胸頓足。

沒多久他便說時間太晚了，明天還有活動，要大家趕緊休息。

雖然意猶未盡，但夜確實很深了，大家只好各自回帳棚睡覺。

我和小偉打算開始守夜時，張秀琪走向我們。

「你們真的要守夜嗎？」她說。

『是啊。』我說，『妳先去睡吧。』

「我泡咖啡請你們喝。」

『這怎麼好意思。』我說。

「那就麻煩妳了。」小偉卻說。

「不麻煩。」她笑了笑，然後離開。

『喂。』我瞪了小偉一眼，『在野外泡咖啡不方便，幹嘛麻煩人家。』

「應該只是沖熱水就可以喝的即溶咖啡而已，不會麻煩。」他笑了。

但當張秀琪拿了一組咖啡壺具出現時，小偉的笑容就僵住了。

「這是虹吸式咖啡壺？」他問。

「是呀。」她說。

小偉轉頭看著我，一臉驚訝，這回我倒是光明正大瞪了他一眼。

虹吸式咖啡壺分上、下壺，還有壺架、濾布等配件，煮法也得講究；
而且在野外只能用酒精燈加熱，控火不易，煮杯咖啡其實算麻煩。
她先把下壺固定於壺架，並在下壺中倒入約300 c.c.的水。
將濾布的掛鉤勾住上壺下面凸出的玻璃管外緣，再將上壺套入下壺。
拿出酒精燈放置於下壺下方，然後點火加熱。

當下壺的水湧入上壺，她迅速倒入咖啡粉並攪拌，使咖啡粉充分浸濕，
然後靜候咖啡萃取約30秒，熄滅酒精燈，再進行第二次攪拌。
上壺的咖啡逐漸回流到下壺時，停止攪拌，用濕抹布包住下壺。
咖啡便加速回流至下壺，直到上壺只剩咖啡殘渣。
她將煮好的咖啡倒成兩杯，一杯給我，一杯給小偉。
『真是太麻煩妳了。』我說。

「反正我剛剛才跟同學煮咖啡來喝，再煮一次也還好。」她笑了笑。
『謝謝妳專程帶這組虹吸式咖啡壺來露營，只為了煮咖啡給我們喝。』
「嗯？」她楞了楞，「不是專程，只是順便。」
『攜帶這組器材不容易，還得帶上咖啡杯。煮咖啡又麻煩，最後還得
　清洗乾淨。』我說，『妳專程這麼做，我們實在是受寵若驚。』
「請別客氣。」她說，「但我真的不是專程呀。」

『來露營前，妳應該是認為守夜的人得熬夜，一杯香醇咖啡是最好的
　提神飲料，所以妳才會不嫌麻煩帶了器具、不辭辛勞煮杯咖啡。』
「我……」她欲言又止。
『對了，妳還得帶磨豆機，而且這裡沒電，妳只能帶手動磨豆機。』
她靜靜看著我，眼神充滿疑惑。過了一會，便微微一笑。

「說吧。」她笑了起來,「破綻在哪?」

『如果妳在這裡跟同學煮咖啡,我們應該會聞到咖啡香,可是沒有。
　煮完咖啡後,濾布一定很髒,得清洗一番,但妳剛剛煮咖啡前濾布
　很白淨,而且是乾的,可見今晚還沒煮過咖啡。』

「那你怎麼知道我帶了手動磨豆機?」

『妳這麼細心體貼,煮咖啡又講究,不太可能會事先磨好咖啡豆。』
我笑了笑,『妳一定是剛剛才磨咖啡豆,以確保咖啡粉新鮮度。』

「竟然瞞不過你。」她也笑了。

『張秀琪同學。』

「嗯?」

『謝謝妳。』

「不客氣。」

『喝了這杯咖啡,連熬三天夜也值得。』

「千萬別這麼說。」她又笑了。

小偉覺得很不好意思,便堅持要幫她清洗咖啡壺和咖啡杯。

只剩我和她在閃亮的星夜下,安靜地坐在一起。

「也許我帶咖啡壺來,只是為了展現煮咖啡手藝而已。」她打破沉默。

『要展現會趁大家都醒著,沒理由等大家睡著了再展現吧。』我說,
『妳就承認自己是個細心體貼的女孩吧,這是妳的特質。』

「好吧,我承認。」她笑了笑,「不要跟別人說哦。」

『嗯。』我也笑了。

「需不需要我再簽名?」

『嗯?』

218

「如果我將來成為國際煮咖啡巨星，那麼我的簽名就很有價值。」
我立刻拿出筆記本，攤開空白頁，她俐落地簽下：Helen。
『感恩。』我雙手合十。
「平身。」她笑了起來，我也跟著笑。

小偉回來後，我們三人簡單聊了一下，大概只有五分鐘。
雖然跟她聊天很愉快，也很想讓她多待一會，但理智和良心告訴我，
這是不對的。明天還有活動，她需要休息。
依她的細心程度，應該可以體會我不可能讓她待太久的心情，
於是她說了聲晚安後，便走回帳棚。

「如果你不說，我還真無法體會出張秀琪的細心體貼。」小偉說，
「還好徐雅玲不是這麼細心體貼的人。」
『怎麼說？』
「如果徐雅玲這麼細心，但我又無法體會，這樣她豈不是很可憐？」
『或許吧。』

我想起第一次在交誼廳見到梔子花女孩那晚，為了不讓我覺得生疏，
她問了一個哪些字不管怎麼轉都不會變的問題，並假裝不知道答案。
這跟張秀琪專程煮咖啡卻假裝只是順便，兩者的本質一樣。
梔子花女孩的善解人意跟張秀琪的細心體貼，不管別人如何區別，
但在我的眼裡，她們的這種特質很相像。
或許因為這樣，我才會有張秀琪和梔子花女孩很相像的錯覺吧。

我和小偉繼續守夜，天氣越來越冷，我們泡了壺熱茶驅寒。
小偉說有人邀張秀琪她們班女生當耶誕舞會的舞伴，而且成功了。

『可是不在同一座城市，這樣方便嗎？』我問。

「坐火車只要40分鐘，還是來得及送女生回家。」他說。

『你邀徐雅玲當舞伴了嗎？』

「過兩天再邀，應該沒問題。」他問：「你呢？」

我想起梔子花女孩，但沒把握她會答應我，只好沉默。

「你會動搖嗎？」他問。

『動搖？』

「如果張秀琪對你的印象還不錯，你會邀她當舞伴嗎？」

『可是我……』

「我知道你喜歡李白。」他打斷我，「所以我才問：你會動搖嗎？」

我竟然無法立刻回答，當場楞住說不出話來。

「你們辛苦了。」張秀琪竟然又出現，而且坐了下來。

『妳該不會睡不著吧？』我問。

「我已經睡了一覺。」她說，「只是不知道為什麼突然醒了。」

『在野外露營的人，心裡多少有點不安，很容易半夜醒過來。』

「原來如此。」她看了看四周，「你們就坐在往洗手間的路上，這樣
　半夜醒來想上洗手間的人，會很安心。謝謝你們的細心體貼。」

『哪裡。』我說，『這是應該的。』

「喝杯熱茶吧。」小偉遞給她一杯熱茶。

「謝謝。」她伸手接過，「我原本還擔心睡帳棚會失眠呢。」

『冬天鑽進睡袋裡會很好睡，大概兩分鐘內就會打呼。』我說。

「謝謝。」她說，「對我們這種沒有露營經驗的女生來說，可以睡得
　比較舒適和可以洗熱水澡的露營方式，是絕佳的露營初體驗。」

『哪裡。』我說，『這是應該的。』

「整夜沒睡，應該很累吧？」她問。
『還好。』我說，『我們偶爾會熬夜，應該沒問題。』
「這麼冷的天，你們還得守夜，我除了說謝謝外，也很不好意思。」
『哪裡。』我說，『這是應該的。』

「請問妳喜歡什麼樣的男生？」小偉突然問。
「呀？」她似乎吃了一驚。
『小偉。』我低聲斥責，『這問題很唐突。』
「抱歉。」他笑了笑，「因為你們兩個人，一個一直說謝謝，另一個
　一直說哪裡、這是應該的，所以我想換個話題。」
「沒關係。」她也笑了，「不過我從沒想過這個問題耶。」
『我也來換話題。』我說，『現在才四點多，妳再回去睡回籠覺吧。』
「嗯。」她站起身，「晚安。」

張秀琪走後，我問小偉剛剛為什麼要問那個奇怪的問題？
「我很好奇啊。」他說，「我想知道大美女會喜歡什麼樣的男生。」
『其實我也很好奇。』
「如果她喜歡你，你會動搖嗎？」
『喂。別問這種假設性的問題。』
「這問題很容易回答啊。」他說，「如果她喜歡我，我也不會動搖。」
我看了他一眼，他聳聳肩，一副這問題根本不算是問題的模樣。

我倒是很認真看待這問題，雖說那是不太可能的假設。
不過萬一假設成立呢？我會動搖嗎？

「星星好美喔。」小偉抬起頭說。
我突然聯想起張秀琪的眼睛，便點頭表示贊同。

隔天早上吃過早餐後，我們要上車往北去看紫斑蝶。
蝴蝶一般只會出現在春夏，冬季來臨前就會死去，並在死前留下後代。
但台灣的紫斑蝶和墨西哥的帝王斑蝶，是世界上兩大越冬型蝴蝶，
也就是說紫斑蝶像候鳥一樣，冬天來臨前會往南飛到溫暖的山谷過冬，
形成所謂的「紫蝶幽谷」，據說這地區至少有七個紫蝶幽谷。
等寒冬過去春天來到時，紫斑蝶會再飛回北方。

賞蝶最佳時間就在冬季上午，可以看到一大群紫斑蝶飛出來覓食。
當牠舞動翅膀時，蝶翼會隨著觀察位置及陽光照射角度而改變顏色，
忽而淡紫、忽而豔紫、忽而亮藍。

「哇。」張秀琪驚嘆，「好漂亮又好壯觀哦。」
『嗯。』我點頭表示贊同，『跟妳外套的顏色很搭。』
她低頭看了一眼身上穿的紫色風衣，然後笑了起來。
可能是熬夜的關係，我覺得她燦爛的笑容，耀眼炫目。

「你一夜沒睡，還好嗎？」她問。
『還好。不過除了滿天的紫色外，我還看到金色的星星。』
她先是笑了笑，隨即止住笑，又問：「真的還好嗎？」
『真的還好。』我說，『請別擔心，我會抽空到車上睡一下。』

下午主要去參觀魯凱族的知名建築——石板屋，然後再去情人谷。
原本我想跟去情人谷，但張秀琪說現在正是「抽空」的好時機。

我只好待在車上小睡,當大家逛完情人谷後,行程就結束。
回程時又抽了一次籤,張秀琪抽到貂蟬,抽到呂布的是我們班班代。
我依然和鬱悶的阿忠坐在一起,但車子起動後不久我就熟睡了。

朦朧間聽到有人叫我名字,我睜開眼睛,只看見張秀琪。
『已經到了嗎?』我趕緊坐直。
「還沒。」她說,「不過快到我們學校了。」
我轉頭看了看窗外,應該是高雄市區的夜景。

「我跟你同學換位置,你不介意吧。」
『當然不介意。』我醒了大半,『妳坐在這裡多久了?』
「半個小時吧,也許更久。」她說,「看你熟睡,不好意思叫醒你。」
『啊?』我完全清醒,坐得更直了。
「不過最後還是忍不住叫醒你,真是抱歉。」
『沒關係。』我頓了頓,『有事嗎?』

「關於昨晚的問題,不,其實應該算是今天凌晨。」她說,「我已經
　有了初步的答案。」
『什麼問題?』我很納悶。
「就是小偉問的那個奇怪的問題呀。」
『喔。』我恍然大悟,『那妳的初步答案是什麼?』
「除了真誠和善良外,還要有幽默的談吐、隨和的個性、海一般的
　胸襟和溫柔的眼神。」

『這些條件似乎不難,我想應該會有很多男生擁有這些條件。』
「或許擁有這些條件的男生很多,可惜我只認識一個。」

『誰？』

「你呀。」

我大吃一驚，然後臉紅耳赤，說不出話來。

我大概只沉默了一分鐘，感覺卻像一個鐘頭那麼長。

她也沒再說話，我只聽見車子行進的引擎聲。

我莫名其妙想起高中時最後一次見到梔子花女孩那晚。

「到了。」她終於先開口。

我轉頭看著窗外，車子剛好停在她們學校的校門口。

「我很喜歡這次露營。」她站起身，「謝謝你。」

『不客氣。』

「再見。」她笑了笑，「希望還有機會見面。」

我只說聲 Bye-bye，然後看著她的背影離開車子。

車子繼續開回我們學校，阿忠不斷追問張秀琪跟我說了什麼？

『如果她說她喜歡你，你會動搖嗎？』我說。

「不會。」他說，「我只會覺得很榮幸而已。」

『真的嗎？』

「當然是真的。」他說，「她到底跟你說了什麼啦！」

『她說她要打電話給林依琦，約出來單挑。』

「說真的啦！」

『我說真的。』我閉上眼睛，『我要睡覺了，別吵。』

回寢室後，張秀琪的話語不斷在我腦中盤旋，搞得我幾乎失眠。

我也問了李君慧相同的問題：如果張秀琪喜歡你，你會動搖嗎？

「她幹嘛喜歡我？」他回答。

『不管為什麼，總之如果她喜歡你，你會動搖嗎？』

「我為什麼要動搖？」

『因為她很漂亮啊。』

「我知道她很漂亮，但我為什麼要動搖？」他一副很疑惑的樣子。

看來他跟阿忠和小偉一樣，根本不會動搖。

張秀琪的餘音繞梁雖然不到三日不絕的程度，但起碼繞梁了兩日。

直到第三天我才可以冷靜思考。

我並不是動搖對梔子花女孩的情感，我只是莫名其妙感到迷惑。

室友都去參加社團活動了，我打算一個人出門買點東西吃。

拉開寢室的門想出去時，看見林依琦站在門口，我嚇了一大跳。

「幹嘛這麼驚訝？」她說，「我是你同學，不認識我了嗎？」

『這裡是男生宿舍耶！宿舍門口寫著：女賓止步，妳沒看見嗎？』

「我看到止字上面被畫了一條線，變成：女賓正步。」她笑了笑，

「所以我踢著正步上樓。」

『妳……』

「唉呀，我只是來送個東西給阿忠，馬上就走。」

『送個東西給阿忠可否簡稱送忠？』

「你少無聊。」她瞪了我一眼。

『說真的。』我的口吻很嚴肅，『下次不要再進來男生宿舍了。』

「我當然知道，我只是急著拿流力筆記給阿忠而已。」

『明天上課時再拿給他就好，有這麼急嗎？』

「明天流力要平時考，你不知道嗎？」

225

『啊！』我用力拍一下額頭，『我竟然忘了！』

「活該。」她把流力筆記放在阿忠書桌上。

『妳還是快走吧，萬一讓妳發現阿忠枕頭下的黃色書刊就不妙了。』

「你真的是很無聊耶！」她轉身說，「我走了。」

她走了兩步，突然又轉身問：「耶誕舞會的舞伴，你約了嗎？」

『還沒。』

「你要不要約玉萱？」她說，「她已經拒絕了兩個男生的邀請，或許在等你邀約哦。」

『也許她只是不想去……』

「喂。」她打斷我，「你有沒有良心？你去年還弄破人家的裙子耶！」

『我……』

「要約就要快，不要等到她被約走再來後悔。」說完後，她就走了。

我應該是不會後悔，只是還是會迷惑。

如果沒與梔子花女孩重逢、如果沒遇見Jenny、如果沒遇見張秀琪，

今年的耶誕舞會我一定會邀楊玉萱當舞伴。

如果沒與梔子花女孩重逢，但是遇見Jenny、沒遇見張秀琪，

今年的耶誕舞會我可能會邀楊玉萱當舞伴。

如果沒與梔子花女孩重逢，而且遇見了Jenny和張秀琪，

今年的耶誕舞會我還是可能會邀楊玉萱當舞伴，只是可能性變小。

如果……

隔天考完流力走出教室，看見Jenny。

『有事嗎？』我問。

「你轉個身讓我看看。」她說。

『幹嘛？』

「轉身就對了。」她推我肩膀，將我轉了180度，背對著她。

『看夠了沒？』

「夠了。」

我轉回身子，只見她滿臉疑惑。

「我實在搞不懂。」她說，「你看起來沒什麼特別的呀，正面和背面
　都很平常。但為什麼中邪的詩雅……」

『中邪的詩雅？』我打斷她。

「夜，你是不是寂寞？是不是會冷？來，到我身邊，我為你取暖。」
她笑了笑，「我覺得她這種行為很像中邪。」

『妳嘴巴很壞。』我也笑了。

「讓我把話說完。」她止住笑，「為什麼中邪的詩雅、暴戾的雅玲、
　美豔的秀琪、還有超級可愛的Jenny我，對你的印象都很好呢？」
我臉頰微微發燙，不知道該說什麼。

「來，把衣服脫掉讓我看看。」

『喂。』我說，『別玩了。』

「好吧。我昨晚跟秀琪通電話，她要我向你轉達感激之意。」

『她太客氣了。』

「她還說你善良、真誠，有幽默的談吐、隨和的個性之類的。」

『喔。』我應了一聲，又想起張秀琪在車上所說的話。

「既然秀琪對你的印象很好，你要不要邀請她當舞伴？」

『啊？』

「很驚訝嗎？」

『嗯。』我點點頭,『我沒想過這個問題。』

「那你想一下。」她說,「不過要快,也許會有別人邀她。」

『好吧。』

「順便想一下,你要不要邀請我當舞伴?」

『啊?』

「啊什麼啊,你當然可以邀我當舞伴呀。」

她的神情不像是在開玩笑,我有些不知所措。

「我真羨慕男生。」她說,「如果男生有三個對象,可依照興趣高低
　　分為第一志願、第二志願、第三志願。邀舞伴時,照順序邀就好,
　　若被拒絕就再找下一個志願。但女生就不同了。」

『哪裡不同?』

「如果女生也有三個志願,但先來邀她當舞伴的是第二志願,那麼該
　　答應還是拒絕?如果答應了,萬一第一志願也來邀時怎麼辦?如果
　　拒絕了,結果第一志願沒來邀,甚至也沒別人來邀時怎麼辦?」

『嗯⋯⋯』我想了一下,『這問題對女生而言確實難解。』

「你知道嗎?」她說,「你是我的第一志願呢。」

我嚇了一跳,驚訝得說不出話來。

「有這麼驚訝嗎?」她笑了笑,「所以我得來探探你的意願。不然我
　　一直拒絕別人的邀約,到最後沒有舞伴的話就搞笑了。」

『妳是認真的嗎?』

「當然呀。」

『這⋯⋯』

「我跟秀琪,你會選哪一個?」她問。

『喂。』

「喂什麼喂，你要早點決定呀。」

『可是……』

「你是不是很傷腦筋，覺得魚與熊掌不可兼得？」她頓了頓，接著說：
「其實魚與熊掌可以兼得哦。」

『是嗎？』我很疑惑。

「熊會用前掌抓魚，當熊掌利爪刺進魚身把魚抓住時，你拿刀衝出去
　砍斷熊掌，然後撿起斷掉的熊掌趕快跑掉，就魚與熊掌兼得了。」

『什麼？』

「怎麼樣？」她笑了起來，「這方法不錯吧。」

『妳是這樣理解中文成語的嗎？』

「別忘了，我十歲以前是在美國生活。」

她微微一笑，笑容有些古怪，一副又想捉弄人的樣子。

她突然向我靠近，幾乎快要貼近我的身體，然後低下頭。

「Oh，Jack。我……」她抬起頭輕聲說，「我……」

『喂。』我神經緊繃，『妳想幹嘛？』

「我─先─走─了。」她笑了起來，露出淘氣的笑容。

我鬆了一口氣，哭笑不得。

「記得要好好考慮。」她眨了眨眼睛，「等你哦。」

說完後她轉身離開，而且邊走邊笑，很開心的樣子。

平心而論，Jenny是個很可愛的女孩，外表和個性都是。

如果沒與梔子花女孩重逢、如果沒遇見楊玉萱和張秀琪……

唉呀，我突然覺得邀舞伴這件事好複雜，令人頭痛。

心理社的團體活動時間到了，社長又說那套心理會影響生理的言論。
「開好車的人在寒冬開車時會將車窗搖下，好讓路人看清自己的臉，
　所以開好車的人比較不怕冷。」他說。
我不知道該說什麼，只是覺得當心理社社長的人都有點怪。

由於耶誕舞會就在下週五，有些社員談起邀舞伴受挫時的心情。
我掙扎著要不要講我的狀況？
如果我說不知道該邀哪個女孩當舞伴，實在很困擾請大家幫幫忙時，
那些根本沒舞伴可找的男社員，一定會衝上來圍毆我。
所以我決定還是不要講。

團體活動時間結束，要離開時珊珊學姐叫住我。
「為什麼在煩惱不知道該邀誰當舞伴呢？」怡珊學姐問。
『學姐看得出來？』我吃了一驚。
「如果對耶誕舞會沒有興趣，神情會是淡然；如果想去但沒人可邀，
　神情會是憂愁；如果邀舞伴時被拒絕，神情會是氣餒；如果不知道
　該邀誰當舞伴，那麼神情就會像你一樣，叫煩惱。」秀珊學姐說。
『學姐好厲害。』
「說吧。」珊珊學姐異口同聲。

我們找個地方坐了下來，我將這禮拜發生的事告訴她們。
『原本邀舞伴應該是簡單而緊張的事，沒想到這麼複雜。』我說。
「邀舞伴確實很簡單沒錯，而你的狀況也不複雜。」怡珊學姐說。
「你不必考慮誰喜歡你，你要考慮的是你喜歡誰。」秀珊學姐說。
『這道理我知道。』我皺了皺眉，『可是……』
「學姐變個魔術給你看。」怡珊學姐說。

『魔術？』我很納悶，為什麼突然岔開話題？

珊珊學姐低聲交談幾句，然後拿出1元、5元和10元三個硬幣放桌上。
「這是一個可以知道對方心理的魔術。」怡珊學姐說，「把手給我。」
我伸出右手，怡珊學姐用右手握住，五秒後放開。
「我現在已經知道你會選哪個硬幣了。」她說，「你先拿兩個硬幣。」

我從桌上拿了1元和10元兩個硬幣放在左手，她便把5元硬幣撥開。
「拿一個硬幣給我。」
我把1元硬幣給她，她又把1元硬幣放在一旁。
「攤開你的左手。」
在我攤開左手露出10元硬幣時，她也攤開左手，竟然也是10元硬幣！

『這……』我嚇了一跳。
「所以我說，我知道你會選哪個硬幣。」怡珊學姐笑了。
我當然不相信心電感應那一套，可是一時之間也看不出破綻。
『再來一次。』我說。
「魔術玩兩次就不叫魔術了。」
『可是如果剛剛我先給妳的是10元硬幣呢？』
「好吧。」她說，「我破例再變一次。」

「你先拿兩個硬幣。」
我依然拿了1元和10元兩個硬幣放在左手，她把5元硬幣撥開。
「拿一個硬幣給我。」
這次我故意拿給她10元硬幣，她右手接過10元硬幣放在手心後，
隨即攤開左手也露出10元硬幣。

『原來如此。』我看著她雙手手心上的10元硬幣，笑了起來。
「不管你怎麼選，我都會猜中。」她也笑了。

『不對。』我說，『如果我一開始沒拿10元硬幣呢？』
「好。」她又把三個硬幣放桌上，「你先拿兩個硬幣。」
這次我故意拿1元和5元兩個硬幣，桌上只剩10元硬幣。
她立即在桌上的10元硬幣旁攤開左手，也露出10元硬幣。
我恍然大悟，與珊珊學姐相視而笑。

「這就叫做魔術師的選擇。」秀珊學姐說。
『魔術師的選擇？』
「你以為是你的自由意志所挑選，但其實是魔術師的選擇。」她說，
「當你的選擇不是魔術師所要的，他就會想辦法去除你的選擇，直到
　你選出他要的為止。」
『嗯……』我想了一下，『我好像懂了。』

「簡單說，魔術師左手裡的硬幣是不會改變的，關鍵只在於魔術師要
　選擇在哪個時機點露出左手的硬幣。」秀珊學姐說。
『我懂了。』我說，『謝謝學姐的解說。但是學姐為什麼突然把話題
　從邀舞伴的困擾轉到這個魔術師的選擇呢？』
「因為你的潛意識就是魔術師呀。」她笑了笑。
『我的潛意識就是魔術師？』我一頭霧水。

「不管有多少個硬幣可以選、不管你選了哪個硬幣，都不是你的選擇，
　而是魔術師的選擇。」怡珊學姐說，「其實你根本不需要選擇。」
『嗯？』

「你不需要煩惱邀誰當舞伴，因為你的潛意識早已選好了舞伴。」
秀珊學姐說，「你試著靜下心，看看自己內心深處的硬幣。」
我仔細想了一下，終於明白珊珊學姐所要表達的意思。

『學姐。』我笑了笑，『我知道要邀誰當舞伴了。』
「嗯。」怡珊學姐點點頭，「很好。」
「那還不快去邀舞伴？」秀珊學姐說。
『謝謝學姐。』我站起身，『我先走了。』
「加油哦。」珊珊學姐笑了。
我轉身快跑，目標是最近的公共電話。

當魔術師手裡拿著紅色和黃色兩張卡片，他希望你選擇紅色，會問：
「紅色還是黃色？」
如果你回答黃色，他會說：「很好，把黃色去掉。」
如果你回答紅色，他會說：「很好，就選擇紅色。」
當你的選擇不是魔術師所要的，他就會用適當的話語去除你的選擇。
也就是說，你以為是你選了紅色，但其實是魔術師要你選紅色。

我之所以覺得邀舞伴很困擾，是因為我心裡已經選定舞伴。
舞伴只能選擇一個，當可以成為舞伴的人選超過一個時，
我便會因為要去除多餘的人選而產生多種複雜的心情。
例如不邀楊玉萱，我會覺得愧疚；不邀張秀琪，我會覺得遺憾；
不邀Jenny，我會覺得可惜。

但如果不邀梔子花女孩呢？
我卻完全沒有因為不邀梔子花女孩而產生的複雜心情。

因為我的潛意識早已選擇梔子花女孩當舞伴，
所以當梔子花女孩這個選項出現時，我會立刻露出左手的硬幣。

原來梔子花女孩就是我潛意識裡，偷偷的、並緊緊握著的10元硬幣。

12　阿尼瑪

如同往常一樣，掛上電話後我直奔機車停車場。

跨上機車，戴好安全帽，發動引擎，出發。

沿路上的街道夜景依然柔和美麗，但我的心卻忐忑不安。

邀舞伴跟求婚的狀況有些類似，但邀舞伴比求婚難。

如果向女孩求婚，當她猶豫時，也許會因為你跪在地上的跪姿太可憐、

你營造的求婚氣氛太浪漫、你送上的戒指鑲的鑽石太大顆，

於是她只好點頭。

即使她心如鐵石，也會擔心你是否會跳樓，因此只能婉轉地拒絕你，

甚至說些她不夠好配不上你之類的話。

但邀舞伴時根本不必下跪，只是單純開口詢問。

既沒浪漫的氣氛迷惑她，也沒昂貴的戒指誘惑她。

而且拒絕這種邀約就像拒絕購買推銷員所推銷的產品一樣，

不會有任何心理負擔，所以她可以很輕易而理智地拒絕你。

如果我開口了，她會淡然？猶豫？驚訝？還是不知所措？

萬一我被拒絕了，在當下，如何化解尷尬的氣氛？

在之後，如何平復受傷的心情？

我實在太緊張了，比第一次跟她相約見面時還緊張。

快抵達她學校的後門時，我先在路邊停下機車，摘下安全帽，

用力深呼吸幾次試著降低心跳速率。

不過似乎沒什麼用，我想了一下，決定待會用轉移焦點來緩和緊張。

我重新啟動機車，在附近繞了繞，又停車買了一隻烤魷魚。

我讓店家把烤魷魚分成兩份，然後騎到她學校的後門口，停好車。

兩手各拿著一份烤魷魚，走到她宿舍的交誼廳。

『妳怎麼在這裡？』我看見她站在交誼廳門口。

「你比平常晚了15分鐘，我有點擔心，所以坐不住。」她說。

『抱歉。』我說，『我去買了烤魷魚，耽擱了一些時間。』

「烤魷魚？」

『嗯。』我說，『因為下禮拜就是耶誕節了。』

「耶誕節跟烤魷魚有關嗎？」她很疑惑。

『沒有直接關係。』我說，『不過耶誕舞會跟烤魷魚有關。』

「烤魷魚跟耶誕舞會有關？」她更疑惑了。

『先請妳吃烤魷魚吧。』我將右手拿的那份遞給她。

「謝謝。」她楞了一下，然後伸手接過。

『妳聽過我們學校的耶誕舞會嗎？』

「沒聽過。」她搖搖頭。

『我們學校在耶誕夜舉辦耶誕舞會，憑票入場，但每張票只能讓一男
　一女入場。任何人拿到票，如果不和異性同行，根本無法進場。』

「這規定還滿有趣的。」她笑了笑，「然後呢？」

『然後就是這隻烤魷魚的故事了。』

「烤魷魚的故事？」

『這隻魷魚的智商非常高，而且還會說話。我問牠算術問題，牠竟然
　可以告訴我答案，我非常驚訝。沒想到牠說：算術太簡單了，牠連
　物理、化學、天文學等等都很專精。我根本不相信，於是牠就說：
　不信的話，你可以考我啊。』

「嗯？」

『所以牠就變成烤魷魚了。』

她先是愣了愣，隨即笑了起來，越笑越開心。

「這笑話夠冷。」她還在笑。

『其實這算是個悲傷的故事。』我說，『話題再轉回耶誕舞會吧。』

「好。」她終於止住笑。

『我有票，但沒舞伴。』我說，『請問妳願意當我的舞伴嗎？』

「呀？」她似乎嚇了一跳。

『烤魷魚冷了不好吃，趁熱吃吧。』

「哦。」她雖然應了一聲，但沒打算開始吃。

『吃吧。』我說，『畢竟牠曾經是一隻智商非常高的魷魚。』

「好。」她又笑了，然後咬了一口魷魚。

『很Q吧。』我也咬了一口魷魚，『果然ＩＱ越高，吃起來越Q。』

她邊吃邊笑，幾乎笑岔了氣。

『我想邀妳當我耶誕舞會的舞伴，希望妳能答應。』

「我不會跳舞。」

『沒關係。我們有一整晚的時間可以慢慢學。』

「可是……」

『烤魷魚好吃嗎？』

「嗯？」她又愣了一下，然後點個頭，「嗯。」

『貴校果然地靈人傑，連附近攤販賣的魷魚智商也特別高。』

她本來想笑，但硬生生忍住。

『如果妳答應當我的舞伴，我會感到莫大的榮幸。』

「這個嘛……」

『吃了智商這麼高的魷魚後，我們的智商會增加嗎？』

「不會。」

『聽說還有一隻魷魚會背白居易的〈長恨歌〉，我下次再去考牠。』

她終於忍不住又笑了起來。

『請妳答應當我的舞伴吧。』

「我……」

『不知道有沒有會跳舞的母魷魚，也許我可以考慮邀牠當舞伴。』

「好啦，我答應你。」她微微一笑，「話題跳來跳去，我都快暈了。」

看著她臉上淡淡的笑容，我忐忑不安的心終於回復平靜。

跟在水庫旁與她重逢時的喜悅一樣，此刻的我只想雀躍。

梔子花女孩啊，我真的喜歡妳，我依然深深地這樣覺得。

「你剛剛說烤魷魚跟耶誕舞會有關，為什麼？」她問。

『因為耶誕舞會，所以想請妳當我的舞伴，但我很緊張。因為緊張，
　所以想了這個烤魷魚的故事。』

「我根本看不出你會緊張。」

『妳看我雙腿。』我低下頭，『現在應該是雀躍三尺，卻動也不動。』

「你的腿怎麼了嗎？」她低頭看了一眼。

『因為太緊張而導致雙腿僵硬，幾乎沒有知覺。』

「其實你不用緊張，你可以邀別人呀。」

『車子必須要加油才能開，香菸必須要點火才能抽。』我說，

『而我，必須要邀妳當舞伴才願意去耶誕舞會。』

「你又來了。」

『我們還是專心吃完這隻智商奇高的魷魚吧。』

「嗯。」她又笑了。

找到自己的舞伴後，也得替學弟找舞伴。

這次曠男團成員有24個，比上次少，但想參加耶誕舞會的比上次多。

因為另外有8個學弟自己去邀請迎新露營時認識的女生當舞伴。

系上這屆的學妹有6個，透過學妹的關係，又找到4個外系學妹。

然後詩雅貢獻2個學妹、徐雅玲貢獻3個、珊珊學姐貢獻3個。

Jenny說我太晚找她幫忙了，她早就把女生介紹給別系的曠男團。

還剩下6個，就由蕭文瑩的學妹補足，這樣剛好有24個女生。

接下來就是要訓練學弟跳舞。

我、小偉和李君慧以及班上三個同學，每天晚上對學弟進行特訓。

今年的學弟比較幸運，因為我可以扮演女生讓他們練習。

「舞步依音樂節奏只分快舞和慢舞兩種。」小偉說，「快舞跳Soul，
　慢舞很簡單，只要摟著女孩的腰搖來搖去就好。」

這話聽起來好熟悉，原來跟去年學長所說的一模一樣。

24號當天下午，李君慧告訴我，系上有個學妹不去舞會了。

『為什麼突然不去？』我大吃一驚，『這樣就少一個女生了耶！』

「我也不知道。」他搖搖頭。

這件事非同小可，因為一時之間根本找不到別的女生，

只能想辦法找在體育館外看月亮的女生來湊數。

而且我今晚要去載梔子花女孩，如果我因為找女生而耽擱時間，

她豈不是得在她宿舍的交誼廳內癡癡地等？

我趕緊衝去找那個系上學妹，問她為什麼突然說不去？
「學長，很抱歉。」她說，「因為我吃素。」
『吃素？』我幾乎大叫，『吃素跟不能參加舞會有關嗎？』
「我是食衣住行素。」她說，「吃要全素，穿著要以素色為主，住的
　地方要簡單樸素，走路時不可以翩翩起舞。」
『妳是在舞會跳舞，又不是邊走路邊跳舞。』
「話是這麼說沒錯，不過如果擴大解釋的話，就是不可以跳舞。」
『妳……』

「學長。」她說，「其實最關鍵的理由是，我得素顏。」
『素顏？』我很納悶，『這跟舞會有關嗎？』
「這是我第一次參加舞會，我想打扮得漂漂亮亮。」她說，「但我得
　素顏，不能化妝。可是我這張臉，如果不化妝的話能看嗎？」
『嗯。』我竟然點頭，『妳說的對。』
「學長！」她大叫。
我看苗頭不對，趕快閃人。

六點半在體育館外集合時，小偉在原地陪著學弟妹等待進場，
我要李君慧先去載蕭文瑩，而我則打算去找看月亮的女生。
「那你什麼時候去載李白？」李君慧問。
『等找到第24個女生再說。』我轉身跑開，『你快去載她！』
「記得要委婉一點啊！」小偉在我背後大叫。

沒時間委婉了，我只能單刀直入問：

『妳想參加舞會嗎？我們少一個女生。』

但找了幾個在體育館外落單的女生，結果都是在等另一半。

我越找越急、越急越慌，最後竟然說：

『讓女生等太可惡了，不如放他鴿子，跟我們一起進場。』

她們通常不想理我，但有一個女生還真的在考慮。

只不過當她猶豫時，她的舞伴就出現了。

只剩10分鐘就要進場，我沒有任何思考的時間，只想趕快找到女生。

可能是我太心急，導致眼力受損，就像社長常說的心理會影響生理。

「喂！我是男的！」一個我誤以為是女生的男生大叫。

已經到最後關頭了，我是飢不擇問，看到女生就問。

「可是我們兩個都沒舞伴。」

總算找到兩個女生，可是我們只缺一個，怎麼會這麼諷刺？

『妳們哪位覺得自己比較漂亮的，就跟我走吧。』我說。

「那當然是我囉。」她們竟然異口同聲。

然後她們吵了起來，越吵越大聲，幾乎快動手了。

我只好趕快溜掉。

在我快絕望時，突然發現有個女孩倚著樹幹仰望夜空。

「我只是在欣賞月色而已。」她說。

『都這個時候了，妳還有矜持？』

「我真的是來看月亮的。」

『那好吧。』我轉身就走，『請便。』

「喂！」她大叫一聲，我不禁停下腳步，轉過身。

「我看完月亮了。」她說。

天可憐見，我終於找到第24個女生了。

我帶著看完月亮的女孩回去找小偉時已是7點10分，
學弟妹正等著進場，而徐雅玲也出現了，陪在小偉身旁。
『妳怎麼也在？』我說，『我以為小偉會找別的女生當舞伴。』
「喂。」小偉說，「都這個時候了，你還有心思開玩笑？」
『那麼這裡交給你。』我轉身便走，『我去載舞伴了。』

原本跟梔子花女孩約6點45，看樣子會遲到40分鐘。
她會擔心？還是生氣？會枯等？還是一走了之？
我雖然緊張，但更多的情緒是焦急和恐慌。
多希望這只是場惡夢，醒來時什麼事都沒發生，我準時在6點45抵達。
但很遺憾，這是殘酷的現實，我無法逃脫。
我甚至完全沒時間停下來思考待會要如何因應，只能盡快抵達，
早一分是一分。

匆匆停好車，衝進宿舍的交誼廳，電視前的沙發只坐了一個女生。
那是梔子花女孩，她正在看電視，而且似乎很專注。
我呼出一口長長的氣，全身突然放鬆，四肢也因而鬆軟無力。
只剩20步的距離，我只能緩緩地、輕輕地，走向她。
直到停下腳步站在她身旁為止。

『這節目真的這麼好看？』我說。
她轉頭看見我，笑了笑後說：「是呀。」
『抱歉。』我說，『我遲到了。』
「我知道呀。」

『妳知道？』

「嗯。」她說，「你6點45沒來，我就知道你遲到了。」

『有道理。』這問答有點無厘頭，我忍不住笑了。

「好聽嗎？」她問。

『什麼東西好聽？』我很納悶。

「我以為你也許找到一隻會唱歌的魷魚，聽得忘我，就忘了時間。」

『這次沒有魷魚當藉口了。』我臉頰發熱，『很抱歉，因為我……』

「我知道呀。」她打斷我。

『妳又知道了？』

「這次是真的知道。」她笑了笑，「文瑩已經先告訴我了。」

沒想到要李君慧先來載蕭文瑩，竟然誤打誤撞幫了自己一個大忙。

『今晚這裡似乎冷清多了。』我看了看四周。

「今晚是耶誕夜，大家幾乎都出門去玩了。」

『真的很抱歉。讓妳等了這麼久。』

「你再繼續抱歉下去，我就等更久了。」

『抱……』我趕緊改口，『那我們走吧。』

『嗯。』她點點頭，然後站起身。

她穿著一套純白色連身長裙，感覺不太真實，像夢幻。

一襲白衫裹著潔白膚色的她，不僅凸顯她典雅的氣質，

也很難不讓人聯想到梔子花。

我突然想到，令我有所感覺的女生，我立刻會選擇特定的形容詞，

然後量化她是屬於讓我有多少％心儀的女生。

但我只能勉強將梔子花女孩歸類為清秀，從來沒有量化她。

甜美的珊珊學姐、標緻的楊玉萱、可愛的Jenny、漂亮的張秀琪，
我都曾量化她們令我心儀的程度。
除了對珊珊學姐沒有遐想外，我對楊玉萱、Jenny和張秀琪，
或多或少都存在著遐想。
當她還是偽梔子花女孩時，我也曾量化她，我記得是60％。
然而當偽梔子花女孩成為真正的梔子花女孩時，我根本無法量化她。

「你還要繼續發呆嗎？」
『抱歉。』我回過神。
「我這樣穿，很奇怪嗎？」
『不。』我說，『這樣穿很好看。』
「謝謝。」她微微一笑。
我確實無法量化梔子花女孩，我只知道，我真的喜歡她。

雖然已經遲到了，但我並不急著趕路，甚至還放慢腳步。
因為我很想讓全世界都看見她正跟我走在一起的樣子。
「舞會有規定不可以穿外套嗎？」她問。
『哪有這種規定。』我很納悶，『為什麼這麼問？』
「現在天冷，我衣衫單薄，手裡抱著外套，但你卻沒要我穿上外套。
　你是細心的人，而且很有良心，照理說一定會開口要我穿上外套。
　但你眼睜睜看著我受凍，卻沒有開口要我穿上外套。」她笑了笑，
「所以我認為應該是不可以穿外套。這樣的側寫功力OK嗎？」

『啊？』我停下腳步，『趕快穿上外套。』
「我真的可以穿上外套嗎？」她問。
『別玩了，快穿上吧。』

她邊笑邊把拿在手中的外套穿上,然後問:「你在想什麼嗎?」

『沒什麼。』我頓了頓,『只是覺得跟妳並肩走著的感覺很好。』

「哦。」她說,「那我們繼續往前走?還是先到操場走三圈?」

『先往前走吧。』我笑了笑,『回來後再到操場走三圈。』

我發現她的外套也是純白色,沒有一絲雜色,連扣子都是白色的。

『妳是故意的?』

「對呀。」她笑了。

『這樣很好看。』我也笑了。

「謝謝。」

『上車吧。』

抵達體育館已是7點50,原本擔心已不開放入場,

還好只要有票、而且是一男一女,隨時都可以入場。

『得牽著手進場。』我說。

「所以呢?」

『不好意思。』我說,『請把手借我。』

「好。」她笑了笑,伸出左手,「記得要還我哦。」

『一定。』我也笑了笑,牽著她的左手進場。

有了去年的經驗,我要她先做好心理準備,以免被澎湃的音樂聲嚇到。

即使如此,她剛進場時還是受到驚嚇。

因為我感覺手心一緊,應該是她左手突然用力抓住我右手的緣故。

可能是場內的氣氛太熱烈、人潮又擁擠,因此完全沒有冬天的感覺,

溫度搞不好比室外高了十度。

我在場邊找了張椅子,脫掉外套掛在椅背,然後要她也把外套脫掉,

掛在我的外套上。

『妳果然有先見之明。』
「怎麼說？」
『昏暗的光線下，白色反而是最明顯的顏色。』我說，『待會就不怕
　找不到外套了。』
「你忘了要我穿外套，但要我脫外套卻很直接。」她說，「你一定是
　不喜歡我穿著外套。」
『別再糗我了。』我笑了笑，『我們跳舞吧。』

我的任務似乎已在邀舞伴時完成，她願意當我舞伴，這就很夠了。
至於舞會上要如何表現，我並不怎麼在意，因此我只有一點點緊張。
雖然她是第一次參加大型舞會而且不會跳舞，但她似乎也不太緊張。
兩個不太緊張的人湊在一起，舞會就成為單純好玩又有趣的活動。

或許是我教舞經驗豐富所以很會教；或許她是聰明的人所以學得快，
總之她很快掌握住Soul的舞步和節拍，試跳了幾步，非常順暢。
我們一連跳了兩首快舞，感覺默契十足，好像是已經認識多年的老友。
其實幹嘛說好像，我從高二就認識她，至今超過兩年半，
說是已經認識多年的老友應該也不會太誇張。

兩首快舞跳下來，身上開始流汗，原本想找個位置坐下來休息，
但熟悉的音樂突然響起，是尾崎豐的〈I Love You〉。
『這是妳喜歡的尾崎豐。』我伸出左手。
「是呀。」她把右手放上，我左手掌托住她的右手掌。
『為什麼喜歡尾崎豐？』我右手輕靠著她的腰。

「我嬸嬸是日本人，她很喜歡尾崎豐。」她將左手攔在我右肩，
「受她的影響，我也跟著喜歡。」

『妳嬸嬸是日本人？』我很驚訝，『那妳是混血兒啊。』
「你傻了嗎？」她說，「我嬸嬸跟我又沒有血緣關係。」
『沒錯。』我笑得有點尷尬，『我搞笑了。』
「我說過了，我不是混血。」她笑了，「我只是貧血。」
我也笑了起來，然後想起高中時的往事。

「真可惜。」她說，「才26歲，就這麼突然死去。」
『嗯？』
「尾崎豐呀。」
『他才26歲？』我很驚訝。
「是呀。」她嘆口氣，「他低沉沙啞的嗓音真的很獨特呢。」
『嗯。』我點點頭，『當初練歌時，就覺得他的歌不好唱。』

「那次合唱比賽你們的隊伍有個金色頭髮的女生，她是誰？」她問。
『她叫Jenny，外文系公關，是個混血兒。』
「原來是真的混血兒。」她笑了笑，「她長得很可愛呢。你說是吧？」
『呃……』我猶豫了一下，『應該算是吧。』
「是就是，有什麼好猶豫的。」她問：「你們很熟嗎？」
『呃……』我又開始猶豫，『有點熟，但不算太熟。』

「你是不是想換話題？」她問。
『如果可以的話。』
「好吧。」她說，「你去年也有參加這個耶誕舞會嗎？」

『嗯。』我點點頭。

「那你的舞伴是誰？」

『是個女生。』

「廢話。」她笑了笑，「我是問你找誰當舞伴？」

『我沒有找誰當舞伴，是學長找的。』

「那你的舞伴是個什麼樣的女孩？」

『呃……』

「你是不是又想換話題？」她問。

『可以的話最好。』

「好吧。」她說，「你是不是常常參加舞會？」

『不算常常。』我說，『但因為當公關，所以替系上辦過幾次。』

「舞會是不是都是在室內，然後光線暗暗的？」

『通常都是。』我說，『不過我們有次是在星夜下辦露天舞會。』

「那次是什麼情形？」她很好奇。

『那次是跟外校女生露營，因為星光燦爛便突發奇想辦了場舞會。』

「哇，在星夜下跳舞，一定很浪漫吧？」

『呃……』

「音樂結束了。」她笑了笑，收回雙手，「不必再換話題了。」

『啊。』我也收回雙手，『我剛剛竟然沒問妳是否要跳這支慢舞。』

「舞都跳完了你才說。」她又笑了。

回想〈I Love You〉響起時，我左手托住她右手、右手輕靠著她的腰、
她左手攔在我右肩，然後我們隨著音樂緩緩舞動。

整個過程沒有絲毫刻意，似乎是順理成章、水到渠成。

一起走回場邊時，慢舞旋律又響起，是〈Endless love〉。

『李同學。』我停下腳步，『可以請妳跳這支舞嗎？』

「嗯……」她也停下腳步，「我可以說不嗎？」

『當然不行。』我伸出左手。

「那你還問。」她伸出右手。

我們又回復慢舞舞姿，隨著〈Endless love〉旋律輕輕舞動。

在跳〈I Love You〉時，隨著她開啟的話題，
我依序想起 Jenny、楊玉萱和張秀琪的眼神。
上大學後，因為跳慢舞，近距離看過一些女孩的眼神。
印象最深刻的，就是這三個女孩的眼神。
我不禁把她的眼神與那三個女孩相比，感覺她們的眼神都很像，
但彼此之間又有些小差異。

她似乎還沒想到新話題，而我正專注地看著她，因此我們都保持沉默。
這是進場後我們唯一沒有交談的時候。
近距離看著她的眼神，沒有想像中應該要臉紅心跳或是緊張的感覺，
只覺得似曾相識。
不是那種在哪裡見過但一時想不起來的似曾相識，
而是她的眼神好像跟塵封在我潛意識裡的某張圖片一樣。

這樣說其實不精確，因為那張圖片並沒有具體的圖案或樣貌，
所以我並不是拿著一張有具體樣子的圖片，去比對眼前的她。
這實在很抽象也很難解釋，總之我比對的不是外觀，而是「感覺」。
也就是說，那張圖片給我的感覺，與她的眼神給我的感覺，很相似。
於是我便認為她的眼神跟塵封在我潛意識裡的那張圖片幾乎一樣。

『視線不可以移開。』我說。

「好。」她轉回頭，直視著我，「誰先移開視線誰就輸。」

『沒問題。』

「誰先笑誰也輸。」

『但誰先哭誰就贏。』

她突然笑出聲，隨即止住，說：「這不算。重來。」

我決定重新比對這四個女孩的眼神，更專注、更仔細、更全面。

Jenny、楊玉萱和張秀琪的眼神給我的感覺，大致跟那張圖片一樣。

但某些部分感覺不太對，好像少了點什麼。

「你沒看著我。」她說，「你的眼珠一直往左下。」

『因為我在回憶。』我直視著她，『現在把眼睛放鬆，不要緊張。』

「你別想逗我笑。」

我沒回答，專心比對她的眼神，就像刑警在比對殺人凶手的指紋。

『一模一樣。』我說。

「嗯？」

『妳就是殺人凶手。』

「呀？」

『就是妳。』

「你到底在說什麼？」

我潛意識裡的那張圖片，就像是童話故事裡灰姑娘遺留下的玻璃鞋。

當Jenny、楊玉萱、張秀琪和梔子花女孩一一試穿後，

我終於知道梔子花女孩就是我的灰姑娘。

音樂停了。

她原本想收回雙手，但發現我沒動作，剛離開的手便又放回。

凝視她十秒後，我才緩緩收回雙手，她也跟著收回雙手。

在那短短的十秒鐘內，我再度確定了一件事。

天啊，我真的喜歡她，我深深地這樣覺得。

「你剛剛說什麼？」她很納悶，「我完全不懂。」

『等舞會結束後，我再告訴妳。』

「這麼神祕？」

『不是神祕。』我說，『而是我想找個安靜的地方，詳細說給妳聽。』

「好。」她笑了笑，「要記得哦。」

『一定。』我也笑了笑。

再度確定了那件事後，我的心裡很踏實，也很感恩。

在高中時就能遇見梔子花女孩，而且在別具意義的耶誕舞會裡，

她是我的舞伴，我真的覺得自己非常幸運。

我很珍惜與她共舞的時光，但心情很輕鬆，也不緊張。

於是興致來了，就下場跳舞；累了就在場邊坐著聊天。

在音樂聲吵雜的環境，常得圈著嘴靠近對方耳邊說話。

只有在這個時候，我能感受到她吹氣如蘭，才會讓我臉紅心跳。

我們待了兩個小時才離開，一走出體育館，我立刻請她穿上外套。

「唔。」她笑了笑，「總算記得要我穿外套。」

『是啊。』我也笑了笑，『我送妳回去。』

「不會再忘了什麼了吧？」

『當然。』我很篤定，『走吧。』

因為耶誕夜的關係，很多路樹纏繞著白、黃、綠、藍等各色燈泡，
讓原本已柔和美麗的夜景更增添幾許璀璨。

這真是一個完美的夜晚啊，我在心裡讚嘆。

『到了。』我停下車，熄了火，轉頭說。

「你一定是嫌我胖。」她沒下車。

『什麼？』我楞了楞。

「這麼冷的天氣裡跳了兩個小時的舞應該會有點餓，而且沿路又聞到
　各種食物的香味，照理說會想吃點東西。但你竟然完全沒問，而且
　不是忘了問，因為你剛剛說一定不會再忘了什麼，可見你不想讓我
　吃東西。你是很有良心的人，既然知道我肚子餓，卻不想讓我吃，
　所以你應該是覺得我胖，不希望我在深夜吃東西以免更胖。這樣的
　側寫功力OK嗎？」

沒想到我竟然犯了跟去年一樣的錯——忘了請舞伴吃點東西。

其實我連晚餐也沒吃，但因為心裡覺得非常滿足與踏實，

我竟然完全沒有飢餓的感覺，難怪社長常說心理會影響生理。

雖然我很羞愧，但我沒說話，只是靜靜看著她。

她也是靜靜看著我，只是眼神帶點疑惑。

「你在看什麼？」過了一會，她終於忍不住問。

『請再等一會。』

「等什麼？」

『等時間過去。』

「嗯？」

『這裡是貴校後門，現在也許會有認識妳的人出入。我們維持這樣的

狀態越久，被認識妳的人發現的機率就越高。如果她們看見，應該
會說：李白在耶誕夜被男生載回來，但她在校門口不想下車，兩人
含情脈脈、難分難捨……』

「呀？」她想趕緊下車時，我輕按住她的肩膀。
『請坐好。』我笑了笑，『我要發動車子了。』
「你真的很白目。」
『抱歉。』我說，『今晚跟妳在一起，我覺得很快樂，快樂到根本
　不會餓，所以就忘了問妳要不要吃東西。』
「可是我餓了。」
『那麼我帶妳去看看那些智商奇高的魷魚吧。』
「好呀。」她笑了。

我重新發動車子，載著她到了那家賣烤魷魚的攤位。
『天長地久有時盡。』我對魷魚說。
「你在幹嘛？」
『真可惜。』我說，『那隻會背〈長恨歌〉的魷魚不見了，不然牠一定
　會接：此恨綿綿無絕期。』
「你再瞎掰呀。」她笑了起來。
在炭火映照下，她白皙的臉龐泛起紅暈，增添一絲嫵媚。

吃完烤魷魚，我們又各喝了碗桂圓八寶粥，我才送她回宿舍。
「你不是說回來後要到操場走三圈？」在交誼廳門口，她問。
『兩圈應該就夠了。』
「因為你初次光顧，所以送你一圈。」她笑了笑，「就三圈吧。」
她帶著我拐了一個彎，再直走一段路就到了操場。

我們沿著跑道順時針方向前進，走了半圈都沒看到任何人影。

「這裡夠安靜了吧。」她說。

『嗯。』我說，『我記得要找個安靜的地方，說給妳聽。』

「記得就好。」她笑了笑，「說吧。」

『妳聽過榮格這個人嗎？』

「沒聽過。」她搖搖頭。

『榮格是分析心理學的創始者。』我說，『他曾跟佛洛伊德共同創立
　國際精神分析學會，後來兩人的學說產生分歧就決裂了。』

「哦。」她簡單應了一聲。

『榮格在分析人的集體潛意識時，發現無論男女，在潛意識中都會有
　異性的性格潛藏著。』

「什麼是集體潛意識？」

『人的心靈包含意識和潛意識兩大部分，而潛意識又分為個人潛意識
　與集體潛意識。個人潛意識包括個人種種情結；集體潛意識則包括
　人類歷經世世代代的活動方式和經驗所累積在潛意識的遺傳痕跡，
　換句話說，就是人類共有的原型。』

「原型？」她問：「這表示不因人而異嗎？」

『沒錯。』我點點頭，『原型就是人類不分地域、種族與文化的共同
　象徵。所以不管是白種人、黃種人、黑種人，都有相同的原型。』

『榮格曾經用小島來比喻，露出水面的部分是人所能感知到的意識；
　由於漲潮退潮而露出來的部分，就是個人潛意識；而島的最底層，
　始終隱藏在水面下的部分，就是集體潛意識。』我說，『因此集體
　潜意識雖然存在，卻是我們一直都意識不到的東西。』

「原來你是想找個安靜的地方，給我上心理學的課。」她笑了起來。

『我一直在努力找尋可以用來形容妳的形容詞，而且得是獨一無二。
　如今總算找到了，只是妳恐怕很難理解。』我說，『所以很抱歉，
　我得詳細說明。這樣妳才會知道對我而言，妳是獨一無二。』
她聽完後收起笑容，表情有些正經。

『準備好了嗎？我要繼續往下說了喔。』
「嗯。」她的表情更正經了。
『不懂的話就要發問。』我笑了笑，『我講完後要考試。』
「你真的很白目。」她又笑了。

『剛剛說過，無論男女，在潛意識中都會有異性的性格潛藏著。男人
　潛意識中的女性性格，只有一個，叫阿尼瑪（Anima）；女人潛意識
　中的男性性格，可以有好幾個，叫阿尼姆斯（Animus）。』
「為什麼阿尼瑪只有一個，而阿尼姆斯卻有好幾個？」
『所以女人的心比較難以捉摸啊。』
「好像有道理。」她微微一笑。

『男人潛意識深處所潛藏著的女子形象，就是阿尼瑪，而且每個男人
　的阿尼瑪都不相同。男人會喜愛阿尼瑪的特點，在遇到像阿尼瑪的
　女人時，他會感受到非常強烈的吸引力。』
「嗯。」她點點頭。
『妳能理解很好。』我也點點頭，『那我就繼續說了。』
「請。」

『由於阿尼瑪藏在無法意識到的集體潛意識裡，因此男人根本不知道自己內心住著一個阿尼瑪，當然更不會知道阿尼瑪的樣貌，事實上阿尼瑪也沒具體樣貌。對男人來說，只有透過與女人交往的過程，阿尼瑪才得以顯現出來。』

「後面那段不懂。」

『從心理學的角度來說，當男人愛上女人或是對女人有所謂一見鍾情的感覺時，可能是因為這個男人的阿尼瑪很像那個女人，因此他將阿尼瑪的形象投射在她身上。於是原本潛藏在男人潛意識深處沒有具體樣貌的阿尼瑪，便因為她的出現，而有了具體樣貌，成為一個真正的女人。』

她想了一下，然後說：「有點玄。」

『既然妳說玄，那我用靈異的說法來比喻。』我笑了笑，『簡單說，男人潛意識深處的阿尼瑪就像魂魄，根本沒有肉體。但是那個女人出現後，阿尼瑪便附身在她身上，於是阿尼瑪就有了肉體，最後她就變成了阿尼瑪。』

「這樣講我就懂了。」她笑了笑。

『太好了。』我停下腳步。

「怎麼了？」她問。

『剛好走了兩圈。』我說，『所以我說兩圈應該就夠了。』

「你已經說完了？」

『其實我要說的只有一句話，但為了解釋這句話需要走兩圈。』

「哪句話？」

『我曾經迷惑過，總覺得不太確定。直到今晚，我才非常確定，而且再也沒有比這個更確定的事了。』

「你確定什麼？」

『妳就是我的阿尼瑪。』

13　梔子花開

深夜的操場上，既沒有人影，也幾乎沒有任何聲響。

我覺得我把所有的話都講完了，她是我的阿尼瑪，這樣就夠了。

再沒有任何話語可以補充或加強，也不需要。

因此我不再開口，她也因我的沉默或我剛剛的話語而沉默。

「手還我。」她先打破沉默。

『嗯？』

「舞會進場時，你向我借了左手。」她說，「現在還我。」

我楞了楞，然後伸出左手，她用右手輕輕握住我左手。

「還有一圈。」她笑了笑。

我們牽著手，繼續沿著跑道順時針方向，安靜地前進。

「門禁時間快到了。」走完一圈後，她說：「回宿舍吧。」

『嗯。』我點點頭。

我們直接走到宿舍樓梯口，然後她停下腳步、放開我左手。

她突然站直身體原地跳起，跳了幾下。

『妳在做什麼？』我很納悶。

「你不是說我被你的阿尼瑪附身了嗎？我以為我應該會飛天遁地了，

　沒想到還是飛不起來。」她笑了笑，「我這樣跳，很像殭屍吧。」

我靜靜看著她的笑容，她果然是有點白目。

『妳是我的阿尼瑪，妳不會飛天，也不會遁地。但妳會讓我哭、讓我

　笑、讓我神魂顛倒。妳有女神般的魅力，讓我毫不考慮奉獻一切；

　妳也有女巫般的魔力，讓我瘋狂迷戀無可救藥。妳是我的潛意識裡

　女性所有美好特質的投射，妳也是我夢中情人的形象。』

我說完後，注視著她白皙臉頰上泛起的紅。

『如果妳不趕快說聲晚安然後上樓睡覺，我還會說出更噁心的話。』
她楞了楞，微張著嘴卻說不出話。
『妳對我有致命的吸引力，妳讓我朝思暮想……』
「晚安。」她立刻說，說完後轉身跑上樓。
『晚安。』我朝她的背影說。

回寢室後，我一個人爬上宿舍頂樓沉思，也想通了一些事。
對阿忠、小偉、李君慧而言，當他們初識林依琦、徐雅玲、蕭文瑩時，
因為阿尼瑪的作用，使得這三個女孩分別成為他們各自的阿尼瑪。
我17歲初識梔子花女孩時，應該也是將阿尼瑪的形象投射在她身上，
只是當時的我不知道而已。

新年快到了，原本打算約梔子花女孩一起跨年，但前社長突然來找我。
他約了放聲大哭的女孩在今年最後一晚去看電影，要我也一起去。
『我不想當電燈泡。』我說。
「沒關係。」他說，「她也會帶一顆電燈泡。」
他說放聲大哭的女孩要求得有旁人，她才肯跟他看電影。
我推辭了一會，但禁不住他再三懇求，只好勉強答應。

沒想到放聲大哭的女孩所帶的電燈泡就是梔子花女孩。
由於我們沒有因看電影而相遇的心理準備，因此都驚訝得說不出話。
本來我是心不甘情不願去看這場電影，沒想到卻是個大大的驚喜。
而且如果可以跟梔子花女孩進一步交往，
那麼一起看場電影應該是必經的過程，我需要累積這種經驗值。

第一眼見到放聲大哭的女孩，只覺得她很普通，像擦肩而過的路人。
但前社長高中時每天放學後都會跑去她的校門口，只為了見她一面。
可見對前社長而言，她一定有強烈且不可抗拒的吸引力，
最後甚至讓他做了件蠢事，也因而被記一次警告。
我不禁聯想，放聲大哭的女孩或許就是前社長的阿尼瑪吧。

「情人眼裡出西施」這句話很有道理，也呼應了阿尼瑪的作用。
每個男人的阿尼瑪就是他的西施，但在別人眼裡可能只是路人甲。
就像我覺得林依琦聒噪、徐雅玲太凶、蕭文瑩太酷，
但在阿忠、小偉、李君慧的眼裡，她們就是西施。
即使出現了張秀琪這個客觀條件接近西施的女孩，他們也不會動搖。

進了電影院後，我們四個人的座位由左而右依序是：
梔子花女孩、我、前社長、放聲大哭的女孩。
『幫個忙。』我轉頭向左。
「嗯？」
『就當作只有我們兩個人一起看這場電影。』
「好吧。」她微微一笑。
我把頸部向右轉動的肌肉鎖死，營造只有我和她一起看電影的氛圍。

在電影放映前的預告時間，她拉了拉我左手衣袖，我不禁轉過頭。
「阿尼姆斯對女生的作用，是不是就像阿尼瑪對男生的作用？」
『嗯。男生會迷戀他的阿尼瑪，正如女生會迷戀她的阿尼姆斯。』
「但阿尼瑪只有一個，而阿尼姆斯可以有好幾個。是這樣嗎？」
『沒錯。』我點點頭。

「如果女生對男生說：你是我的阿尼姆斯。雖然可以表示她迷戀他，
　但不能代表那男生是唯一？」

『勉強可以這麼說。』我想了一下，『因為女人可能把阿尼姆斯的形象
　投射到一個或某幾個男人身上。』

「哦。」她似乎很失望。

『怎麼了？』

「當男生說：妳是我的阿尼瑪，就可以代表一切，也會讓女生很感動。
　可是當女生說：你是我的阿尼姆斯，卻還得加上『之一』。」

『之一？』

「阿尼姆斯可以不只一個，所以只能表示他是她最喜歡的人之一。」

『沒辦法。』我笑了笑，『女生的心思確實比男生複雜。』

「不公平。」她說。

『所以那晚我說妳是我的阿尼瑪時，妳很感動。』

「哪有。」

『妳剛剛不是說，當男生說妳是我的阿尼瑪，女生會很感動？』

「呃……」她楞了一下，「那是對一般的女生而言。」

『沒錯，妳不是一般的女生，妳是我的阿尼瑪，妳是獨一無二。』

「好啦，我承認。」她笑了笑，「是有一點點感動。」

『謝謝。』我也笑了。

「電影快開始了，我們不要再說話了。」

『看來妳似乎還沒有身為我的阿尼瑪的自覺。』

「什麼意思？」

『妳是我的阿尼瑪，即使妳在電影放映時說話、亂叫、跑來跑去、

甚至大聲放屁，在我眼裡，那些都是非常可愛的行為。』

「胡扯。」她笑了起來，隨即止住笑，低聲說：「噓，電影開始了。」

我點點頭，閉上嘴巴。

整個交談的過程，我們一直都是壓低音量而且摀著嘴巴。

就像用無線電通話一樣，我講話時，我摀著嘴巴靠近她的右耳；

輪到她講話時，她摀著嘴巴靠近我的左耳。

雖然放映過程中我們沒有交談，但她的聲音仍會莫名其妙在耳邊響起。

即使這家電影院的音響很好，也無法完全掩蓋她的聲音。

看完電影，我和前社長送她們回宿舍。

原本我和她應該扮演電燈泡的角色，但一走進交誼廳，

我卻覺得前社長和放聲大哭的女孩才是電燈泡。

我和她悄悄離開他們10步，打算說些話再告別。

「新的一年快到了。」她說。

『是啊。』我附和。

今年我與梔子花女孩重逢、一起吃飯郊遊、一起參加耶誕舞會，

不再是只能站著看坐著的她，然後最多交談兩句。

因此這一年對我而言非常充實而美好，我捨不得送走它。

「雖然新年還沒到，但還是先跟你說新年快樂。」她說。

『不要啦。』

「嗯？」

『喔，沒事。』我說，『那我也先說新年快樂。』

『新的一年……』

「我們還是會見面。」她搶先說，然後笑了笑，「我上樓了。」

『我送妳到樓梯口吧。』

「不用了。才幾步路。」

『但我很想再看一次殭屍跳。』

「身為你的阿尼瑪，我命令你忘掉那個畫面。」

『遵命。』我陪著她走到樓梯口，果然只走了 8 步。

「晚安。」她轉身上樓。

放聲大哭的女孩也緊跟著上樓，經過我身旁時，她問：

「還是情感濃度不足以成為愛情的友情嗎？」

『嗯……』我想了一下，『或許吧。』

「那麼加油吧。」她笑了笑，然後揮揮手說聲 Bye-bye。

『謝謝。』我也說聲 Bye-bye。

前社長說要請我吃宵夜，我們便回去學校附近找了家麵攤。

「謝謝你今晚肯跟我們看電影。」他說。

『不客氣。』我說，『那麼學長今晚很順利嗎？』

「不管順不順利，我以後都不會再跟她見面了。」

『啊？』我大吃一驚。

他的神色倒很自然，沒有明顯的情緒起伏。

「對高中時的我而言，她就是我的阿尼瑪。」

『我猜也是。』

「第一眼看見她，腦中好像響了聲悶雷，從此墜入情網，整顆心被她
　佔據，根本無心唸書。」他說，「我千方百計想接近她，才會做出
　那件蠢事，之後就沒再看見她。直到今年耶誕夜，終於又見面。」

『學長是邀請她當耶誕舞會的舞伴嗎？』

「嗯。不過她拒絕了。」他說，「可是我一點也不難過。」

『為什麼？』

「已經四年沒見，但我上禮拜看見她時，竟然完全沒有特別的感覺。」

『怎麼會這樣？』

「四年前，她是我的阿尼瑪，我深深為她著迷。四年後，對我而言，
　她卻成了一個普通而平凡的女生。」

我看著他苦笑，驚訝得說不出話。

「我曾經跟你說過：人永遠會有選擇。但阿尼瑪例外，因為內心深處
　總有一股神祕力量，引導我們去選擇特定的女性，由不得我們。」

他說的沒錯，就像魔術師的選擇一樣，我們根本沒有選擇。

因為潛意識裡的神祕力量，早已幫我們做好選擇。

「四年前她是我的阿尼瑪，而現在的我無法將阿尼瑪的形象投射在她
　身上，這些都不是我的選擇。」

『我還是搞不懂為什麼會這樣？』

「阿尼瑪是男性內心的女性形象，在男子身上既不會呈現也永遠不會
　消失。但隨著男子心理成長，內在的阿尼瑪也會從幼稚變成熟。」

他說，「或許我現在潛意識裡的阿尼瑪形象跟四年前不同吧。」

『既然已經沒感覺了，為什麼學長今晚還約她看電影？』

「我只是完成高中時的心願而已。」

『恭喜學長完成心願。』

「謝謝。」他說，「你也該恭喜我變得比較正常。」

『不僅正常，而且學長剛剛的談話也很專業呢。』

「自從被記一次警告且不再看見她後，我總覺得自己失魂落魄。現在
　這一切都過去了。」他看了看錶，「可以跟你說聲新年快樂了。」

『新年快樂。』我也說。

室友都出門去跨年了，只剩我一個人在寢室裡思考人生。

當我們還是嬰兒時，在外人感覺既非男性也非女性。

之後受到社會對男女的期望不同，才逐漸將我們塑造成男人和女人。

我們只成為自己的一半，另一半潛藏著，成為阿尼瑪或阿尼姆斯。

於是每一個人都藉由戀愛，尋找自己所遺失的另一半。

也就是說，男性在女性身上，尋找自己心中的阿尼瑪。

阿尼瑪是男人內在的女人、阿尼姆斯是女人內在的男人，

因此依據榮格的理論，每個人其實都是和自己談戀愛。

新的一年到了，這也意味著學期快結束了。

心理社本學期最後一次團體活動時間，幾乎都是女社員說話。

工設一的學妹侃侃而談她心中另一半的模樣，我越聽越皺眉。

從不遲到，但她常遲到卻不生氣；她感冒了，還是會用她的杯子喝水；

有點害羞，卻常為了她大聲說出我愛妳；永遠微笑以對她的無理取鬧；

吃她吃剩的東西；隨時可以放下一切只為陪她聊天……

「我很怕蟲子，當我看到蟲子大聲尖叫，他也不會笑我。」學妹說。

我心想：那可能是因為他也怕啊。

「他說謊時會結巴……」

『所以他不結巴就表示說實話？』我忍不住插嘴。

「嗯？」她楞了楞，「邏輯上是這樣沒錯。」

『那麼他要騙妳太容易了。』我說，『他只要故意用結巴的口吻說出
　幾次無傷大雅而且容易拆穿的謊話，妳就會知道他說謊時會結巴。
　等到他真正想說謊騙妳時，就照平常講話那樣自然說出就行，反正
　妳一定會認為那是實話。』
「這⋯⋯」她張大嘴巴，說不出話。
直到團體活動時間結束，學妹的嘴巴才合攏。

「頭腦清楚、言辭犀利，學弟你變得不太一樣哦。」怡珊學姐說。
「經過耶誕和新年，到底發生什麼事讓你改變呢？」秀珊學姐說。
「過新年了不起去跨年，那應該只會影響心情。」
「所以耶誕舞會一定有發生事情才會讓你改變。」
「是不是跟你的舞伴告白了？」珊珊學姐異口同聲。
『什麼事都瞞不過學姐。』我嘆口氣。

我說起去年耶誕夜所發生的事，她們始終保持微笑傾聽。
「你的阿尼瑪對你有正面的影響。」怡珊學姐說。
『是嗎？』
「所以你才會變得非常有自信呀。」秀珊學姐說。
或許是因為我找到阿尼瑪，於是我變得完整，也因此更有自信。

期末考考完的那天晚上，我去找梔子花女孩。
「我們到操場走三圈吧。」她說。
天氣很冷，空曠的操場上風很大，我們的雙手插進各自的外套口袋裡，
順時針繞著操場散步。我們幾乎不交談，頂多就是：
「很冷」、『嗯』、「真的很冷」、『是啊』之類沒有殺傷力的對話。
走完三圈後，臉部肌肉也凍得差不多了，我們再走回交誼廳。

「身為你的阿尼瑪，我命令你放寒假時要好好過年。」

『遵命。』

寒假期間無所事事，我常常會想起梔子花女孩。

但比起去年寒假時的想念，今年寒假的想念溫馨多了，而且還有期待。

我可以想念相處時的點滴，也知道很快就會見面，並且期待著。

我依照她的指示好好過年，而情人節就在大年初五，也算過年期間。

所以我只能裝作不知道大年初五也剛好是西洋情人節這件事。

不過我還是會想起那張愛情留言卡上面的文字。

新學期到了，班上選幹部的時候，我和李君慧堅持要告老還鄉。

那天我患了重感冒，戴上口罩虛弱地說出：我快不行了。

也許同學看我可憐或是良心發現，便改選公關和康樂股長。

確定不用再當公關後，隔天感冒便不藥而癒，只剩頭還有點痛。

我等不及讓頭痛痊癒，吃了顆頭痛藥後，當晚便去找梔子花女孩。

我走進交誼廳，她還是坐在相同的位置，一切似乎都沒有改變。

『為什麼吃了頭痛藥之後，頭還會痛呢？』我問。

「因為那個頭痛藥的副作用是偏頭痛。」她回答。

『原來如此。』

「什麼叫原來如此？」她說，「我這個答案對嗎？」

『我回去看使用說明書就知道了。』

「嗯？」

『沒事。』我說，『我今天來，只是想見妳一面而已。』

「那麼我們到操場走三圈吧。」她笑了笑。

她到底知不知道今年入冬以來最強的一波寒流就在今晚來襲？

她們學校的操場是一般常見的橢圓，長邊剛好是東北、西南走向。

在空曠的操場頂著冷冽的東北風走路，不要說前進，連交談都很困難。

如果是為了去救人或是送小孩去急診，那無話可說；

可是我們只是去散步啊。

逆著風走完一長邊，繞到另一長邊時，卻是被狂風推著走。

我們的腳步有些踉蹌，而且感覺只要雙腳離地就會騰空飛起。

『我可以問妳一個深奧的問題嗎？』我終於忍不住開口。

「你一定想問我，為什麼在這種天氣還要到操場走三圈？」

『嗯。』我點點頭，縮了縮脖子，『我想妳一定有特別的理由。』

「沒什麼特別的理由。」她笑了笑，「因為我任性呀。」

『喔。』

「我很任性，你不訝異嗎？」

『妳是我的阿尼瑪，即使妳很任性，在我眼裡依然是非常可愛的。』

「好吧。我老實說。」她說，「但你不可以笑我。」

『我現在只擔心會飛起來，根本笑不出來。』

她從外套口袋抽出右手，然後伸向我，我便也從外套口袋抽出左手。

她右手握住我左手，擺動了幾下。

「在我人生的七千多個日子裡，我有很多快樂的時光。七歲時第一次去動物園、十三歲時捧著第一朵梔子花聞香、十五歲時的國中畢業旅行、十八歲的暑假考上大學等等，都是我非常難忘的快樂記憶。但如果讓我選擇的話，去年耶誕夜我們在操場散步應該是我最快樂的時光。我想永遠留下那晚的快樂感覺，是那種真實的、活生生的

感覺，而不只是曾經很快樂的記憶。我相信只要在這個操場散步，
那種感覺就會一直存在，不會褪色、也不會變淡、更不會消失。」

我不知道潛意識裡的神祕力量為什麼會將阿尼瑪投射在她身上？
我只知道我很喜歡她，深深的、深深的，深不可測。
我突然很想牽著她的手，然後雙腳一起離開地面，看是否能騰空飛起。
如果真的飛起來了，那麼飛到任何一個角落都可以，不落地也行。

『即使妳從這個學校畢業，如果還在這個城市，甚至不在這麼城市也
無所謂，只要妳願意，我們就來這個操場走三圈。』
「真的嗎？」
『嗯。以後我來找妳時，不管要做什麼，一定先來操場走三圈。』
「好。」她吸口氣，「要逆風了。」
『嗯。我準備好了。』
我們緊握住對方的手，在逆風中緩緩前進。

從此以後，我每次去交誼廳找她，見面後總會先去操場走三圈。
如果是一起吃飯，飯後還會再去操場走三圈。
我不知道一直順時針沿著操場走三圈是否有助於感情進展，
但起碼這樣做會讓身體更健康。

不用再當公關後，我變得比較清閒，更常參與心理社的活動。
心理社每學期都會舉辦側寫比賽，前幾次我沒參加，這次想去玩玩看。
為了避免社員剛好認識要觀察的對象，所以通常是在校外找個地點。
社長選了學校附近公園的廣場當作比賽地點，時間是週六下午一點。
以前都是珊珊學姐拿冠軍，但她們還沒有出現，應該又是姍姍來遲。

廣場上的人不多，社長指定一個坐在椅子上看書的女孩為觀察對象。
大家在離她20公尺遠的樹下仔細觀察她十分鐘後，便開始發表看法。

有人從她看的書和翻頁的動作，推測她的背景；
有人從她的穿著、髮型和坐姿，推測她的性格；
有人從她專注看書的模樣，推測她的心理狀態。
但她只是安靜地坐著，除了手指偶爾翻頁外，幾乎沒有多餘的動作。
而且她也沒起身或跟人聊天，所以根本看不出談吐、舉止和表情。
這題實在太難，大家只能瞎猜，社長正想換個觀察對象時，我開口了。

『從她所處的環境和四肢的擺放，我推測她應該姓楊。』
「你說什麼？」社長幾乎大叫。
『她身旁有棵樹，得「木」。太陽高掛在她頭上，得「日」。她坐在
　長椅上，得「一」。右手自然垂下，左手曲肘捧著書，得「ㄅ」。
　雙腿向前伸直，腳跟著地，可以得兩個「丿」。』我邊說邊比劃，
『組合起來，就是「楊」。』

「這不是側寫。」社長說，「這是瞎掰。」
『我是根據人體象形文字學來推測，這是側寫的最高奧義。』我說，
『不信的話，可以去問那個女孩是否姓楊。』
有個社員跑去問她，只見她手中書本滑落、彈起身，一臉驚訝。
「……」社長則是張大嘴巴，說不出話。

社長不是白痴，根本不會相信可以經由側寫得知一個人的姓氏。
或許他覺得這只是巧合，但他還是宣布我是這次側寫比賽的冠軍。
比賽結束大夥都走光後，我走到坐在長椅上看書的女孩身旁。

『嗨，楊玉萱。』我笑了笑。

她抬起頭，手中的書本再次滑落。

『這本書被妳丟在地上兩次了。』我彎腰撿起書本，遞給她。

「謝謝。」她伸手接過，問：「你怎麼會在這裡？」

『我也想問妳相同的問題。』

我簡單說起側寫比賽的經過，她則說她吃完午飯後買了本書，

經過這座公園時，覺得初春中午的氣候很舒適，便坐下來看書。

『好久不見了，近來可好？』我問。

「你這次終於覺得可以算是好久不見了。」她笑了起來。

俯視著她，很容易讓我聯想起高中時跟梔子花女孩相遇的情景。

但畢竟她不是梔子花女孩，我便在她身旁坐了下來。

大概有四個月沒見，我們簡單說起彼此在這段日子所發生的事。

不過我們似乎很有默契，都跳過耶誕時節那一小段。

這其實很怪，就像當你敘述你的寒假生活時，竟然跳過春節。

說完彼此別後的日子，我們幾乎有一分鐘同時沉默，氣氛有些詭異。

「你參加去年的耶誕舞會了嗎？」她終於先開口。

『嗯。』我點點頭，『妳呢。』

「我沒去。」她搖搖頭。

『喔。』我莫名其妙覺得尷尬。

「你的舞伴是什麼樣的女孩？」

『嗯……』我想了一下。

「抱歉。」她說，「如果很唐突，請你不用回答。」

『不是這樣的。』我說,『我只是不知道該如何形容她而已。』

「簡單說就好。」她笑了笑,「我只是好奇。」

雖然輕描淡寫,我還是說出高中遇見她然後分離最後又重逢的過程。

「看來你們應該是註定要在一起。」

『呃……』我又覺得尷尬,『或許吧。』

「我還是要謝謝你帶給我第一次參加舞會的美好回憶。」她笑了笑,
「我只要回憶起那晚,就會感到非常非常滿足呢。」

『楊玉萱。』

「嗯?」

『為什麼妳還這麼年輕,卻已經要靠過去的美好回憶來讓自己感到
滿足呢?』

她睜大眼睛看著我,眼神充滿疑惑。

『如果我們七老八十,確實要靠過去的美好回憶來讓自己滿足。但妳
才二十歲,妳隨時會有新的美好記憶,也許下個月,也許下星期,
甚至是明天,在妳身上都很有可能發生美好的事值得妳將來回憶。
妳不該只滿足於我那晚帶給妳的美好回憶,妳應該要求更多更多,
因為妳值得更多、也絕對會有更多美好的回憶。』

她聽完後楞了楞,隨即笑了起來,而且是很開心的笑容。

「蔡修齊。」她笑說,「我真的會記得你耶。」

『我也會記得妳叫楊玉萱。』我也笑了,『不是因為我弄破妳的裙子
良心不安以致一輩子記得,也不是因為妳送我的鑰匙圈我一直帶在
身上於是才記得。而是因為妳是一個很好的女孩,所以我會記得。』

「那就多謝你了。」

『應該是我要謝妳。』我笑了笑，『能夠記得妳，是我的榮幸。』

我們又開始閒聊，但這次並沒有像耶誕舞會那種必須避開的地雷。

「差點忘了。」她看了看錶，站起身，「我得走了，跟朋友有約。」

『那就下次再聊了。』我也站起身。

「你真的把我送你的鑰匙圈帶在身上？」

『當然。』我從口袋掏出那隻金牛，在手上把玩一會，『這個鑰匙圈
　不但好看，而且機車郊遊時也很實用。』

「機車郊遊時很實用？」她很納悶。

『下次再詳細告訴妳。』

「好，那就下次。」她揮揮手，「記得哦。」

『我會記得。』我也揮揮手。

目送楊玉萱離開的背影，正打算也轉身離開時，竟然看見珊珊學姐。

『學姐怎麼這時候才來？』我很訝異，『側寫比賽早就結束了。』

「我們到了好一陣子了。」怡珊學姐說，「只是在觀察你跟她而已。」

「跟那位終於忍不住還是打噴嚏的女孩說清楚了吧？」秀珊學姐問。

『算是吧。』我嘆口氣。

「怎麼了？」珊珊學姐問。

『我只是覺得疑惑。』我說，『為什麼她會有點喜歡我？』

「你想想看，狗為什麼對你狂吠，是因為牠是瘋狗？」怡珊學姐說，
「還是因為你身上有屎？」

『學姐的意思是……』我忍不住笑了，『我身上有屎？』

「我們這年紀的男女，被異性身上某些特質所吸引，是很正常的事。」

秀珊學姐說，「你身上應該有某種特質吸引她。」

『什麼特質？』我問。

「我剛剛仔細觀察你和她之間的互動，我發現你身上有一種特質。」
怡珊學姐說，「這種特質通常用來形容女性，叫文靜。」

『文靜？』

「嗯。」秀珊學姐說，「或許用來形容男生並不恰當，但你身上的這種
特質，確實很像文靜。」

我仔細思考學姐的話，或許正如我被她的文靜典雅特質所吸引一樣，
她也因我的文靜特質而被吸引。

4月初是我認識梔子花女孩滿三年的日子，我去找她一起吃飯。
她說滿三年值得慶祝，提議多走兩圈，總共要走操場五圈。

『我一定要想辦法讓妳有新的快樂感覺。』

「為什麼？」

『將來我們認識三十年時，得走操場幾圈？』我笑了笑，『那時恐怕
我們都走不動了。所以一定要想辦法找出新的快樂感覺啊。』

「嗯。」她點點頭、笑了笑。

期中考過後，心理社打算在4月下旬舉辦心理週活動。
我和珊珊學姐正討論活動的項目和細節時，有個男社員跑過來大叫：
「排球場上有個大正妹，很多人都跑去看了，我們快去卡位！」

『喂。』我說，『是討論心理週的活動重要？還是看正妹重要？』

「看正妹重要。」珊珊學姐竟然說。

說完後，她們便拉著我到排球場。

276

原來今年大外盃在本校舉行，很多大學的外文系學生都來本校參賽。
比賽的項目很多，主要是各種球類。
排球場上鬧烘烘的，觀眾一面倒為正妹所在的球隊加油。
如果有人帶你去看人群中的某個正妹，但並沒有指出正妹的位置，
你應該會先問：正妹在哪？
但當我們到排球場卡好位後，根本不需要旁人指出正妹在哪，
我們只看一眼就知道誰是正妹。

好幾個月沒見，一看見張秀琪還是驚豔不已。
人要衣裝這句話固然沒錯，但衣要人裝卻更有道理。
雖然有一群女孩穿著同樣的衣服，但她身上的衣服看起來卻最亮眼。
只不過是白底滾紅邊的長袖上衣搭配淡藍色長褲的樸素款式，
但這套運動服在她的襯托下，卻像是出自國際服裝設計大師的手筆。

我注視著她在場上的動作，單純的雙手托球看起來卻異常優雅。
不禁回想起初識她時她展現出的細心體貼，還有去年12月的露營中，
星夜下的舞會、虹吸壺煮出來的香醇咖啡、回程車上的對話。
可能是因為她太漂亮的緣故，明明這些記憶都是真實的存在，
卻染上一些夢幻的色彩，使得所有的回憶感覺如幻似真。

今年剛來臨時，我收到她寄來親手繪製的新年賀卡。
我也因此收集到她的第三個Helen簽名。
卡片上除了謝謝我的辛勞以及祝我新年快樂外，最後還補上一句：
「在車上忘了提到你的另一項特質：細心體貼。」

我突然想起小偉在露營時說過，他無法體會出張秀琪的細心體貼。

那麼可以體會出她細心體貼的我，是否也同樣是細心體貼？
而我和她是否因為這種共同的特質而互相吸引？

「既然認識她，比賽結束後記得去打個招呼。」怡珊學姐說。
『啊？』我回過神，『學姐知道我認識她？』
「套句前社長說過的話：眼珠往左下表示正在回憶。」秀珊學姐說，
「你剛剛的眼珠一直往左下。」
『是嗎？』我眼珠轉了轉，感到一絲暈眩。
「說來聽聽。」珊珊學姐異口同聲。
我說起認識張秀琪的經過，包括她回程時在車上所說的話。

「學弟。」怡珊學姐說，「你果然變成熟了。」
『學姐為什麼這麼說？』
「隨著男人心理成長，阿尼瑪可以有四個階層，第一階層反映男人對
　女性原始的慾望，第二階層反映男人對美的追求。」秀珊學姐說。
「這就是男人容易迷戀女性的肉體和美貌的原因。」怡珊學姐笑了笑。
「但你並沒有因為她的美貌而把阿尼瑪形象投射在她身上，可見你的
　阿尼瑪可能已經超越第二階層了。」秀珊學姐說。

我還想再追問時，球場上一陣騷動，比賽結束了。
張秀琪的球隊應該是輸了，因為對手正歡呼和相互擁抱。
我看見她面帶微笑拍拍隊友肩膀，似乎鼓勵隊友別喪氣。
正準備走向她打個招呼時，發現已有三個男生站在她身旁。
如果我再走過去，湊成四個人就可以打麻將了。

進也不是、退也不是，我只能呆站著。

好不容易那三個男生知難而退，但她的隊友隨即簇擁著她。

在前去打擾與退等良機之間猶豫時，她似乎看見我了，朝我揮揮手。

我立刻走向她，她也走向我，我們相遇在中途。

『好久不見。』我們幾乎異口同聲。

簡單寒暄幾句後，她說她和同學住朋友家，今天是來本校的第二天。

『待會有空嗎？』我問。

「要跟同學喝杯飲料，然後逛逛貴校。」她說。

『晚餐呢？』

「跟 Jenny 約好了一起吃晚餐。」

『明天還有比賽嗎？』

「輸了這場四強賽後，明早八點半比賽，爭第三名。」

『那妳今晚好好休息。』我笑了笑，『我明天再來幫妳加油。』

「你真的是個細心體貼的人。」她說。

『為什麼突然這麼說？』

「你想盡地主之誼，但不想讓我為難。而且考慮到我明早還有比賽，

　今晚也不想打擾我。」她笑了笑，「寧可明早蹺課來看我打球。」

『妳怎麼知道我明天早上有課？』

「我猜的。」她問：「猜對了嗎？」

『算妳猜對。』我說，『不過我本來就打算明早要蹺課。』

「你明早原本有事嗎？」

『沒有。』

「既然沒事，為什麼你本來就打算要蹺課呢？」

『這……』

「你就承認自己是個細心體貼的男孩吧，這是你的特質。」

『這好像是我對妳說過的話耶。』

「是呀。」她笑了笑，「那時我有坦白承認哦。」

『好吧，我也承認。』我也笑了，『不要跟別人說喔。』

「蔡修齊。」

『嗯？』

「你就像暮春午後四點的微風，很溫和，讓人神清氣爽。」

『那妳就像仲春時節所有綻放的豔麗花朵加起來的總和。』

「謝謝。」她笑了起來，「你的特質還得加上一項：很會說話。」

『哪裡。』我也笑了，『我只是實話實說。』

笑聲停止後，我們很有默契同時保持沉默，但並非無話可說，
而是只想單純享受暮春午後四點的微風，拂過臉頰的清爽。

『去吧。』我先開口，『妳同學已經等了好一會了。』

「好。」她點點頭，「那麼明早見囉。」

『記得今晚要早點休息。』

「我會的。」她揮揮手，轉身離開。

我看著她融入群體，即使穿著同樣衣服，她的背影依舊與眾不同。

「根據她揮手時的角度，你果然是細心體貼。」怡珊學姐說。

『揮手時的角度？』我很驚訝，『這未免太……』

「我們只是豎起耳朵，不小心聽到而已。」秀珊學姐笑了笑。

『嚇我一跳。我還以為學姐很神呢。』

「先知道結果，再找些理由來解釋，這是側寫的最高奧義。」

「你也是因為這樣才會拿到這次側寫比賽的冠軍，不是嗎？」

『原來學姐知道啊。』

我們三人同時笑了起來，然後回去繼續討論心理週的活動。

隔天早上，我蹺課去幫張秀琪加油，結果她們球隊贏了。

她們在場上又叫又跳，我從未看過她如此興奮。

她看到我時還吐了吐舌頭，而我只是站在原地拍手微笑。

等她們亢奮的情緒逐漸回復平淡後，我再走向她。

『待會有空嗎？』我問。

「等一下有頒獎典禮。」她說。

『午餐呢？』

「跟同學去吃慶功宴。」

『下午坐幾點的車回高雄？』

「兩點半的火車。」

『那……』我笑了笑，『我還是去上課好了。』

「不好意思。讓你蹺課了。」

『千萬別這麼說。妳難得來我們學校，幫妳加油是應該的。』

「那就下次再見了。」她說，「雖然不知道下次是什麼時候。」

『也許是妳成為國際巨星那天，我去參加妳的電影首映會。』

「你說笑了。」她笑了笑，「我只會成為一個平凡的女生。」

『坦白說，我很難想像妳成為平凡人的樣子。』

有別於剛剛歡樂的氣氛，此時的氣氛有些惆悵。

「那……」她拉長尾音，似乎不知道該怎麼做ending。

『不然就下個月再見。』

「呀？」她很驚訝，「下個月？」

『雖然我們都不是公關了，但我們兩班還是可以聯誼啊。』

「對呀。」她很高興，「不過不要露營，你們守夜太累了。」

『我也覺得不要露營，不然妳還得帶那組器具，太麻煩了。』

我們相視而笑，離別的氣氛突然變得很淡。

「那就下個月再見囉。」

『嗯。』我說，『恭喜妳們得到第三名。』

「謝謝。」她揮揮手，「趕快去上課吧。」

『好。』我也揮揮手，然後轉身離開。

其實我早上只有兩節課，當她們的比賽結束時，我的課也結束了。

我沒有回寢室，一個人騎車出去逛逛，然後停在一家唱片行門口。

我在店裡閒晃，發現尾崎豐的單曲專輯──〈Oh My Little Girl〉。

沒想到尾崎豐死後兩年，這張CD才上市。

我沒再多想，立刻掏錢買下。

梔子花女孩的生日快到了，原本打算送她當生日禮物，

不過隨即想起，如果她很喜歡尾崎豐，那麼應該已經買了這張CD。

我決定拆開CD的包裝，至於生日禮物要送什麼，那就再想想吧。

剛開始聆聽這首歌，便覺得他的歌聲雖然低沉沙啞，卻充滿力量。

他唱得深邃動人，即使沒看見他的臉，也能想像他演唱時的深情。

我越聽越能感受到他歌聲中的魔力，聽完後竟然渾身起了雞皮疙瘩。

我常常聽這首歌，後來我還去圖書館借了一本日文教科書，

打算在歌詞加註羅馬拼音方便跟著唱。

心理週的活動大致敲定，珊珊學姐要我跟著她們負責塔羅牌。

『塔羅牌？』我很納悶，『學姐把心理社當占卜社嗎？』

「從心理學的角度，不應該叫占卜，應該叫讀牌。」怡珊學姐說，

「榮格可是認為塔羅牌能幫助我們解讀人的集體潛意識呢。」

「有些心理學家甚至把塔羅牌應用在心理諮商哦。」秀珊學姐說。

我只好連續幾天接受學姐的塔羅牌特訓。

心理週到了，我和珊珊學姐輪流顧著塔羅牌攤位。

學姐很白目，還在桌前貼了張白紙，上面寫著：鐵口直斷。

這讓我感覺我好像是在夜市擺攤的算命先生。

來光顧的學生幾乎都是女生，而且問題大部分與愛情有關。

就像現在坐在我面前的女生，她抽到的牌是12號倒吊人。

「我的問題是……」她說，「不管我變什麼，他是否依然愛我？」

『什麼叫：變什麼？』

「比方我可能會變醜、變老、變胖等等。」

『他有可能會是同性戀嗎？』

「嗯？」她楞了一下，然後說：「當然不可能呀。」

『那就麻煩了。』

「為什麼？」

『如果妳變性，那麼要他依然愛妳的話，他就只能是同性戀了。』

「這……」她站起身，往後退了幾步，然後轉身掩面離開。

「胡說八道。」珊珊學姐聽完我的敘述後，同時敲了一下我的頭。

『我當然可以說，如果妳是他的阿尼瑪，那麼不管妳變什麼，他依然

　會愛妳。』我摸摸被敲痛的頭，『可是這樣的話，我得解釋什麼是

阿尼瑪，而且要解釋阿尼瑪還得去操場走兩圈。』

「去操場走兩圈？」怡珊學姐問。

我說起為了向梔子花女孩解釋阿尼瑪是什麼，在操場走了兩圈的細節。

「聽起來這女孩似乎很不錯。」秀珊學姐說。

『對了，學姐。』我問：『妳們還沒看過梔子花女孩，想看她嗎？』

「你喜歡你看80分、別人看100分的女生？」怡珊學姐問：「還是
　你看100分、別人看80分的女生？」

『對我來說，當然是我看100分、別人看80分的女生。』

「那麼如果我們覺得她不如排球場上的大正妹、可愛的金髮混血妞、
　忍不住打噴嚏的女孩時，你該怎麼辦？」秀珊學姐問。

『這……』

「幹嘛還猶豫？」怡珊學姐說，「她是你的阿尼瑪，是你的另一半。
　別人怎麼看根本不重要，重點是你自己怎麼看呀。」

『沒錯。』我點點頭。

「在你眼裡，你的阿尼瑪就是100分，不管她變什麼，依然是100分。」
秀珊學姐意味深長地看著我，「除非是你變了，她才不會是100分。」

『學姐。』我很篤定，『我不會變。』

「乖。」珊珊學姐同時摸摸我的頭，「這樣就對了。」

心理週的活動結束了，我收拾好攤位準備回寢室。

明天是禮拜天，也是5月的第一天，那麼5月8號也是禮拜天。

在禮拜天過生日很棒，只要她不回台中的話，可以慶祝一整天。

這是滿20歲的生日，得想想該怎麼慶祝，也得想想要送什麼禮物。

等等，5月8號是禮拜天？那不就是5月的第二個禮拜天？

天啊！那是母親節耶！

她的生日竟然跟母親節衝堂，那麼她一定會選擇過母親節。

正感到沮喪和扼腕時，背後突然被某樣東西抵住。

「要錢還是要命？」她問。

『單選還是複選？』我回過頭，看見Jenny。

「Oh，Jack。」她收回食指，笑了起來，「你總是那麼funny。」

『Hi，Jenny。』我笑了笑，『好久不見。』

「確實是好久不見了，你有沒有很想我？」

雖然她是開玩笑，但這種問題還是不能亂回答，我只好乾笑兩聲。

「你剛剛在想什麼？」

『只是想到母親節而已。』我問：『妳母親在台灣嗎？』

「我母親……」她抬起頭看著天空，「現在應該在天上吧。」

『啊？』我覺得很尷尬，『抱歉。我不知道妳母親已經過世了。』

「別亂講。」她說，「我母親活得好好的。」

『妳不是說妳母親在天上？』

「我母親要從美國來看我，現在應該是在飛機上。」她笑了起來，
「所以她在天上沒錯呀。」

『妳……』

「Jack。」她越笑越開心，「我就是喜歡逗你。」

不管多久沒見，Jenny依然是古靈精怪，而且白目。

「大外盃的比賽為什麼只幫秀琪加油，不幫我加油？」

『妳也有比賽嗎？』

「有呀。」她說,「我參加女籃,在體育館內比賽。」

『難怪。』

「難怪什麼?」

『那天經過體育館,看見一堆男生在門口擠不進去,嘴裡不斷哭喊:
　讓我進去幫Jenny加油吧!我好想看超級可愛的Jenny!拜託啊!』
我笑了笑,『原來他們口中的Jenny就是妳。』

「瞎掰。」她說。

『不信的話,妳可以去看看體育館門口,有人寫上:ask the world,
　what is love。』

「什麼意思?」

『問世間,情是何物。』

「最好是這樣。」她咯咯笑了起來,「我待會就去看。」

『那我只好馬上去寫。』我也笑了起來。

「去年這時候,我們正為了合唱比賽而練習。」笑聲停止後,她說。

『嗯。』我說,『沒想到我們認識一年了。』

「是一年兩個月才對。」她立刻糾正,「合唱比賽前兩個月,你來找
　我們班聯誼,那才是我們第一次見面。」

『沒錯。』

我不禁回想起第一眼看見她時,金黃小波浪捲長髮令我印象深刻。

「其實你人真的不錯。」她說。

『這麼明顯的事,妳竟然到現在才看出來?』我笑了笑。

「我第一次看見你就這麼覺得。」她說,「那時你只想為班上辦聯誼,
　眼神盡是渴望,讓我感受到熱情……」

『熱情？』我吃了一驚，不自覺打斷她。

「對呀，就像你不要合唱比賽的獎盃，因為你只想把班上的活動辦好，其他根本不重要，這就是一種無私的熱情呀。」她說，「所以你才會說出不能因為私人因素而影響系上活動這種話，我可是很欣賞呢。」

如果要我形容自己的特質，我絕不會用熱情這種字眼。

我也許會用負責或認真來形容，但在她的眼裡，我這種特質就叫熱情。

沒想到我欣賞她的熱情特質，她竟然也欣賞我的熱情。

正如我和楊玉萱因文靜特質、我和張秀琪因細心體貼而互相吸引一樣，

我和Jenny也因共有的熱情特質而互相吸引。

「Jack。」她嘆口氣，「難道我們真的無話可說了嗎？」

『喂，不要說這麼奇怪的話。』

「不然你就找一些話來講嘛。」

『嗯……』我想了一下，但一時之間不知道該說什麼。

「還是你不想說話，只想吻我？」

『喂！』我臉頰瞬間發燙。

「我真的很喜歡逗你，這會讓我很開心。」她笑了起來。

『那我會不會讓妳哭？』

「不會呀。你總是讓我笑。」她說，「即使去年耶誕舞會你沒邀請我當舞伴，我也只是很失望再加上有一點點生氣而已。」

『所以我還差一點點。』

「差一點點？」

『因為女孩總是喜歡會讓她們哭的男孩。』

「哭？」

『對妳而言，山珍海味才是正餐，而清粥小菜只是點心。妳一定可以找到某個會讓妳哭的山珍海味，當你們相遇時，妳心裡會出現聲音告訴妳：就是他。他會讓妳覺得終於找到自己內心深處遺失許久的那部分，於是妳會變得完整。』我笑了笑，『而我，只要專心扮演會讓妳笑的清粥小菜就可以了。』

她靜靜看著我，我從未見過她如此安靜，她似乎是看得出神了。

『Jenny？』我叫了她一聲，並輕輕搖一下她的肩膀。

「抱歉。」她回過神，「我剛剛入定了。」

『入定？』

「嗯。」她點點頭，「以後別叫我 Jenny，請叫我 Jennifer。」

『妳說什麼？』

「我頓悟了。」她笑了笑，「我已放下對你的執著，終於成佛了。」

『那妳什麼時候會放下白目呢？』

我們相視而笑，而且越笑越開心。

「這學期我們兩班找個時間出去玩吧。」笑聲停止後，她說。

『本校外文系女生應該不會想跟水利系男生出去玩。』

「我們偶爾想作賤自己不行嗎？」

『喂。』

「好了，我該走了。」她說，「記得要跟你們班公關說哦。」

『我知道了。』我說，『Bye-bye，Jennifer。』

「Bye-bye，清粥小菜。」

我們又笑了起來，然後她揮揮手離開了。

我回到寢室，繼續煩惱怎麼幫梔子花女孩慶生以及送她什麼禮物。
認識三年多，我還沒送過她任何東西，得趁這個機會好好表現。
左思右想，決定在母親節前一天送她生日禮物。
至於要送什麼，明天下午出去逛逛街再說。

晚上打電話給梔子花女孩，她一接聽電話就說：
「真巧。我正想找你。」
『有事嗎？』
「明天下午陪我去一個地方。」
『沒問題。』
「你不問我是什麼地方嗎？」
『這問題很重要嗎？』我笑了笑。
「好。」她也笑了，「那麼明天見。」

隔天我騎機車載她去車站，停好機車後陪著她等車。
車子來了，我看了一下目的地，是這個城市鄰近的鄉鎮。
打算排隊上車時，她拉了拉我衣袖，我停下腳步。
「我先上車。」她說，「你最少要再等15個人上車後再上車。」
我很納悶，正想開口詢問，她卻說聲待會見便繼續往前準備上車。

我只好先離開隊伍，在原地算了16個人後，才走進排隊的隊伍。
上車後發現只剩零星座位，看見她坐在公車左後方時我恍然大悟。
我走到她面前，右轉身面對車窗，然後舉起右手拉住吊環。
她的視線原本30度向下，感覺到我站在她面前時，她抬起頭。

「袋子。」她微微一笑，伸出右手。

我假裝左手提了個袋子，將左手伸向她。

她也假裝把袋子直放地上用雙膝夾住，再伸出右手說：「書包。」

我左手舉高至左肩拿下不存在的書包，伸長左手遞給她。

她雙手接過不存在的書包，端正平放在雙腿上。

「謝謝。」她說。

我笑了起來，高中時的所有回憶也一併回來。

車子動了，我們很有默契都不再開口，就像高中時的相處模式。

但我偶爾會偷瞄她，我猜她應該也會偷瞄我。

除了不再穿高中制服、不再戴銀色金屬框眼鏡、頭髮長了些外，

她的樣子幾乎沒有改變，頂多就是少了些青澀。

她突然抬起頭與我四目相對，我們相視而笑後，再緩緩移開視線。

異常白皙的膚色、淡褐色的瞳孔、深邃的眼神和雙頰的粉紅依舊。

雖然她不是混血兒，但她一定是我的阿尼瑪，這點毋庸置疑。

車子開始減速，似乎快靠站了。

「梔子花開了。」她從上衣口袋拿出一片白色花瓣。

『沒想到又到了這個季節。』

「時間過得真快。」

『是啊。』我說，『不知不覺已認識三年多了。』

「下車小心。」

剛閃過「我要下車了嗎？」與「難道妳不下車嗎？」這兩個疑問時，

她突然站起身，拉著我左手，走向公車前門，在車停後下車。

「就這個部分最難。」她笑了笑，「因為我也得一起下車。」

我笑了起來，沒想到她還是遵循以前下車時只聊兩句的慣例。

而且這句「下車小心」聽起來依舊如朝陽般溫暖。

這裡是很典型的農業鄉鎮，空氣中充滿泥土的味道。
沿著道路走10分鐘後，右轉進一條鄉間小路，不遠處有個小山坡。
走近那個小山坡時，陣陣濃郁的花香撲鼻而來。
原來有一整排矮梔子叢，潔白油綠的挺立在稻田旁，悠然自得。
潔白的花朵像冰肌雪膚，油綠的葉子豐厚紮實。

我們找個地方坐了下來，在和煦的陽光下，賞花聞香。
梔子花的花形優雅、香氣濃烈，正如她的文靜典雅和熱情特質。
『妳怎麼知道這個地方？』我問。
「我四處去打聽。」她笑了笑，「剛好班上有個同學的老家就在這裡，
　她說這個小山坡上的梔子花開得很漂亮。」

我突然醒悟，不管是在公車上讓我回味高中時的美好記憶，
還是坐在這裡賞花聞香，她一定花了很多細膩的心思。
她果然是善解人意、細心體貼。

『很抱歉。』
「幹嘛突然說抱歉？」
『下禮拜天是妳生日，但妳一定回家過母親節。我沒辦法幫妳慶生，
　而且認識妳至今經歷了三個情人節，也從沒送過妳任何禮物……』
「其實你早已送過我情人節禮物了。」
『哪有？』我大吃一驚，『我怎麼不知道？』

「接下來是重頭戲。」她站起身。

『嗯？』我很納悶，也跟著站起身。

「你從那裡走來……」她指著20公尺外的樹，「我從這裡開始走。當我們擦肩而過時，你要表現出又驚又喜的樣子。明白了嗎？」

『明白什麼？』

「去站在那裡就對了。」她推了推我，「等我點頭後，就開始走。」

我一頭霧水，但還是聽從她的話，走到那棵樹下。

當她點頭後，我們朝著對方走去。

擦肩而過時，我試著做出又驚又喜的表情。

「花好美哦。」她說。

『什麼？』我停下腳步。

「唉呀，你不能說話啦。」她說，「再來一次。」

我走回那棵樹下，等她點頭後，朝著她走去。

擦肩而過時，我再做出又驚又喜的表情。

「花好美哦。」她說。

我沒有任何反應，繼續往前走。

「喂。」她叫住我，「你應該要停下腳步呀。」

『可以跟我解釋現在是什麼情形嗎？』

「劇情是這樣的。」她說，「我們本來認識，但已經多年不見，所以擦肩而過時，你才會又驚又喜。」

『那我應該會叫妳啊，為什麼我不能說話？』

「因為你不知道我的名字。」

『我還是可以說天啊或好巧之類的話。』

「不。」她搖搖頭，「因為你並不期待多年後的我，還認識你。」

『那為什麼我要停下腳步？』

「因為你一直很喜歡我呀。」她說，「多年後不期而遇，你難道不會
　停下腳步嗎？」

『好。』我問：『又驚又喜、不能說話、停下腳步，然後呢？』

「你發現我完全認不出你，只說了句花好美哦，你並不覺得傷心難過，
　反而覺得很滿足，並相信這將是你這輩子最美麗的記憶。」

『所以我該怎麼做？』

「想辦法用表情或肢體動作，表現出這種複雜的心情。」

『妳把我當奧斯卡最佳男主角嗎？』

「這樣吧。」她說，「你原先是又驚又喜，但發現我不認識你，你的
　表情顯得有些失落，然後慢慢回復正常。你始終注視著我的背影，
　背影消失後，你轉頭看著身旁的梔子花，最後嘴角揚起一抹微笑。」

『這……』

「再來一次。」她說。

我只好就定位，心裡默唸所有表情和動作的順序。

「花好美哦。」她說。

擦肩而過時，又驚又喜，停下腳步。

然後默默注視她的背影，表情由失落慢慢回復正常。

她越走越遠，直到看不見她的背影，我再轉頭看著那一排梔子花，
最後嘴角揚起一抹微笑。

「怎麼樣？」她從遠處跑回來。

『我的表情多樣而不重複、內斂而不浮誇，應該可以去當演員了。』

「那就好。」她笑了笑，我們又在原處坐下。

『為什麼要演這場戲？』

「想給你今生最美麗的記憶呀。」

『最美麗的記憶？』

她從隨身攜帶的小包包裡拿出一張粉紅色卡片，遞給我。

這張卡片上方還打了個小圓洞，我只看了一眼，便大吃一驚。

並同時混雜了訝異、疑惑、興奮、尷尬、害羞等表情。

「你的表情果然是多樣而不重複、內斂而不浮誇。」她笑了笑。

『這……這張卡片……』我竟然結巴。

「所以我剛剛才說，你早已送過我情人節禮物了。」

她說高中時她家就在公車終點站，那年情人節愛情留言活動期間，

她下車前都會花些時間看看那些愛情留言卡。

當她湊巧看到我寫的卡片時，便拜託司機給她。

「我說這張卡片是寫給我的。」她說。

他笑了笑，沒多說什麼，便將這張卡片給她。

「原本只想保留這張卡片當作自己的美麗記憶，沒想到我們卻在去年
　梔子花開時重逢了。那時我心想，或許在某年梔子花盛開的季節，
　可以營造卡片寫的情景。」她笑了笑，「當你說我是你的阿尼瑪，
　我就決定在今年5月讓情景成真。不過最難找的場景是開滿梔子花
　的山坡，我問了很多人、找了很多地方，才找到這裡呢。」

我想開口說些什麼，但因感動而說不出話來，也不知道要說什麼。

「蔡修齊。」

『嗯？』

「即使我說你是我的阿尼姆斯，也只能代表你是我最喜歡的人之一。
　可是你真的是我最喜歡的人，沒有之一，真的沒有之一哦，你就是
　我最喜歡的人。」

我腦海裡莫名其妙響起〈Oh My Little Girl〉的旋律和歌聲。
我突然有一股衝動，想學尾崎豐唱這首歌給她聽。
『我唱首歌給妳聽。』
「好呀。」她說，「什麼歌？」
『Oh My Little Girl。』我說，『本想送妳這張專輯當生日禮物。』
「沒錯。唱給我聽，就不用買來送我了。」
『我……』
「開玩笑的。」她笑了，「這張專輯我早買了。唱吧。」

『我剛剛太衝動了，請妳忘掉這件事吧。』我怯場了。
「身為你的阿尼瑪，我命令你唱。」
這兩個禮拜來我反覆聽了上百遍，這首歌我幾乎可以琅琅上口。
我當然無法跟尾崎豐的原唱相比，何況沒有音樂伴奏，只能清唱。
還好參加過合唱比賽，練過男低音，因此唱得不算難聽。
「唱的不錯哦。」我唱完後，她拍拍手。

「記得歌詞的最後一句嗎？」
『いつまでも，いつまでも，離れないと誓うんだ。』
「那你知道是什麼意思嗎？」
『我發誓永遠永遠都不分開。』
「可能嗎？」
『這種可能性應該是98％。』

「為什麼不是100％？」

『因為剩下的2％，1％是世界末日，1％是外星人來襲。』

「不用再走操場三圈了。」

『嗯？』

「如果每年梔子花盛開的季節，我們就來這裡賞花聞香、聽你唱歌，
　今天的一切就會是真實的、活生生的感覺，而不再只是美麗的記憶
　而已。我相信只要我們在這裡看到梔子花開、聞到梔子花香，那麼
　這種感覺就會一直存在，不會褪色、也不會變淡、更不會消失。」

『那麼每年梔子花的花季，我們就一起坐公車來這裡看梔子花吧。』

「嗯。」她笑了起來，「一定哦。」

梔子花香氣隨著她的笑容擴散開來，原來她才是最芳香的梔子花。

我20歲的人生像白開水一樣，雖然平淡，但很健康。

只因認識梔子花女孩，我才沸騰。

淡藍的天、橙色的陽光、溫和的風、眼前散發青春氣息的女孩。

這是我的梔子花女孩，我打從心底深深地覺得，我真的喜歡她。

深深的、深深的，深不可測。

她就是我的阿尼瑪。

～ The End ～

寫在《阿尼瑪》之後

《阿尼瑪》這本書共13萬字，斷斷續續寫了11個月。
與之前的寫作經驗相比，這次的寫作條件比較嚴苛。
我不再有很長一段空閒的時間可以寫（比方寒暑假），
我只能每天抽點時間，一點一滴寫完。

開始動筆是2012年6月，距離上一本2010年10月出版的《蝙蝠》，
已經超過一年半。這段期間我一個字也沒寫。
並非沒有寫作的念頭，只因教書的工作兼了行政職而力不從心。
但去年6月發生了一些事，我便下定決心提筆，再貫徹意志寫完。
至於發生什麼事，那就是另外的故事了。

原本想先寫篇三萬字小說熱身，然後再寫篇十萬字小說。
《阿尼瑪》的第一章其實就是那篇三萬字小說的雛型。
後來覺得這幾年已寫了好幾篇三萬字小說，如果再加上這一篇，
而且萬一不幸又寫得很好，搞不好你從此會改叫我「三萬蔡」。
所以我決定寫長，把預計之後寫的十萬字小說納入結構，
最後長成《阿尼瑪》。

多年以前聽朋友提起她高中放學時坐公車回家的往事。
她說在公車上，坐著的學生會主動幫站著的學生拿書包，
即使彼此來自不同學校而且根本互不相識。
我聽完後覺得很溫馨，很想為此寫篇故事，但直到今天才完成。
也許現在的學生會覺得那是天方夜譚，根本是唬爛；
但很遺憾，這是真實的事，不是為了使社會祥和而編織出的神話。

至於原先構想的十萬字小說，主要以1980年代末的大學生活為背景。

298

雖然之前寫的小說常提及大學生活，但這篇偏重在「社團」方面，
這是以前很少碰觸的東西。

《阿尼瑪》的時間軸為1992至1994，比原先的設定晚了幾年。
而且本來會拉長至1999年，但最後停在1994年5月。
剩下的部分，有緣的話再以另一個故事呈現。

我唸大一時，班上有50幾位男同學，但只有兩位女同學。
某次我睡過頭沒去參加的班會中，有位女同學提名我當公關，
我因而擔任大一下學期班上的公關。
至於她為什麼要提名我？到現在一直是個謎。
她和我幾乎沒有任何交集，也不算熟，彼此只知道是同學關係。
我猜想她也許只是不爽我沒來開班會，於是就給我一個教訓而已。
總之我沒問她為什麼提名我，只是默默接受必須當公關的殘酷事實。

第一次約女孩子聯誼，對方就告訴我端午節過後才有空。
當時挫折感很重，之後回想起來卻覺得她很幽默。
第二次約的是校外女孩，在速食店碰面討論。
一坐下她便說，她對活動形式和地點沒意見，因為女生只負責玩。
所有的一切由男生去打點，而且女生交的錢要比男生少100塊。
那時的我年輕氣盛，一句話都沒說，掉頭就走。

對不高、不帥、個性內向、不太會說話的我而言，當公關其實很怪。
就像我們會覺得大猩猩很適合當保鑣，但看到猴子當保鑣就覺得怪。
因為擔任公關，不得不主動接觸一些陌生的女孩。
有的和善親切，有的趾高氣揚；有的美麗大方，有的營養不良。
對我來說，都是難得的經驗，讓我學習到尊重、包容與溝通。

《阿尼瑪》提到榮格分析心理學的一些皮毛，我其實是戒慎恐懼。
雖然這畢竟只是一部小說，讀者不會以較高的標準去審視；
但對我而言，我絕不會因為寫的是小說而隨意賣弄大師的理論。
可惜個人學養不精，書中所言或許有謬誤之處，只好請你包涵。

如同之前的寫作經驗，《阿尼瑪》的寫作期間也發生一些不好的事。
比方電腦螢幕在完稿前三天突然壞掉、備份的隨身碟突然無法讀取。
不過這些跟小皮的死亡相比，根本微不足道。
小皮的死對我而言衝擊很大，以致寫完《阿尼瑪》要再寫這篇後記時，
腦袋幾乎一片空白，不知道該寫什麼？

今年3月初的某個夜晚，小皮吐了一地。
原以為可能只是吃壞肚子，但之後連續兩天不吃不喝、全身癱軟。
我急忙抱著牠求醫，做了檢查後，肝功能和白血球指數飆高，
而且腹腔疑似有顆腫瘤。
醫生說小皮13歲了，希望我要有心理準備。

我讓小皮住院一星期，我每天去看牠時，感覺牠都有好一點點。
最後甚至已經可以站起身對我搖尾巴，不像剛住院時的渾身無力。
但白血球指數依然居高不下，而且完全不進食，只靠灌食和打點滴。
我試著拿些飼料給牠，沒想到牠竟然吃了幾口。
醫生讓我帶牠回家觀察看看，可以進食的話狀況就不至於太差，
不過要按時回診，檢查白血球指數。

可能是被關在醫院太久了，回家後的小皮精神很好。
而且食量也漸漸回復，我一度以為小皮已經痊癒。

但兩個星期後，小皮又全身癱軟，不再進食。
牠維持癱軟的狀態整整一天後，突然掙扎著起身，拖著腳步，
打開陽台的紗門，到陽台排泄。
排泄完後，氣力放盡，再度癱軟，無法走回客廳。

我抱著牠走回客廳，牠依然全身癱軟在地，動也不動，像是狗布偶。
我懷疑牠甚至連眼睛都沒眨。
小皮，我知道你累了。如果休息夠了，就起來好嗎？

因為不想弄髒家裡，小皮生前最後的一絲力氣，
就用在掙扎著起身，拖著腳步走到陽台，打開陽台的紗門。
而這也是我所看到的，小皮最後的身影。

第二次抱著牠求醫，我已做好心理準備，小皮應該也是。
牠看著我的眼神，似乎是告訴我，牠該走了。
醫生檢查的結果顯示，胸腔已布滿大小不等的腫瘤。
我做了安樂死的決定，然後火化遺體，骨灰灑在土裡當作花肥。
我心想將來我死後，這樣的處理應該也可以。

4月1號愚人節當晚，我離開學校後直接到醫院。
醫生告訴我，小皮下午時走得很安詳、沒有痛苦，後事也處理好了。
我說了聲謝謝，付了所有費用，匆匆離開醫院。

從醫院回家，只要經過兩個紅綠燈，我想我應該可以做到。
但過了第一個紅綠燈，我就幾乎看不到路。
把車停在路邊，眼淚撲簌簌流下來，止也止不住。

勉強回家後，我以為眼淚應該流乾了，便坐下來吃晚飯。

『小皮的事處理好了。醫生說小皮走得很安詳。』我說。

「這樣也好。小皮那麼老了，也該回去了。」

『可是……』

可是小皮死了啊。

這13年來陪著我走過所有歡笑悲傷崎嶇挫折的小皮死了啊。

才剛扒了一口飯，以為早已流乾的眼淚又開始拼命掉。

淚水順著臉頰滑到嘴邊，最後流進碗裡。

小皮死後一天內，我把牠的碗、狗鍊等等所有物品全部丟掉，

讓家裡不再有任何小皮的東西或是可以想起小皮的東西。

剛開始的一星期很不習慣，出門前沒有牠歡送、回家後沒有牠迎接。

飯後會想到該帶牠出去散步了，半夜會想到牠碗裡的水是否空了？

這13年來，每當我寫東西時，小皮總會安靜趴在腳下陪著我。

我常邊打字邊用腳掌撫摸牠的身體。

當我睏了，起身要到床上睡覺時，通常已是很深的夜。

小皮也會隨後起身，搖搖晃晃走回牠的位置繼續睡覺。

如果我將來還寫東西，那我得先習慣沒有小皮趴在腳下。

我一定做了很多心理建設，也一定盡了全力讓自己的意志更堅強。

所以我仍然可以坐在電腦前，專心寫《阿尼瑪》。

只剩最後一小段路，我一定要獨力走完。

我持續這種狀態達一個月，似乎已走出小皮去世的陰霾。

終於打完《阿尼瑪》的最後一個字，我興奮地叫了聲：小皮，
同時低頭彎腰想緊緊抱住小皮。
然而桌子下面空蕩蕩，完全不見小皮的蹤影。

我突然悲從中來，淚水竄出眼眶，一顆顆滴落在鍵盤上。

蔡智恆
2013年5月　於台南

國家圖書館出版品預行編目資料

阿尼瑪 / 蔡智恆著.-- 初版.-- 台北市：麥田出版：家庭傳媒
　　城邦分公司發行, 2013.06
　　面；　公分. --（痞子蔡作品；12）

　　ISBN 978-986-173-925-0(平裝)

857.7　　　　　　　　　　　　　　102008282

痞子蔡作品 12

阿尼瑪

作　　　者	蔡智恆
責 任 編 輯	林秀梅　羅婷婷

副 總 編 輯	林秀梅
編 輯 總 監	劉麗真
總 經 理	陳逸瑛
發 行 人	涂玉雲

出　　版	麥田出版 城邦文化事業股份有限公司 104台北市中山區民生東路二段141號5樓 電話：（886）2-2500-7696 傳真：（886）2-2500-1966、2500-1967
發　　行	英屬蓋曼群島商家庭傳媒股份有限公司城邦分公司 104台北市中山區民生東路二段141號2樓 書虫客服服務專線：(886)2-2500-7718；2500-7719 24小時傳真服務：(886)2-2500-1990；2500-1991 服務時間：週一至週五09:30-12:00；13:30-17:00 郵撥帳號：19863813　戶名：書虫股份有限公司 讀者服務信箱E-mail：service@readingclub.com.tw 歡迎光臨城邦讀書花園　網址：www.cite.com.tw 麥田部落格：http://blog.pixnet.net/ryefield
香港發行所	城邦（香港）出版集團有限公司 香港灣仔駱克道193號東超商業中心1樓 電話：(852)2508-6231　傳真：(852)2578-9337 E-mail：hkcite@biznetvigator.com
馬新發行所	城邦(馬新)出版集團【Cite(M)Sdn. Bhd.(458372U)】 11, Jalan 30D/146, Desa Tasik, Sungai Besi, 57000 Kuala Lumpur, Malaysia. 電話：(603)90578822　傳真：(603)90576622 email:cite@cite.com.my
設計／攝影	林小乙
印　　刷	鴻霖印刷傳媒股份有限公司
初 版 一 刷	2013年6月1日

定價／260元
ISBN：978-986-173-925-0
著作權所有‧翻印必究（Printed in Taiwan）
本書如有缺頁、破損、裝訂錯誤，請寄回更換

城邦讀書花園
www.cite.com.tw